Anotações sobre um
escândalo

zoë heller

Anotações sobre um escândalo

Tradução de
LÉA VIVEIROS DE CASTRO

EDITORA RECORD
RIO DE JANEIRO • SÃO PAULO
2006

CIP-Brasil. Catalogação-na-fonte
Sindicato Nacional dos Editores de Livros, RJ.

Heller, Zoë
H419a Anotações sobre um escândalo / Zoë Heller; tradução Léa Viveiros de Castro. – Rio de Janeiro: Record, 2006.

Tradução de: Notes on a scandal
ISBN 85-01-07155-2

1. Professoras – Ficção. 2. Professores e alunos – Ficção. 3. Romance inglês. I. Castro, Léa Viveiros de. II. Título.

CDD – 823
06-1186 CDU – 821.111-3

Título original inglês:
NOTES ON A SCANDAL

Direitos exclusivos de publicação em língua portuguesa somente para o Brasil adquiridos pela
EDITORA RECORD LTDA.
Rua Argentina 171 – Rio de Janeiro, RJ – 20921-380 – Tel.: 2585-2000
que se reserva a propriedade literária desta tradução

Impresso no Brasil

ISBN 85-01-07155-2

PEDIDOS PELO REEMBOLSO POSTAL
Caixa Postal 23.052
Rio de Janeiro, RJ – 20922-970

Para Larry e Frankie

Prefácio

1º de março de 1998

Uma noite dessas, durante o jantar, Sheba falou sobre a primeira vez que ela e o garoto dos Connolly se beijaram. Eu já tinha ouvido a maior parte da história antes, claro, havendo poucos aspectos do caso Connolly que Sheba não descrevera para mim várias vezes. Mas, desta vez, algo novo veio à tona. Eu por acaso perguntei se ela tinha ficado surpresa com alguma coisa no primeiro abraço. Ela riu. Tinha sim, o *cheiro* havia sido surpreendente, disse ela. Não previra o odor particular dele e, se tivesse previsto, seu palpite seria algo bem adolescente: chiclete, Coca-Cola, chulé.

Na hora do abraço, o que inalei na verdade foi sabão, cheiro de roupa tirada da secadora. Ele cheirava a limpeza meticulosa. Sabe aquele bafo de máquina de lavar que envolve a gente quando passamos pelos respiradouros do subsolo dos prédios? Era assim. Tão limpo, Barbara. Nada daquele bafo de queijo e cebola que os outros garotos têm...

Todas as noites, desde que viemos para a casa de Eddie, Sheba tem falado comigo deste jeito. Ela senta na mesa da cozinha, olhando lá para fora, para a escuridão verde do jardim do Eddie. Sento de frente para ela, observando seus dedos nervosos marcarem círculos na toalha de mesa plastificada, como patins no gelo. Costumam ser coisas bem fortes as que ela me conta naquela sua voz de locutora de notícias. No entanto, uma das muitas coisas que sempre admirei em Sheba é sua capacidade de falar baixarias e fazer com que pareçam perfeitamente decentes. Não temos segredos, Sheba e eu.

A primeira vez que o vi tirar a roupa, sabe no que pensei, Barbara? Em vegetais frescos da horta sobre um lenço branco e limpo. Cogumelos recém-saídos do solo. Não, é verdade. Ele era comestível. Lavava os cabelos toda noite. Imagine! Tinha cabelos fracos de tanto limpar. A vaidade da adolescência, provavelmente. Ou não — talvez a ansiedade da adolescência. Seu corpo ainda era um brinquedo novo: não tinha aprendido a tratá-lo com a negligência dos adultos.

Seu relato estava se dirigindo para um familiar terreno do passado. Devo ter ouvido a rapsódia do cabelo no mínimo quinze vezes nos últimos meses. (Por mim, nunca me importei com o cabelo do Connolly. Sempre me bateu como algo levemente sinistro — como a neve artificial de fibra de vidro que se usa para decorar árvores-de-natal.) Mesmo assim, continuei a lhe dar corda.

— E você ficou nervosa quando o beijou, Sheba?

Ah não. Quer dizer, fiquei... Não exatamente. [Riso] *Dá para ficar nervosa e calma ao mesmo tempo? Lembro de ficar bastante aliviada porque ele não estava usando a língua. Você precisa conhecer a pessoa um pouco, primeiro, não é? Senão, é demais. Aquela baba toda. E aquela percepção ligeiramente embaraçosa de que a outra pessoa está tentando ser criativa num espaço limitado... De todo modo, relaxei demais, ou algo assim, porque a bicicleta caiu — fazendo um barulho horrível — e então, claro, fugi correndo...*

Não digo muita coisa nessas ocasiões. A idéia é fazer Sheba falar. Mas, mesmo no correr habitual das coisas, tendo a ser a ouvinte em nossa relação. Não que Sheba seja mais inteligente do que eu. Qualquer comparação objetiva me classificaria como a mulher mais instruída, acho. (Sheba entende um pouco de arte, admito, mas levando em conta todas as vantagens da sua classe, ela tem um nível de leitura calamitosamente baixo.) Não, Sheba fala porque é naturalmente mais tagarela e mais doce do que eu. Sou circunspecta por natureza, e ela... Bem, ela não é.

Para a maioria das pessoas, a franqueza é um abandono tão incomum do seu *modus operandi* padrão — uma espécie de aberração em sua prosaica falsidade —, que elas se sentem obrigadas a nos alertar quando um momento de sinceridade está para chegar. "Para ser totalmente sincero", dizem, ou "Para falar a verdade", ou "Posso ser direto?" Com freqüência querem extrair de você promessas de discrição antes de seguirem adiante. "Isso fica só entre a gente, certo?..." "Você tem que *prometer* não contar a ninguém..." Sheba não faz nada disso. Ela expele verdades íntimas e pouco lisonjeiras sobre si mesma a toda hora sem pensar duas vezes. "Eu me masturbava obsessivamente quando era pequena", ela contou uma vez quando estávamos começando a nos conhecer. "Minha mãe praticamente teve que vedar as minhas calcinhas com fita adesiva para evitar que eu me masturbasse em lugares públicos." Tentando soar como se estivesse acostumada a puxar esses assuntos enquanto saboreava um café e um KitKat, eu dizia: "É mesmo?"

Acho que é uma característica de classe — essa franqueza despreocupada. Se eu tivesse tido mais contato com gente fina em minha vida, provavelmente estaria familiarizada com o estilo e não acharia nada de mais. Mas Sheba é a única pessoa genuinamente de classe alta que já conheci. A sinceridade descartável dela é tão exótica para mim quanto o lábio de um índio da Amazônia. No momento, ela disse que ia dar uma cochilada. (Não está dormindo direito à noite.) Mas posso dizer, pelo rangido nas tábuas do piso do andar de cima, que está andando de um lado para o outro no quarto de sua sobrinha. Muitas vezes ela entra lá durante as tardes. Era o seu quarto quando era pequena, acho eu. Passa horas lá, mexendo nas coisas da menininha — reorganizando os frascos de cola com brilho em kits de arte, fazendo listas dos sapatos de plástico das bonecas. Às vezes ela acaba dormindo lá em cima e eu tenho de ir acordá-la para o jantar. Sempre parece triste e esquisita, estatelada na cama rosa e branca de princesa, com seus pés grandes e abrutalhados dependurados para fora. Como uma gigante que tivesse invadido a casa errada.

Agora esse lugar pertence ao irmão dela, Eddie. Depois que o pai de Sheba morreu, sua mãe decidiu que a casa era grande demais para uma pessoa só, e Eddie a comprou dela. Sheba não se conforma com isso, acho. Não é justo, diz ela, que só por ser rico Eddie tenha podido comprar o passado que eles compartilharam.

Eddie e sua família estão fora do país no momento, em Nova Délhi. O banco americano, onde ele trabalha, mandou-o para lá por seis meses. Sheba ligou para ele na Índia quando seu problema começou, e ele concordou em deixá-la ficar na casa até que encontrasse um lugar fixo. Ficamos aqui desde então. Ninguém sabe o que vamos fazer quando Eddie voltar, em junho. Desisti do contrato de aluguel do meu apartamento algumas semanas atrás, e quanto ao marido de Sheba, Richard, não tem nenhum perigo de ele nos hospedar, mesmo que temporariamente. É provável que não tenhamos dinheiro suficiente para alugar outro apartamento e, além disso, não dá para saber se algum proprietário de Londres nos aceitaria como inquilinas, justamente agora. Tento não me preocupar, apesar de tudo. Basta a cada dia o seu próprio mal, como minha mãe costumava dizer.

Esta história não é sobre mim. Mas já que a tarefa de narrá-la veio parar em minhas mãos, e já que desempenho um papel secundário nos eventos que vou descrever, é justo que ofereça um breve resumo sobre mim e a relação que tenho com a protagonista. Meu nome é Barbara Covett. (Às vezes, um de meus colegas me chama de "Barb" ou, pior ainda, de "Babs", mas eu o desencorajo.) Até eu me aposentar, em janeiro passado, morei em Archway, norte de Londres, e lecionei história na St. George, uma escola nas imediações, durante os últimos 21 anos. Foi na St. George, há pouco menos de 18 meses, que conheci Batsheba Hart. O nome dela talvez seja familiar para muitos de vocês agora. Ela é a professora de cerâmica de 42 anos acusada recentemente de assédio sexual a um menor de idade, depois de ser descoberta tendo um relacionamento com um de seus alunos — um garoto que tinha quinze anos quando o relacionamento começou.

Desde que veio a público, o caso de Sheba teve cobertura incessante e farta da imprensa. Tento me manter em dia com tudo o que sai, embora, sinceramente, seja uma tarefa deprimente. Houve uma época em que eu depositava certa confiança na integridade das agências de notícias deste país, mas agora que vi de perto a maneira como os repórteres trabalham, reconheço o quanto essa confiança era descabida. Nas últimas duas semanas, devo ter encontrado vinte informações distorcidas sobre o caso de Sheba, só na mídia impressa. Na segunda-feira desta semana, um espertalhão do *Daily Mirror* descreveu Sheba como uma "sereia curvilínea". (Qualquer pessoa que já chegou pelo menos a vê-la de relance sabe que é uma verdadeira tábua.) E ontem o *Sun* divulgou alguns fatos comprometedores a respeito do marido de Sheba, que dá aulas de teoria da comunicação na City, chegando a afirmar que Richard é "um professor moderninho que dá seminários *sexy* sobre como ler revistas pornográficas".

No final das contas, porém, o que causa espanto não é a falta de cuidado nem mesmo a falsidade cômica das reportagens, mas a hipocrisia. Meu Deus, a incansável hipocrisia! Compreendi, quando tudo isso veio à tona, que seria uma confusão. Não esperava que Sheba fosse receber solidariedade. Mas nunca poderia ter previsto o pudor histérico da reação. O deleite com a fúria. Esses repórteres escrevem sobre Sheba como se fossem crianças de sete anos de idade confrontando-se pela primeira vez com a sexualidade de seus pais. "Desprezível" é uma de suas palavras constantes. "Doentio" é outra. A atração de Sheba pelo menino foi "doentia". Seu casamento também era "doentio". O menino tinha um interesse "doentio" em conquistar a aprovação dela. No que diz respeito a essas pessoas, qualquer espécie de atração sexual que você não pode encontrar documentada num cartão-postal não passa no teste de saúde. Qualquer relacionamento sexual existente fora dos canais estreitos da convenção dos jornais de família é relegado a um grande e sinistro parêntese de bizarra "extravagância". Os jornalistas são pessoas instruídas, não são? Têm curso superior, pelo menos muitos deles. Como as suas mentes ficaram tão pequenas? Será que *eles* nunca desejaram ninguém fora do padrão de idade que a lei local e os costumes consideram adequado? Será que nunca experimentaram um impulso que escapa do círculo mágico da ortodoxia sexual?

Foram os jornais que acabaram de vez com Sheba e Richard, acredito. Depois que ela pagou a fiança, os dois se esforçaram por algum tempo. Mas foram coisas demais para — demais para qualquer casal — agüentar. Quando você pensa nos repórteres acampados do lado de fora da casa dos dois, as manchetes terríveis todo dia — "Professora de Sexo Passa em Suas Provas Orais Com Louvor", "Professora Tem Vivo Interesse no Corpo de Alunos" e assim por diante — é um milagre que eles tenham agüentado o tempo que agüentaram. Pouco antes de Sheba comparecer pela primeira vez diante do tribunal, Richard lhe disse que sua presença na casa estava tornando terrível a vida das crianças. Acho que ele julgou que este era um argumento mais gentil para mandá-la embora do que se recorresse a seus próprios sentimentos de revolta.

Foi quando me intrometi. Hospedei Sheba em meu apartamento por uma semana e, quando ela conseguiu que Eddie a deixasse ficar na casa dele, fui junto. Como poderia deixar de fazê-lo? Sheba estava tão deploravelmente sozinha. Teria de ser muito insensível para abandoná-la naquela situação. Há pelo menos mais uma audiência prévia — possivelmente duas — a superar antes que o caso seja apresentado diante do Tribunal de Justiça e, francamente, não acho que Sheba conseguiria passar por isso sozinha. Seu advogado diz que ela poderia evitar o encaminhamento ao Tribunal de Justiça, caso se declarasse culpada das acusações. Mas Sheba não quer saber disso. Ela considera uma alegação de culpa — mesmo incluindo uma negação direta de "coerção, ameaça ou suborno" — impensável. "Não houve assédio nenhum e não fiz nada de indecente", ela gosta de dizer.

Ao me tornar a responsável por cuidar de Sheba nas últimas semanas, foi inevitável atrair alguma atenção da mídia para mim. Parece ser uma fonte de diversão e desconforto para os jornalistas o fato de uma mulher mais velha, respeitável, com quase quarenta anos de experiência como educadora, decidir associar-se a Sheba. Cada um dos repórteres que cobre este caso — *cada um deles* — fez questão de descrever, com graus diversos de jocosidade, a minha bolsa: um objeto perfeitamente ordinário, com alça de madeira e um bordado retratando dois gatinhos. Certamente seria muito mais conveniente para todos eles que eu estivesse em algum lugar remoto, junto com outras velhotas assanhadas, gabando-me dos meus netos ou jogando bingo. E não parada na porta da casa de um rico banqueiro de Primrose Hill, defendendo o caráter de uma mulher acusada de molestar crianças.

A única explicação possível que os jornalistas podem encontrar para a minha ligação voluntária com a devassidão de Sheba é que eu, de um modo ainda obscuro, sou também uma devassa. Nas semanas desde a prisão de Sheba, solicitaram-me em várias ocasiões que eu falasse com repórteres em nome dela e, em conseqüência disso, sou conhecida agora pelos leitores do *Sun* como "a atrevida assessora de imprensa da professora". (Quem me conhece pode testemunhar que sou uma candidata totalmente inadequada a tal alcunha.) Minha ingênua esperança, ao atuar como porta-voz de Sheba, foi contestar parte da hostilidade hipócrita dirigida a minha amiga, e esclarecer um pouco a verdadeira natureza de sua personalidade complexa. Mas, infelizmente, minhas contribuições não conseguiram nada disso. Ou foram cruel e deliberadamente distorcidas, ou apenas não foram noticiadas em meio à torrente de mentiras propagada pelas pessoas que nunca viram Sheba e que, muito provavelmente, não a teriam compreendido mesmo se a conhecessem.

Esta é uma das principais razões da minha decisão de arriscar-me a ser caluniada de novo escrevendo meu próprio relato do declínio de Sheba. Sou presunçosa a ponto de acreditar que sou a pessoa mais qualificada a fazê-lo. Chego mesmo a ponto de apostar que sou a *única* pessoa qualificada. Sheba e eu passamos uma quantidade incontável de horas juntas nos últimos dezoito meses, trocando confidências de todo tipo. Com certeza não há outra amiga ou um parente de Sheba que tenha se envolvido com tanta intimidade no dia-a-dia de seu caso com Connolly. Em muitos casos, os eventos que descrevo aqui foram testemunhados por mim pessoalmente. Em outros, posso me basear em relatos detalhados da própria Sheba. Não tenho a tola pretensão de considerar minha versão da história infalível. Mas acredito que minha narrativa seguirá um caminho bem fundamentado, podendo ajudar o público a entender quem Sheba Hart realmente é.

Devo deixar claro no entanto que, de um ponto de vista moral, o testemunho de Sheba a respeito de sua conduta nem sempre é confiável. Mesmo agora, ela tem tendência a romantizar o relacionamento e subestimar a irresponsabilidade — o erro — de seus atos. O remorso que ela chega a manifestar parece ser mais por ter sido descoberta. Mas, por mais confusa e perturbada que Sheba ainda esteja, a sua honestidade continua a ser digna de total confiança. Embora eu conteste a sua *maneira de ver* determinados eventos, não encontrei nenhum motivo para duvidar dos fatos particulares mencionados em seus relatos da história toda. Na verdade, tenho certeza de que tudo o que ela me contou a respeito do como, quando e onde do seu caso é, até onde chega o conhecimento dela, verdade.

Já são quase seis horas agora, então não vai demorar. Em meia hora — uma hora no máximo — Sheba vai descer. Primeiro vou ouvi-la arrastando os pés na escada e guardarei meus escritos. (Sheba ainda não sabe desse meu projeto. Acho que isso só a deixaria agitada no momento, então decidi manter segredo por algum tempo.) Alguns segundos depois, estará na porta da sala, de camisola e meias.

A princípio é sempre muito quieta. Normalmente se percebe que acabou de chorar. Minha tarefa é animá-la e tirar sua atenção de si mesma, por isso tento ser muito otimista. Falo sobre alguma coisa engraçada que aconteceu no supermercado hoje, ou faço um comentário idiota sobre o cachorro barulhento do vizinho. Logo depois me levanto e começo os preparativos para o jantar. Com Sheba, descobri, é melhor não forçar as coisas. Ela se encontra num estado de grande nervosismo no momento — extremamente sensível a qualquer "pressão". Então não lhe peço que vá para a cozinha comigo. Apenas entro e começo a mexer nas panelas. Ela fica andando pela sala por um tempo, resmungando sozinha e trocando as coisas de lugar à toa até que, depois de uns dez minutos mais ou menos, ela invariavelmente se acalma e vem atrás de mim.

Não cozinho nada de muito elaborado. O apetite de Sheba não está dos melhores, e eu nunca fui muito ligada em molhos. Em geral nos alimentamos de comida de criança. Feijão na torrada, *Welsh rarebit*, iscas de peixe. Sheba se recosta perto do fogão e fica me olhando enquanto trabalho. Em certo momento, ela costuma pedir vinho. Tentei várias vezes fazê-la esperar até ter comido alguma coisa, mas ela fica muito irritada quando faço isso, então minha tendência mais recente é de desistir logo, tirar uma caixa da geladeira e lhe servir um copo. Você escolhe suas batalhas. Sheba é um tanto esnobe em relação a bebidas e fica sempre se queixando, pedindo para eu providenciar alguma coisa de melhor qualidade. *Alguma coisa em garrafa, pelo menos*, ela diz. Mas continuo a comprar as caixas. Temos um orçamento apertado ultimamente. E, apesar de todas as queixas, Sheba não parece ter muitos problemas para dar conta do produto barato.

Logo que toma sua bebida, ela relaxa um pouco e começa a demonstrar mais interesse no que digo. Às vezes, chega até a pedir para fazer alguma coisa, e lhe dou uma lata para abrir ou um queijo para grelhar. Depois, de um modo abrupto, como se não tivéssemos mudado de assunto em nenhum momento, ela começa a falar sobre Connolly.

Ela parece não se cansar da história. Você não acreditaria na quantidade de vezes que ela tem disposição para retomar o mesmo pequeno evento, examinar os seus detalhes em busca de pistas e símbolos. Ela me lembra um desses judeus que dedicam anos de sua vida a analisar uma única passagem do Talmude. É sempre algo espantoso de assistir. Tão frágil nesses dias. No entanto, quando está falando, tão altiva, com olhos brilhantes! Às vezes fica zangada e surgem lágrimas. Mas não creio que falar sobre isso a magoe. Na verdade, acho que lhe faz bem. Não há mais ninguém para quem Sheba possa dizer essas coisas. E ajuda, diz ela, descrever tudo exatamente como foi.

Um

A primeira vez que vi Sheba foi numa manhã de segunda-feira, no início do semestre de inverno de 1996. Eu estava no estacionamento da St. George, tirando livros do banco de trás do meu carro, quando ela atravessou os portões de bicicleta — um modelo fora de moda, desses de entregador, com uma cesta na frente. Ela tinha um daqueles penteados habilmente desalinhados: várias fileiras de cachos dispersos emoldurando o rosto, e algo como um pauzinho chinês prendendo um coque irregular atrás. Era o tipo de penteado que as atrizes do cinema usam quando estão interpretando médicas *sexy*. Não consigo lembrar exatamente o que ela estava vestindo. As roupas de Sheba costumam ser muito complicadas — várias camadas sobrepostas. Sei que estava usando sapatos roxos. E com certeza havia uma saia longa, porque me lembro de ter pensado que havia um perigo iminente de o pano prender nas rodas da bicicleta. Quando ela desceu — com um pulinho bem irritante — vi que a saia era feita de algum material diáfano. Excêntrica foi a palavra que surgiu em minha mente. *Pessoa excêntrica*, pensei. Depois tranquei meu carro e fui embora.

A apresentação formal à Sheba aconteceria mais tarde, no mesmo dia, quando Ted Mawson, o vice-diretor, entrou com ela na sala dos professores, no recreio da tarde, para fazer as apresentações. O recreio da tarde não é uma boa hora para conhecer professores. Se você fizesse um gráfico dos espíritos dos professores durante o dia escolar, o recreio da tarde seria representado pelo ponto mais baixo. O ar na sala dos professores parece estagnado, preso. O bate-papo animado da manhã definhou e os professores que não estão andando de um lado para o outro, verificando seus horários ou algo assim, se esparramam por ali em meio a um silêncio lúgubre. (Para ser sincera, esparramar-se é tanto uma conseqüência da qualidade ordinária dos três sofás da sala, quanto uma expressão do moral baixo destes.) Alguns dos professores olham para o vazio, de ombros caídos. Outros lêem — principalmente as seções de arte e as de notícias dos jornais liberais, ou edições de bolso de obras de ficção popularescas — menos pelo conteúdo do que para criar um escudo contra a necessidade de conversar com seus colegas. Uma grande quantidade de barras de chocolate e de macarrão instantâneo em potes de plástico é consumida.

No dia da chegada de Sheba, a sala dos professores estava um pouco mais cheia do que de costume, em virtude de o aquecimento estar funcionando mal no Old Hall. (Além de suas três construções modernas — o ginásio, o centro de artes e o prédio de ciências — o terreno da St. George inclui dois edifícios de tijolos bastante decrépitos, Old Hall e Middle Hall, que datam da encarnação original da escola como um orfanato vitoriano.) Naquela tarde, vários professores que teriam ficado escondidos em suas salas de aula do Old Hall durante o recreio foram forçados a buscar refúgio na sala dos professores, onde os aquecedores ainda funcionavam. Eu estava distraída num canto quando Mawson entrou com Sheba, de modo que pude assistir ao lento avanço dos dois em torno da sala por vários minutos, antes de ter que moldar minha face com o sorriso apropriado.

O cabelo de Sheba se tornara mais caótico desde a manhã. Os cachos soltos haviam evoluído para mechas e, na parte que deveria estar lisa e puxada para trás, alguns fios se destacavam confusamente, criando uma espécie de auréola em torno do seu couro cabeludo. Ela era uma mulher muito magra, percebi então. Quando se inclinava para apertar as mãos de professores sentados, seu corpo parecia dobrar-se ao meio na cintura como um pedaço de papel.

— Nossa nova professora de cerâmica! — o Sr. Mawson estava bradando com sua boa disposição de espírito costumeira, quando ele e Sheba alcançaram Antonia Robinson, uma de nossas professoras de literatura inglesa. Sheba sorriu e afagou o cabelo dela.

Cerâmica. Repeti a palavra para mim mesma. Era perfeito demais: pensei na imagem dela, a donzela dos sonhos equilibrada em sua roda de oleiro, moldando com suas mãos jarros de leite mosqueados.

Ela estava apontando para as janelas.

— Por que todas as cortinas estão abaixadas? — ouvi a pergunta que fez.

Ted Mawson esfregou as mãos com nervosismo.

— Ah — disse Antonia —, é para as crianças não ficarem olhando aqui para dentro fazendo caretas.

Bill Rumer, o chefe do departamento de química, que estava sentado perto de Antonia num dos sofás, mostrou-se aborrecido com isso.

— Na verdade, Antonia — disse ele — é para *nós* não podermos olhar para *eles*. Assim eles podem bater uns nos outros, pilhar e saquear, e não se exige a nossa intervenção.

Antonia riu e fez uma cara escandalizada.

Muitos dos professores da St. George têm esse tipo de atitude cínica em relação a seus alunos, mas Bill é o principal deles. É uma figura assustadora, acho — o tipo de homem que sempre fica sentado com as pernas agressivamente abertas, mostrando os seus fundilhos mais do que seria decente. O mais insuportável é que ele se acha muito malicioso e provocativo — uma ilusão para a qual mulheres como Antonia são ávidas em contribuir.

— Ah, *Bill* — disse Antonia então, mexendo em sua saia.

— Não se preocupe — Bill disse a Sheba. — Você vai se acostumar com a escuridão. — Sorriu para ela com indulgência, o grande homem permitindo que ela entrasse no pequeno ambiente de sua benevolência. Então, quando seus olhos a examinaram, vi o sorriso vacilar por um momento.

As mulheres que observam outras mulheres costumam concentrar-se nos detalhes — as minúcias físicas, as particularidades do vestuário. Prestamos tanta atenção na covinha, no tamanho das orelhas, no botão faltando, que costumamos ficar atrás dos homens na organização dos traços individuais para uma impressão geral. Menciono esse fato para explicar por que só então, ao observar a reação de Bill, percebi a beleza de Sheba. *Claro*, pensei. *Ela é muito bonita*. Sheba, que mantivera um sorriso fixo durante o diálogo de zombaria entre Bill e Antonia, ajeitou de novo os cabelos com algum nervosismo. À medida que levantava o braço longo e fino para mexer no palitinho que os enfeitava, seu torso se alongou, e o peito foi projetado ligeiramente para frente. Ela tinha seios de dançarina. Dois bolinhos firmes destacando-se sobre suas costelas. Os olhos de Bill se arregalaram. Os de Antonia se franziram.

Ela e Mawson continuaram seu passeio ao redor da sala. A mudança ocorrida nos rostos dos professores à medida que deitavam os olhos em Sheba confirmou a minha avaliação da impressão de Bill. Os homens ficavam radiantes e a olhavam cobiçosamente. As mulheres se retraíam um pouco e ficavam taciturnas. Uma exceção foi Elaine Clifford, uma ex-aluna da St. George que ensina biologia para o primeiro grau. Assumindo o seu característico ar de intimidade não conquistada, Elaine permaneceu muito próxima a Sheba e começou a abordá-la com uma tagarelice precipitada. Nesse momento as duas se encontravam a apenas alguns passos de mim.

Após um momento, Mawson se virou e acenou.

— Barbara! — ele exclamou, cortando Elaine no meio de uma frase. — Venha conhecer Sheba Hart.

Avancei e me juntei ao grupo.

— Sheba vai ensinar cerâmica — disse Mawson. — Como você sabe, estávamos esperando há muito tempo para substituir a Sra. Sipwitch. Tivemos a sorte e o prazer de trazê-la.

Em resposta a essas palavras, surgiu em cada bochecha de Sheba um círculo de rubor pequeno e bem delimitado.

— Esta é Barbara Covett — Mawson continuou. — Ela é um dos nossos pilares. Se nos deixasse, acho que a St. George entraria em colapso.

Sheba me olhou com atenção. Ela devia ter uns 35 anos, estimei. (Na verdade tinha 40, perto de fazer 41.) A mão que ela me estendeu era grande, vermelha e um tanto áspera ao toque.

— Como é bom ser tão necessária — ela disse sorrindo. Era difícil discernir seu tom, mas ele me pareceu conter uma nota de simpatia autêntica, como se ela entendesse como devia ser enlouquecedor receber esse tratamento paternalista de Mawson.

— Sheba... Conhecida também como rainha de Sabá? — perguntei.

— Não, conhecida como Betsabé.

— Ah. Seus pais estavam pensando na Bíblia ou em Hardy?

Ela sorriu.

— Não sei direito. Acho que eles só gostavam do nome.

— Se você quiser saber alguma coisa sobre esse lugar, Sheba — Mawson continuou — tem que perguntar à Barbara. Ela é a especialista em St. George.

— Ah, excelente. Vou me lembrar disso — disse Sheba.

As pessoas das classes privilegiadas sempre são descritas como tendo um ovo na boca, mas não foi isso o que me ocorreu quando ouvi Sheba falar. Pelo contrário, a voz soou como se sua boca fosse muito vazia e limpa — como se ela nunca tivesse ficado cheia.

— Ah! Adorei os seus brincos — disse Elaine então.

Ela esticou a mão, como um macaco, para apontar as orelhas de Sheba. Enquanto ela erguia os braços, vislumbrei suas axilas, que estavam extremamente avermelhadas, na certa inflamadas, e salpicadas de pelinhos pretos. Odeio quando o asseio pessoal das mulheres não corresponde às expectativas. Melhor deixar crescer tudo logo, como as francesas, do que ter essas aparas mal espalhadas.

— Onde você arrumou?

Sandy Pabblem, o diretor, gosta muito de ter ex-alunas como Elaine no corpo docente. Ele acha que tem uma boa repercussão na escola o fato de alguém querer voltar para "retribuir". Mas a verdade é que os alunos da St. George se tornam professores excepcionalmente fracos. Não é tanto por não saberem nada sobre nada. (E não sabem mesmo.) Ou ainda pelo fato de serem complacentes com sua ignorância. (Uma vez ouvi Elaine descrevendo animadamente Boris Ieltsin como "aquele russo que não tem nadinha na cabeça".) O verdadeiro problema é o de personalidade. Invariavelmente, os alunos que retornam para ensinar na St. George são figuras suspeitas do ponto de vista emocional — pessoas que consideraram o mundo lá fora um lugar assustador e reagiram simplesmente com a inércia. Não precisarão tentar de novo voltar para casa porque nunca vão embora. Às vezes imagino os alunos desses ex-alunos decidindo se tornar professores da St. George também — e estes ex-alunos de ex-alunos produzindo mais ex-alunos que retornam para a St. George como professores e assim infinitamente. Bastariam algumas gerações para a escola ficar totalmente ocupada por patetas.

Aproveitei a oportunidade, enquanto Sheba estava falando sobre suas jóias, para examinar mais detidamente seu rosto. Os brincos *eram* bonitos mesmo, aliás: coisinhas delicadas feitas de ouro e pérolas. Seu rosto era um tanto longo e fino, seu nariz um pouquinho recurvado na ponta. E os olhos — não, não tanto os olhos, mas as pálpebras — eram algo prodigioso: grandes dosséis beges com pestanas densas. Como a tiara de espinhos que a Estátua da Liberdade usa.

— É o primeiro emprego de Sheba como professora — disse Ted, quando Elaine parou de falar por um momento.

— Bem, com certeza vai ser um batismo de fogo — observei.

Ted riu com um entusiasmo exagerado e, de repente, parou.

— OK — disse, consultando o relógio. — Precisamos continuar, Sheba. Deixa eu apresentar você a Malcolm Plummer...

Elaine e eu ficamos assistindo por um momento, enquanto Sheba e Mawson se afastavam.

— Ela é uma gracinha, não é? — disse Elaine.

Eu sorri.

— Não. Eu não diria uma gracinha.

Elaine estalou a língua para indicar sua desaprovação:

— Bem, eu acho que ela é ótima — resmungou.

Durante suas primeiras semanas na escola, Sheba se manteve muito reservada. Nos intervalos, costumava ficar no seu ateliê de cerâmica. Quando chegava a vir para a sala dos professores, normalmente permanecia sozinha ao lado de uma das janelas, espreitando o pátio lá fora pela borda das cortinas. Era completamente gentil com seus colegas — o que significa que trocava todas as amabilidades padronizadas, baseadas em comentários sobre o tempo. Mas ela não se aproximou automaticamente de outras professoras para começar a trocar autobiografias. Nem assinou seu nome para se juntar à próxima passeata da União Nacional de Professores. Nem contribuiu para conversas sarcásticas em grupo sobre o diretor. Sua resistência a todos os ritos de iniciação usuais levantou algumas suspeitas entre os outros professores. As mulheres tendiam a achar que Sheba era "convencida", enquanto os homens preferiam considerá-la "fria". Bill Rummer, amplamente reconhecido como o especialista do corpo docente em tais assuntos, observou em mais de uma ocasião que "não há nada de errado nela que uma boa trepada não possa curar".

Considerei a incapacidade de Sheba para forjar uma amizade instantânea como um sinal positivo. Pela minha experiência, os recém-chegados — principalmente as mulheres — têm muita ansiedade para se enturmar em qualquer círculo social da sala dos professores que os aceite. Jennifer Dodd, que era a minha amiga mais próxima na escola, passou suas três primeiras semanas na St. George no recesso aconchegante de Mary Horsely e Diane Nebbins. Mary e Diane são duas hippies do departamento de matemática. As duas carregam pacotinhos de "chá de mulheres" em suas bolsas e usam cristais em lugar de antitranspirante. Elas eram completamente contra-indicadas — na questão de temperamento, humor e visão de mundo — para serem amigas de Jennifer. No entanto, por acaso foram as primeiras a chegar e Jennifer estava tão agradecida por alguém ser gentil com ela que se encarregou alegremente de ignorar toda aquela conversa delas sobre leite de soja. Chego a achar que ela juraria fidelidade a uma evangélica, se esta tivesse chegado antes.

Sheba não demonstrou essa instabilidade das novatas e por isso eu a admirava. Ela não me excluiu do seu alheamento geral. Graças ao meu longo tempo de serviço na St. George e ao fato de eu ter modos mais formais do que os da maioria dos meus colegas, costumo ser tratada com uma certa deferência. Mas Sheba parecia ignorar o meu *status*. Por muito tempo, havia poucos indícios de que ela chegasse até a me *ver*. Apesar disso, eu possuía uma estranha certeza de que um dia nós duas seríamos amigas.

Fizemos algumas poucas tentativas de aproximação logo no começo. Em algum momento da sua primeira semana, Sheba me cumprimentou no corredor. (Ela usou "como vai?", com o que fiquei satisfeita, em vez do horrível "oi" que grande parte do pessoal da escola gostava de usar.) E, em outra ocasião, saindo do centro de artes depois de uma assembléia, trocamos alguns breves comentários desanimados sobre o desempenho do coral que tinha acabado de se apresentar. Meu sentimento de conexão com Sheba, contudo, não dependia dessas pequenas trocas de palavras. A ligação que eu percebia, mesmo naquele estágio, ia muito além de qualquer coisa que pode ter sido expressa em bate-papos cotidianos. Era uma afinidade intuída. Um entendimento tácito. Será que soa muito dramático chamar de reconhecimento espiritual? Em virtude de nossa reserva mútua, eu sabia que ia demorar para formarmos uma amizade. Mas quando isso acontecesse, não tinha dúvida de que ela se mostraria uma amizade de intimidade e confiança incomuns — uma relação *de chaleur*, como dizem os franceses.

Nesse meio tempo, eu observava de longe e ouvia com interesse as fofocas que circulavam sobre ela na sala dos professores. Para a maioria deles, a atitude digna e reservada de Sheba agia como uma espécie de campo de força, repelindo as habituais perguntas impertinentes sobre a vida particular e a tendência política. Mas a elegância perde o seu poder na presença de quem é realmente estúpido, e havia alguns poucos que não eram repelidos. De tempos em tempos eu reparava em algumas colegas cercando Sheba no estacionamento ou no pátio, obrigando-a a se submeter à sua curiosidade vulgar. Elas nunca obtiveram a intimidade imediata que buscavam. Mas normalmente conseguiam extrair alguma informação parcial, como prêmio de consolação. Foi por essas futriqueiras ansiosas que o resto dos professores ficou sabendo que Sheba era casada e tinha dois filhos, seu marido era professor universitário, seus filhos freqüentavam uma escola particular e que ela morava numa "casa enorme" em Highgate.

Inevitavelmente, dada a qualidade dos intermediários, uma grande parte dessas informações chegava de forma um tanto distorcida. Certa ocasião ouvi Theresa Shreve, professora de orientação vocacional, informar Marian Simmons, professora da sexta série, que o pai de Sheba era alguém famoso.

— É! — ela disse. — Ele já morreu. Mas era um acadêmico muito importante.

Marian perguntou em que área ele trabalhava.

— O quê? — disse Theresa.

— Qual era sua área? — esclareceu Marian.

— Ah, não sei! — disse Theresa. — Ele se chamava Donald Taylor e inventou a palavra "inflação", acho.

Foi assim que se pôde saber que o pai de Sheba era Ronald Taylor, o economista de Cambridge que tinha morrido cinco anos antes, logo após recusar ser agraciado com a Ordem do Império Britânico (o motivo alegado tinha sido o de que ele não concordava com o sistema de distinções, mas os jornais especularam que na verdade ele ficara ofendido por não ter recebido o título de cavaleiro).

— Acho que você vai descobrir, Theresa — interrompi nesse momento — que o nome do pai da Sra. Hart era Ronald. Ele não inventou "inflação", como você diz. Ele elaborou uma importante teoria sobre a relação entre a inflação e a expectativa do consumidor.

Theresa olhou para mim com a expressão rabugenta que muitas pessoas da sua geração usam quando alguém tenta criticar sua ignorância.

— Ã-hã — ela disse.

A outra coisa que se ficou sabendo naquelas primeiras semanas foi que Sheba estava passando por "problemas de controle de turma". Não era algo inteiramente inesperado. Como Highgate faz parte da área atendida pela escola, as pessoas costumam achar que a St. George é um daqueles colégios seguros, tranqüilos, cheios de crianças de classe alta levando seus violoncelos para ensaiar na orquestra. Mas os pais grã-finos não entregam a sua prole para a St. George. Os violoncelistas são mandados para a St. Botolph's Girls ou o King Henry's Boys, ou para escolas particulares em outras partes de Londres. A St. George é o cercadinho para as proles de Archway na puberdade — os filhos dos conjuntos habitacionais que têm de se atormentar e lutar aqui, por um mínimo de cinco anos, até que possam abraçar seus destinos como encanadores e vendedores de loja. No ano passado, tivemos duzentos e quarenta alunos fazendo os seus exames finais para o diploma do secundário, e exatamente seis deles passaram com conceito superior a E. A escola representa — como dizer? — um ambiente muito *volátil*. Ataques aos funcionários não são raros. No ano anterior à chegada de Sheba, três garotos da oitava série, pendurados numa das janelas do laboratório de ciências, bombardearam a secretária da escola, Deirdre Rickman, com uma saraivada de bicos de Bunsen (os danos causados incluíram uma clavícula fraturada e um corte na cabeça que exigiu quatorze pontos).

É claro que os garotos causam os piores problemas. Mas as garotas também não são moleza. Não têm tanta predisposição para a violência, mas a boca suja é a mesma. Além disso, elas possuem um dom superior para os insultos. Não faz muito tempo, uma garota na minha turma da nona série — uma aluna invocada chamada Denise Callaghan — sem nenhum motivo aparente, resolveu me chamar de "puta velha de cara amassada". Esse tipo de coisa ocorre muito raramente nas minhas turmas e, quando acontece, sou capaz de cortar o mal pela raiz na maior parte das vezes. Mas, para professores mais jovens da St. George, manter a ordem mínima é uma batalha constante e, muitas vezes, sangrenta. Para uma novata como Sheba — uma novata *magricela* com um sotaque elegante e saias transparentes — o potencial para desastres era grande.

Mais tarde, fiquei sabendo os detalhes do que aconteceu na primeira turma de Sheba. Ela tinha sido designada para o que geralmente se chama de "ateliê" da escola — uma cabana pré-fabricada que fica ao lado do centro de artes e que, por alguns anos, desde a partida da última professora de cerâmica, tinha sido usada como depósito. Era um lugar bastante escuro e úmido, mas Sheba tinha se esforçado para alegrar o espaço com cartazes de museu e alguns gerânios colhidos de seu jardim naquela manhã.

Ela tinha trabalhado cuidadosamente no planejamento da aula. Sua intenção era que na primeira aula da nona série começasse falando sobre o que *era* a cerâmica — o impulso primordial e criativo que ela representava e o importante papel que exerceu nas primeiras civilizações. Depois disso, ela deixaria as crianças trabalharem um pouco com argila. Pediria a elas para construir uma tigela — qualquer tipo de tigela que quisessem — e o que conseguissem produzir iria para o forno a tempo da próxima aula. Quando tocou o sinal para a primeira aula e os seus alunos começaram a entrar pouco a pouco, sua disposição de espírito era de grande entusiasmo. Isso, ela tinha decidido, vai ser muito *divertido*.

Ela esperou até julgar que a maioria da turma estava presente antes de se levantar para cumprimentá-los. Mas, quando estava se apresentando, foi interrompida por Michael Beale — um garoto muito magro, com um dente da frente cinzento que lhe dava um ar sinistro — que correu do fundo da sala na direção dela, gritando:

— Estou a fim de você, professora!

Ela deu uma risada, entrando na brincadeira, e lhe pediu para sentar. Mas ele a ignorou e permaneceu de pé. Logo em seguida, outro garoto se juntou a ele. Tendo olhado Sheba dos pés à cabeça, esse rapazinho — acho que era James Thornham — anunciou para a classe, num tom sarcástico, que a professora tinha "peitinhos". Quando a classe ainda estava demonstrando sua satisfação com essa observação espirituosa, um terceiro garoto ficou em pé sobre uma das carteiras e começou a puxar o coro:

— Mostra os peitinhos.

Ao que parece, essa frase causou uma reação de zombaria por parte de algumas das alunas, que se dirigiram ao garoto pedindo que mostrasse "seu peru", oferecendo uma lente de aumento para isso.

Nesse estágio, Sheba estava tendo de se esforçar para conter as lágrimas. Ela mandou a turma ficar quieta severamente e, por um momento, para sua surpresa, conseguiu silêncio quase total. Estava começando a se apresentar novamente quando uma garota de ascendência asiática, a quem Sheba identificara como uma das alunas mais calmas e bem-comportadas, inclinou sua cadeira para trás e gritou:

— Ei! A professora está usando uma saia transparente. Dá quase pra ver a calcinha!

A turma inteira soltou gritos de aprovação.

— Professora, dá pra ver tudo...

— Vai, professora, mostra os peitinhos...

— Professora, professora, onde você comprou essa saia? Oxfam?

Sheba começou a chorar neste momento.

— Por favor — gritava em meio ao tumulto. — Por favor. Vocês podem parar de se comportar como animais por um *minuto*?

Na época, não fiquei sabendo de nenhum desses detalhes. Mas tive uma idéia geral dos problemas de Sheba pelo alegre disse-me-disse na sala dos professores. O que se dizia a respeito de Sheba era que ela tinha o pavio curto. Era uma pessoa estourada. Num intervalo, quinze dias depois do começo das aulas, ouvi Elaine Clifford descrevendo o que um de seus alunos da oitava série tinha dito a respeito de Sheba:

— As crianças ficam malucas, parece — disse Elaine. — Ela quase implora para que fiquem quietas. E, em seguida, perde as estribeiras. Fala palavrões: "porra" isso e "merda" aquilo. Todo tipo de coisa.

Isso me preocupou bastante. O diretor não costuma ser muito severo com palavrões. Mas, rigorosamente falando, soltar xingamentos na presença das crianças é uma ofensa que pode levar à demissão. Não é tão raro para os professores — particularmente os inexperientes — dar início às negociações com as crianças bagunceiras e, quando essa tentativa fracassa, ficar abruptamente furiosos. Mas, na maioria dos casos, essas transições têm um elemento de ferocidade calculada, ou afetada. O professor está *fingindo* ter raiva. Se as crianças vêem alguém como Sheba de fato perder o controle — gritar, xingar e assim por diante — elas ficam exultantes. Sentem, com alguma razão, que obtiveram uma vitória. Eu queria muito chamar Sheba num canto e lhe dizer, com muito tato, no que ela estava errando. Mas sou tímida. Não sabia como puxar o assunto sem parecer uma intrometida. Então guardei meu conselho e esperei.

Na terceira semana de Sheba na escola, um professor de geografia chamado Jerry Samuels estava patrulhando o pátio em busca de alunos matando aula quando passou pelo centro de artes e ouviu o que parecia um motim dentro da cabana de Sheba. Quando entrou para investigar, encontrou o ateliê em grande tumulto. A oitava série inteira participava de uma guerra de argila. Vários dos garotos estavam sem camisa. Dois deles se esforçavam para subir no forno. Samuels descobriu Sheba agachada atrás da mesa, chorando.

— Em dez anos de ensino, nunca tinha visto algo assim — contou depois na sala dos professores. — Era *O senhor das moscas* lá dentro.

Dois

Você nunca percebe que miscelânea é a sua memória até que comece a tentar ordenar os acontecimentos do passado numa seqüência racional. Para garantir a máxima precisão nesta narrativa, comecei montando um cronograma do ano de Sheba na St. George. Ele fica guardado — junto com o manuscrito — embaixo do meu colchão durante a noite. O cronograma é algo pequeno em papel quadriculado, mas acredito que será muito útil. Ontem comprei adesivos de estrelas douradas no jornaleiro. Devo usá-las para marcar os eventos realmente essenciais. Já usei uma estrela, por exemplo, para indicar a primeira vez que Sheba e eu nos falamos na sala dos professores. Depois disso, há um certo intervalo até a quarta semana de Sheba na St. George, que é quando, se meus cálculos estão certos, ela encontrou Connolly pela primeira vez.

A oportunidade para esse encontro foi uma sessão do Clube do Dever de Casa da escola. Não obstante sua dificuldade para manter a ordem, esperava-se que Sheba participasse de todo tipo de tarefas dos professores — vigiar o pátio, fazer turno na cantina e, talvez a mais atemorizante de todas, supervisionar o Clube do Dever de Casa. O "CDC", como é conhecido entre os alunos, acontece em uma sala de aula do Middle Hall, todos os dias da semana, entre três e meia e seis da tarde. Foi instituído há alguns anos pela diretoria com o objetivo oficial de "fornecer um ambiente de trabalho tranqüilo para aqueles que podem ter dificuldade de encontrar um ambiente assim em suas próprias casas". É uma instituição profundamente impopular entre os professores, principalmente porque tende a funcionar como um depósito para crianças que receberam algum castigo. Os supervisores do Clube costumam deparar-se com a situação de ter que lidar com os piores alunos da escola, num período do dia em que esses alunos estão no auge da sua rebeldia.

Havia dez crianças no Clube do Dever de Casa na tarde em que Sheba trabalhou como supervisora. Quase imediatamente após o começo de seu turno, iniciou-se uma disputa violenta entre duas garotas da nona série, uma das quais estava acusando a outra de pôr chiclete em seu cabelo. Mais ou menos nos 45 minutos subseqüentes, a atenção de Sheba foi dedicada a manter as garotas fisicamente separadas. Só quando ela mandou uma das garotas para o supervisor da nona série as coisas se acalmaram, e ela teve uma folga para notar as outras crianças na sala. Havia então três garotas e seis garotos presentes, e todos eles estavam no CDC como punição, como demonstravam os recados que traziam dos professores. Eles retribuíram o olhar de Sheba com mau humor, por puro reflexo. Apenas um garoto, no fundo da sala, estava sentado, quieto, trabalhando. Sheba recorda de se sentir comovida por sua postura infantil de concentração — o modo como a ponta da língua aparecia nos lábios e o braço esquerdo envolvia seu trabalho defensivamente. Era Steven Connolly.

Pouco depois, após relembrar que as tarefas deveriam ser terminadas até as cinco em ponto, ela se levantou e andou até onde o garoto estava sentado. Ele estremeceu ligeiramente quando a viu se aproximar e endireitou a postura.

— O quê? — disse. — Não estou fazendo nada de errado.

Do meio da sala, Sheba tinha achado que se tratava de um aluno da oitava ou da nona série. Mas, de perto, ele parecia mais velho. O seu tronco tinha uma aparência sólida, triangular. Suas mãos e antebraços eram inesperadamente grandes. Ela podia ver os primeiros pêlos que despontavam em seu rosto.

Sheba sempre argumentou que Connolly é um garoto incrivelmente atraente e, para serem justos com ela, várias colunistas de jornal fizeram observações a respeito de um efeito similar. ("Exótico, com um olhar penetrante", como uma mulher do *Mail* o descreveu há algumas semanas.) Não enxergo isso, preciso confessar. Nunca me senti atraída fisicamente por nenhum dos meus alunos, claro, então não devo ser a pessoa ideal para avaliar o charme do garoto. Contudo, tendo a achar que, se meu gosto *tivesse* tomado essa direção, eu escolheria alguém um pouco mais bonito; talvez um garoto delicado e meigo da escola. Connolly não é de modo algum bonito. É um rapaz de aparência rude, com cabelo liso cor de mijo e uma boca mole de lábios grossos. Seu nariz, em virtude de um acidente na infância (um ardente jogo de salada mista, um buraco inesperado no chão), é bem achatado. Seus olhos são tão encobertos e caídos que fazem pensar numa máscara trágica. Sheba insiste em dizer que ele tem uma pele maravilhosa e é verdade, suponho, que foi poupado do tipo de espinhas supuradas a que os garotos de sua idade são propensos. Mas aquilo a que ela se refere como sua tez azeitonada sempre me pareceu uma tez encardida. Nunca consigo pôr os olhos no garoto sem ter vontade de dar um jeito em seu rosto com um pano úmido.

Na carteira de Connolly, Sheba viu um anúncio de revista amassado de uma liquidação na Harrods. Era ilustrado com um daqueles desenhos altamente estilizados de uma mulher com uma estola de pele: com a cintura fina e uma expressão de desdém. Connolly estava copiando a imagem na página de trás de seu livro de matemática. Sheba lhe garantiu que não viera para mandá-lo parar. Só queria ver o que ele estava fazendo. Seu desenho estava bom, ela disse. O embaraço, ou talvez o prazer causado por esse elogio, o fez contorcer-se. (Sheba se lembra de vê-lo mexer a cabeça de um lado para o outro, "como um cego".)

— Mas, sabe — ela continuou —, você não precisa copiar coisas. Por que não desenha algo a partir do que você vê? Ou até do que imagina?

A expressão de Connolly, que se tornara mais branda momentaneamente em função do elogio, voltou a se fechar. Ele encolheu os ombros em sinal de irritação.

Sheba tentou corrigir-se.

— Bem... — ela disse — porque, quero dizer, aposto que você poderia fazer desenhos brilhantes. Isso é muito, muito bom.

Ela começou a fazer algumas perguntas sobre ele. Qual era seu nome? Quantos anos tinha? Demonstrou desapontamento porque ele não freqüentava sua aula de cerâmica. Qual tinha sido sua opção, em vez da cerâmica? Connolly pareceu afetado por essa pergunta e murmurou algo que Sheba não conseguiu entender.

— O quê? — ela perguntou.

— Necessidades Especiais, professora — ele repetiu num murmúrio.

Ao contrário do que afirmam alguns relatórios que surgiram desde então, Connolly não era "atrasado" ou "retardado". Assim como 25% dos alunos da St. George, ele tinha sido classificado como alguém que possui "problemas de alfabetização" — dificuldades para ler e escrever — e, portanto, foi selecionado para a sessão diária de Necessidades Especiais. Fazendo mais algumas perguntas ao garoto, Sheba descobriu que as sessões de Necessidades Especiais também o impediam de freqüentar as aulas de artes. Ela disse que estava surpresa com isso e sugeriu que algo deveria ser feito para corrigir essa situação. Connolly estava dando de ombros para demonstrar que não se importava quando Sheba foi subitamente obrigada a se afastar. Um de seus alunos sob vigilância, da oitava série, estava tentando queimar outro, da sétima, com um isqueiro.

Pelo que ela diz, naquela noite ela relembrou sua breve interação com Connolly e anotou em seu diário um lembrete para perguntar sobre a possibilidade de modificar os horários dele. Era errado, ela sentia, que o garoto fosse impedido de seguir uma matéria — talvez a única — para a qual tinha alguma aptidão. Ela queria ajudar.

Essas fantasias de fazer o bem são comuns nas escolas públicas atualmente. Muitos dos professores jovens nutrem esperanças secretas de "fazer a diferença". Todos eles viram os filmes americanos em que moças jovens e adoráveis domam facínoras suburbanos recitando Dylan Thomas. Eles também querem conquistar os corações de seus protegidos com poesia e compaixão. Quando eu estava estudando para me tornar professora, não havia nada disso. Meus colegas estudantes e eu nunca pensamos em melhorar a auto-estima ou em fazer os sonhos se realizarem. Nossas expectativas não iam além de conduzir os nossos futuros alunos pelos caminhos da Leitura, Escrita e Aritmética e fornecer a eles algumas orientações de higiene pessoal. Talvez nos faltasse idealismo. Mas, por outro lado, não me parece uma simples coincidência o fato de que, no mesmo período em que as ambições pedagógicas se tornaram tão infladas e grandiosas, os padrões de alfabetização e de aritmética básicas decaíram radicalmente. Tudo bem que não nos preocupamos tanto com a formação espiritual dos nossos alunos nos velhos tempos, mas os mandamos para enfrentar o mundo sabendo fazer complexas operações de divisão.

Sheba nunca conseguiu alterar o horário de Connolly, claro. Ela chegou a ter um encontro com Ted Mawson, que é responsável pelo planejamento do cronograma da escola. Mas Mawson descartou seu pedido bruscamente, explicando que planejar cronogramas simultâneos para 1.300 crianças era "como jogar xadrez tridimensional" e que, se ele começasse a se preocupar com a aula de artes que aquele aluno perdia ou com a de carpintaria de um outro, nunca terminaria o planejamento. Na ansiedade de não criar problemas, Sheba pediu desculpas, furiosa.

— Isto aqui é uma escola pública — Mawson lhe disse num tom brincalhão de censura quando ela saía de sua sala. — Não a droga de um *Lycée*.

Parece que Sheba ficou bastante revoltada com esse último comentário, detectando nele uma farpa em sua ingenuidade de pessoa privilegiada. Naqueles dias, ela prometeu a si mesma insistir no assunto posteriormente — com o diretor, se necessário. Mas nunca chegou a fazê-lo. Outras coisas surgiram, diz ela. Ficou ocupada demais. Ou talvez, alguém pode fazer a conjectura, como muitos reformadores em potencial antes, ela simplesmente perdeu o interesse.

Poucos dias após conhecer Connolly, Sheba encontrou um retrato em seu escaninho. Era um desenho rudimentar de mulher, a lápis, feito em papel almaço com linhas, no estilo romântico que os artistas de rua costumam adotar. A mulher tinha olhos grandes, enlevados, e braços muito longos que terminavam em estranhas espátulas sem dedos. Ela tinha os olhos fixos no horizonte, exibindo um leve estrabismo sensual. Na blusa decotada, sobressaíam os seios bem fartos. No canto direito inferior do papel, o autor anônimo do desenho tinha escrito com letras grandes e inclinadas as palavras *Dama Sensual*.

Sheba entendeu, quase imediatamente, que ela era a dama sensual em questão, que a imagem pretendia ser um retrato e que tinha sido desenhada pelo garoto louro do CDC da semana anterior. Ela não ficou alarmada. Ao contrário, sentiu-se satisfeita e bastante lisonjeada. Na atmosfera brutal da St. George, o gesto lhe pareceu excentricamente inocente. Ela não chegou a procurar Connolly para agradecer pelo desenho. Julgou que, se ele tinha mantido o anonimato, qualquer reconhecimento da parte dela o envergonharia. Mas achou que, mais cedo ou mais tarde, ele voltaria a procurá-la. E, como previsto, certo dia o encontrou vagando do lado de fora do seu ateliê, pouco depois do recreio, quando ela estava saindo para almoçar.

Sheba lembra que Connolly estava inadequadamente vestido para o clima frio. Era um dia de muito vento em outubro, e ele estava usando apenas uma camiseta e um casaco fino de algodão. Quando ele ergueu a camiseta para coçar a barriga, com olhar ausente, Sheba viu que o seu osso da bacia era saliente, criando uma cavidade rasa logo acima da virilha. Ela tinha esquecido desse detalhe a respeito dos corpos de homens jovens, disse.

— Você pegou aquele desenho? — perguntou Connolly.

— O quê? — ela disse, fingindo surpresa. — Quer dizer que era seu?

Connolly balançou timidamente a cabeça, admitindo a autoria.

Sheba lhe disse que era um desenho lindo e que, se ele realmente era o autor, deveria ter assinado.

— Espere um instante — ela disse.

Destrancou a porta e entrou de volta no ateliê para pegar o desenho na gaveta de sua mesa.

— Por que você não assina para mim agora? — perguntou.

Connolly, que ainda estava parado na porta, olhou para ela com ar de dúvida.

— Por quê, professora? — perguntou.

Sheba riu.

— Por nada. Só achei que seria legal. Você não é obrigado. Mas normalmente os artistas gostam de ser reconhecidos por seu trabalho.

Connolly veio até a mesa e observou o desenho. Não era tão bom quanto outras coisas que ele tinha feito, contou a ela. Não conseguiu fazer as mãos. Sheba concordou que mãos eram difíceis e continuou a falar, dizendo algumas palavras de incentivo sobre o valor de continuar praticando e de estudar modelos vivos. Em certo momento, notou que ele estava olhando fixamente para suas mãos. Sentiu-se tímida, lembra, porque elas eram tão ásperas e descuidadas. Ela pôs o desenho na mesa e cruzou os braços.

— Falei com o Sr. Mawson sobre a mudança no seu horário — ela disse. — Parece que não é tão fácil como eu pensava.

Connolly fez que sim com a cabeça, sem demonstrar surpresa.

— Mas não desisti — ela acrescentou rapidamente. — Com certeza vou continuar tentando e, enquanto isso, o mais importante é que você continue a desenhar.

Houve um momento breve de silêncio. Em seguida, Connolly confessou, hesitante, que o desenho era para ser um retrato dela. Sheba assentiu e lhe disse que tinha adivinhado isso. O garoto ficou atrapalhado e começou a gaguejar. Numa tentativa desajeitada de deixá-lo à vontade, Sheba fez um comentário brincalhão sobre os seios generosos que ele tinha dado a ela.

— Quem dera — ela disse.

Mas isso apenas exacerbou o embaraço do garoto. Ele ficou bastante vermelho, ao que parece, e não disse mais nada por bastante tempo.

Sheba se divertiu com esse episódio. Era uma novidade, diz ela, ser admirada tão candidamente. Quando me contou isso pela primeira vez, lembro de ter manifestado uma certa incredulidade. Podia até acreditar que a afeição de Richard devia ter esfriado com os anos, ou talvez tivesse se tornado tão segura, que era como se não existisse. Mas certamente ela não estava sugerindo que haviam faltado admiradores antes de Connolly. É isso, Sheba? Quem fez os homens na sala de professores da St. George babarem? Não, ela insistiu. *Aquilo* era bem diferente. Sempre houve homens que lhe lançavam furtivamente olhares cobiçosos, homens que deixavam claro achá-la atraente. Mas ninguém, antes de Connolly, tinha realmente ido ao *encalço* dela. Ela chegou a pensar que era sinal de respeito pelo fato de ela ter um marido. Mas tinha de ser outra coisa. Se todo mundo tivesse tanta reverência pela instituição do casamento, como haveria tanto adultério? Talvez, disse ela, a explicação mais plausível estivesse no tipo de homem com que se casara. A maioria dos amigos de Richard eram acadêmicos, todos eles horrorizados com a idéia de parecerem vulgares ou insensíveis. Se flertavam, era sempre algo de elaborado, de espirituoso. Mesmo quando diziam a você que seu vestido era bonito, punham a frase entre aspas para evitar que você ficasse ofendida e lhes desse um tapa na cara.

Tinha havido um sujeito, muitos anos antes, um professor-visitante de lingüística, da Finlândia, que a acompanhara até em casa na volta da ópera, já que Richard fora obrigado a se retirar mais cedo porque alguma comida lhe fizera mal. Ele tinha tentado alguma coisa de maneira bem direta quando ela estava saindo do táxi. Mas isso também não levou a nada. Sheba disse que sentira algum tipo de ressentimento nele, como se a invejasse por ter o poder de atraí-lo. No momento em que resistiu — ou, na verdade, hesitou — ele foi muito desagradável e grosseiro. Tinha suspeitado desde o início que ela era "provocante", disse-lhe. Só Connolly, que era ou muito jovem ou muito bronco para avaliar o caráter abusivo da sua ambição, tinha ousado se aproximar dela com algum charme e persistência. *Ele* não tinha ficado com medo ou zangado com ela. Não tinha usado subterfúgios retóricos tentando elogiar a sua beleza. Quando olhava para ela, era como se a estivesse devorando, ela disse. "Como um pêssego."

Durante a primeira metade do semestre de inverno, fui aumentando a minha confiança para abordar Sheba a respeito da questão disciplinar na sala de aula. Na última semana antes das férias, acho que teria falado com ela. Mas na manhã de segunda-feira daquela semana, fiquei sabendo de um novo desdobramento — tão inesperado e desapontador que me fez desistir inteiramente.

Eu estava parada na minha sala de aula durante o segundo tempo, que por acaso eu tinha livre naquele dia, quando notei pela janela Sheba atravessando o pátio do prédio de ciências em direção ao Old Hall. Ela estava com Sue Hodge, a chefe do departamento de música. Até aquele momento, eu não sabia que as duas se conheciam. Mas algo na linguagem corporal de Sheba — uma certa animação em seus gestos — me deu a impressão de que agora elas tinham bastante intimidade. Estavam andando bem próximas uma da outra, tão próximas que a bolsa de lona estofada de Sue batia no quadril magricela de Sheba. Sheba não parecia notar isso. Ela estava rindo de alguma coisa que Sue tinha dito, jogando a cabeça para trás de tal modo que eu pude ver seu longo pescoço branco e os dois furinhos escuros de suas narinas. Sue também ria. Ela é uma mulher grandalhona, e a hilaridade tende a ter um efeito bastante inconveniente nela. Juntas, as duas faziam barulho suficiente para invadir a janela da minha sala de aula. *Rá Rá Rá*. Logo em seguida, fiquei com medo de que me pegassem espionando e fechei as cortinas.

Não sou alarmista por natureza e tive o cuidado de não tirar nenhuma conclusão drástica da cena que havia testemunhado. Mas, três dias depois, na quinta-feira, ouvi Bob Baker, um professor de ciências, fazer uma observação bem maldosa a Antonia Robinson, afirmando que Sheba parecia ter "feito amizade" com Hodge. Numa tarde dessas, disse Bob, Sue pôs a bicicleta de Sheba na mala do seu carro e lhe deu uma carona para casa.

Era uma confirmação da minha pior suspeita. Sheba tinha escolhido Sue Hodge para ser sua amiga íntima. *Sue Hodge!* Se isso tivesse acontecido antes, no decorrer do semestre, eu poderia ter concluído que essa ligação era um equívoco: mais um daqueles pactos de curta duração ditados pela necessidade, não por um sentimento de afinidade. Mas, em virtude do longo tempo em que Sheba tinha mantido uma certa distância do resto dos professores, a amizade tinha de ser reconhecida como uma escolha refletida e deliberada por parte dela. Meu choque inicial deu lugar prontamente à indignação. Por semanas, Sheba tinha se preservado, rechaçado todos os avanços, apenas para sucumbir a *essa* criatura ridícula?

Eu costumava me encontrar bastante com Sue Hodge. Sendo fumantes, ambas tínhamos o costume de dar uma escapada, na hora de almoço, para um cigarrinho na La Traviata, uma cafeteria italiana perto da escola. Nunca sentamos juntas. Havia uma espécie de gelo entre nós, desde uma ocasião, alguns anos antes, em que Sue me pegara rindo baixinho de um de seus trabalhos de classe, intitulado "Dem Bones: as raízes culturais do negro *spiritual*".* Sue é uma mulher terrivelmente pretensiosa — sempre obrigando as crianças a dançarem ao som de Pink Floyd e cantando "American Pie" com elas, tocando seu horrendo banjo. Por trás de todo esse papo-furado hippie de liberdade ela é, na verdade, assustadoramente puritana — o tipo de mulher que usa protetor de calcinha todos os dias do mês, como se considerasse tudo o que seu corpo expele tão despre-

*Música religiosa originada pelos negros do Sudeste dos EUA. (*N. do T.*)

zível que precisasse ser absorvido por algodão, embrulhado em papel e empurrado bem para o fundo da lata de lixo. (Já fui ao banheiro dos professores depois dela e sei.)

Além disso — o que tornava o interesse de Sheba por ela particularmente incompreensível — Sue é absurdamente pedante. Uma antologia viva de sentimentos medíocres. Uma mulher que se julga muito espirituosa ao chegar para alguém num dia quente de verão e berrar, excitada: "Quente o bastante pra você?" Há muitos anos, antes do incidente do negro *spiritual*, tive o infortúnio de esperar por meia hora com Sue no ponto de ônibus. Em dado momento, ela virou-se para mim e declarou, em um tom exultante de quem acaba de engendrar um delicioso epigrama: "Espera só, quando o ônibus chegar vão vir cinco outros logo atrás dele."

Na sexta-feira daquela semana, eu estava sentada em minha mesa de costume na La Traviata quando Sue chegou com Sheba. Elas estavam falando alto e gargalhando a respeito de alguma coisa ao entrarem no restaurante. A iminência das férias parecia tê-las deixado com uma disposição de ânimo exuberante. Ou talvez, pensei, seja algum tipo de hilaridade consciente o tom que marcava a amizade das duas. Mesmo depois de terem se sentado, continuaram a dar risadas periodicamente. Sue ficava olhando em torno, como que para se certificar de que a sua alegria desenfreada estivesse recebendo atenção suficiente. Para não lhe dar satisfação alguma, tirei um livro da bolsa e comecei a ler. Embora quase não tenha olhado na direção delas enquanto comia, continuei a prestar atenção em seus risos. Quando saí do restaurante, havia cinco guimbas de cigarro no pequeno cinzeiro em minha mesa e meu humor estava sombrio.

Para não deixar dúvidas quanto ao efeito que esse episódio teve em minha disposição de espírito, devo explicar que, alguns anos atrás, recebi um duro golpe quando minha amiga Jennifer Dodd anunciou que não queria mais nenhum contato comigo. Ela e eu tínhamos sido extremamente próximas por mais de um ano, e não tinha havido nenhum aviso prévio dessa mudança brusca. Fiquei estarrecida. Ela tinha começado a sair com um jovem — um pintor e decorador que havia feito alguns trabalhos na casa de sua irmã em Richmond — mas insistiu em afirmar que ele não era a causa de sua súbita mudança. Além de algumas referências misteriosas ao fato de eu ser "intensa demais", ela se recusou a dar *qualquer* explicação para sua decisão. Quando tentei defender meu lado, ficou calada, e quanto mais eu argumentava e questionava, mais fria e insatisfeita ela ficava. Na última conversa que tivemos, ela chegou até mesmo a fazer a ameaça de tomar uma providência jurídica contra mim se eu não a deixasse em paz. E então, num sábado, umas seis semanas depois, eu estava sentada no banco do trem, indo fazer compras de Natal no West End, quando Jennifer e seu novo namorado embarcaram em Mornington Crescent.

Eles sentaram do outro lado do vagão, a apenas alguns assentos do meu. Assim que me notou, Jennifer virou a cabeça e ficou olhando na direção oposta. Mas o rapaz — seu nome era Jason — resolveu me encarar de uma maneira insolente e provocativa. Ele era um sujeitinho de pele oleosa e olhar vazio, com um daqueles corpos "trabalhados" que os homens adquirem levantando pesos numa academia. Na única ocasião em que nos encontráramos antes, eu tinha me esforçado muito para ser educada com ele, e posteriormente comunicara minha má impressão a Jennifer da maneira mais gentil possível. Então era pouco claro o motivo de ele estar adotando aquela atitude agressiva em relação a mim. Sem querer parecer intimidada, devolvi seus olhares com um ar gelado. Em seguida, evidentemente enfurecido, ele virou para Jennifer, pegou-a pelo ombro e lhe deu um beijo. A intenção, ao que parece, era assegurar seus direitos de propriedade em relação à minha amiga. Quando finalmente a largou, olhou para mim com um sorriso horrível e fez um gesto obsceno — bem ali, no vagão cheio, na frente de todo mundo. Eu mal pude acreditar. Quando o trem parou na estação seguinte, fugi. Meia hora depois disso, eu ainda estava sentada num banco da plataforma da rua Goodge chorando.

Observando Sue ao lado de Sheba na La Traviata, recordei toda essa situação desagradável, e a recordação funcionou como um tipo de alarme. Meu relacionamento com Jennifer tinha sido bem mais importante e profundo do que qualquer sentimento nascente de afeição que eu pudesse estar nutrindo por Sheba. Mas a dor que aquela relação causara havia sido da mesma *espécie* da que eu estava experimentando no momento. Meu erro com Jennifer fora atribuir a ela uma inteligência que nunca havia existido realmente. Nas seis últimas semanas, percebi, eu estava cometendo o mesmo erro com Sheba. Graças a Deus ela tinha revelado sua verdadeira face nesse ponto, antes de eu ter investido sentimentalmente nesse equívoco! Mais uma vez, disse a mim mesma, cometera um erro de julgamento. Sheba não era minha alma gêmea. Não era um espírito aparentado ao meu. De fato, ela não era meu tipo, de modo algum.

Depois das férias, desisti de todos os pequenos detalhes com que eu vinha tentando sinalizar boa vontade em relação a Sheba. Deliberadamente, deixei que os meus sentimentos afetuosos azedassem em desprezo. Em certas ocasiões, confesso, fui longe demais, rebaixando-me a algumas agressões infantis. Eu tossia baixinho, como se estivesse contendo o riso, quando Sheba estava falando com alguém. Ou dava uma segunda olhada bem dramática quando ela entrava na sala dos professores, para indicar minha desaprovação de seu traje. Certa vez, quando sua saia estava solta atrás, fiz um grande estardalhaço presenteando-a com um alfinete na frente de vários colegas.

Nenhum desses gestos mesquinhos me deu muito consolo. Sheba não caiu em minhas provocações. Na maior parte das vezes, aliás, ela não pareceu notar que estava sendo provocada. Corou no momento em que lhe dei o alfinete. Mas em seguida sorriu e me agradeceu muito, como se não tivesse registrado de modo algum minha hostilidade.

Finalmente, em desespero, tentei um ataque mais direto. Sheba entrou na sala dos professores cedo, certa manhã, antes do começo das aulas, e parou perto de mim na copa, pegando uma das xícaras de metal que eram de uso geral. A maioria dos professores da escola trazia suas próprias canecas de casa, mas por alguma razão Sheba nunca fez isso. Eu estava prestes a fazer um comentário zombeteiro a respeito da higiene duvidosa do recipiente que ela usava para beber, quando Brian Bangs, um professor de matemática, surgiu entre nós.

— Oi, meninas! — disse bem alto. — Foi bom o final de semana?

Bangs é um sujeito bem lamentável. Ele exibe, quase permanentemente, uma irritação de pele no rosto, de fazer a barba, e está sempre muito, muito nervoso. Mesmo seus menores arroubos nas conversas têm um caráter torturante, exagerado, e ele tende a elevar o tom de sua voz um ou dois decibéis acima do registro normal. Falar com ele é como tentar representar em uma peça da escola. Fiz um aceno breve com a cabeça, mas Sheba foi mais generosa.

— Oi, Brian — ela disse. — Não foi um fim de semana ruim, obrigada. E o seu?

— Ah, foi ótimo — Bangs respondeu. — Fui ver o jogo do Arsenal no sábado.

— É? — disse Sheba.

— Grande jogo — Bangs disse. — É, excelente.

Sheba assentiu com a cabeça.

— Ganhamos do Liverpool de três a zero — Bangs berrou estupidamente. Ele fechou o punho e socou o ar em sinal de triunfo. — Éééé.

— Ahh. — Neste momento Sheba se concentrava em amassar um saquinho de chá contra a borda de sua xícara. — Que ótimo. — Ela retirou-o com uma colher e derramou um pouquinho de leite.

— Essa... Essa sua blusa é muito bonita — disse Bangs, apontando de modo um tanto grosseiro para o peito de Sheba.

— O quê? — Sheba ficou momentaneamente perdida. Ela pegou numa ponta da blusa, como que para relembrar o que estava vestindo, e olhou com um ar cético. — A-hã, obrigada.

— É nova? — Bangs disse apressadamente.

— Não, na verdade eu tenho essa blusa há anos.

— Ah é? É mesmo? Bem, não parece velha de jeito nenhum. Está ótima. Você devia usá-la mais.

— Ah... está bem — disse Sheba, rindo.

Eu tinha terminado de fazer meu chá. Elaine Clifford e um professor de francês chamado Michael Self se aproximaram da bancada para preparar café. Mas eu permaneci onde estava, ouvindo com uma espécie de fascinação irritada a conversa entre Sheba e Bangs. Eu não entendia como Sheba podia dar tanta atenção a um cretino daqueles e me ignorar.

— Então, ahn... o que você acha da *minha* camisa? — Bangs estava dizendo. Ele deu um passo para trás e, com as mãos nos quadris, deu dois giros imitando um modelo. Era o tipo de comportamento brincalhão que homens como ele — desajeitados, sem nenhuma graça — deviam evitar.

A camisa para a qual ele estava buscando a aprovação de Sheba era azul-marinho, com um colarinho duro branco e um bolso do lado com o logo do estilista. A julgar pelas marcas simétricas de dobras na frente da camisa, ela era novinha em folha.

Sheba pousou a caneca e examinou Bangs com um ar sério.

— Ah, sim — ela disse. — Muito bonita. — Ela não foi nada

convincente. Falou como se estivesse elogiando uma batata pintada por uma criança.

Mas Bangs reagiu à sua aprovação com um prazer ingênuo e crédulo. — É? Você gostou?

— Sim — Sheba disse. — É fantástica. Muito elegante.

— Eu não tinha muita certeza sobre...o colarinho e tudo o mais. Achei que podia ser um tanto espalhafatosa para mim.

— Não — Sheba disse. — É uma bela camisa.

Eu não consegui agüentar mais. Os dois estavam tagarelando um com o outro como se eu não existisse. Eu procurei algo espirituoso para dizer e marcar minha presença.

— Seus filhos estudam em escolas particulares, não é, Sheba? — eu falei sem pensar.

Sheba inclinou-se para mim com um sorriso, fazendo uma concha com a mão na orelha.

— Desculpe, Barbara — ela disse. — O que foi que disse?

— Eu perguntei se os seus filhos estudam em escolas particulares.

Houve um silêncio.

— Não é verdade? — acrescentei.

Bangs, Elaine e Michael olharam espantados para mim. Depois os três deram um risinho. Naquela altura, todo mundo da equipe sabia que os dois filhos de Sheba estudavam em escolas particulares — a professora de francês Linda Preel tinha extraído isto dela no início do semestre — mas ninguém ainda a havia questionado a respeito. Eram todos muito covardes. Pessoalmente, eu não tenho nada contra o ensino privado. Meu primeiro emprego como professora foi numa escola particular em Dumfries e, se não fosse por problemas pessoais que eu enfrentei com alguns membros da equipe naquela instituição, eu ainda poderia estar lecionando lá. Entretanto, para os meus simplórios colegas, o ensino privado é um pecado. Juntamente com casacos de pele e caça à raposa, ele está na lista das dez Coisas que Eles Mais Desaprovam.

Sheba virou-se para mim, com um ar ligeiramente intrigado.

— Sim — ela disse. — Minha filha está no colégio interno, na verdade. Ela freqüentou a Maitland Park Comp por algum tempo, mas não gostou muito de lá.

— Entendo — eu disse. — E o seu filho? Ele também fez objeções ao baixo nível das escolas públicas?

Sheba deu um sorriso.

— Não, Ben freqüenta um lugar especial...

— Ahhh! — eu interrompi. — Um lugar *especial*.

— Sim. — Sheba fez uma pausa. — Ele tem síndrome de Down.

Os sorrisos de expectativa de Elaine e Michael murcharam. Bangs deu a impressão de que ia desmaiar.

— Ah — eu disse. — Sinto muito, eu...

Sheba sacudiu a cabeça.

— Por favor, não precisa.

Elaine, Michael e Bangs tinham recomposto a expressão de seus rostos e assumido um ar de solidariedade. Tive vontade de dar na cara deles.

— Não, desculpe — eu disse. — Eu não quis dizer que sentia muito por...

— Eu sei — Sheba me interrompeu. — Este é um tipo de informação para o qual não há resposta adequada.

Lá estava de novo — a recusa perversa em reconhecer a minha hostilidade. Ela me dava a impressão de um lago mágico de um conto de fadas: nada conseguia perturbar a sua superfície calma como um espelho. Meus comentários maliciosos e minhas brincadeiras irônicas desapareciam em suas profundezas, sem deixar vestígio.

Eu gostaria de dizer que tive vergonha de mim mesma. Não há dúvida de que sinto vergonha agora. Mas o que senti na época foi raiva: a raiva da derrota. Depois deste incidente, eu parei de tentar instigar Sheba e me mantive longe dela. Às vezes, quando dávamos de cara uma com a outra no corredor da escola, eu a cumprimentava com uma leve inclinação de cabeça. Mas normalmente eu olhava bem para a frente e passava rapidamente por ela.

Três

A ironia de eu ter me agoniado com a amizade entre Sheba e a gorducha Sue, quando o tempo todo ela estava se preparando para copular com um menor, não me escapa. É triste e um tanto irritante pensar que desperdicei aquele tempo todo com o mistério do encantamento de Sue, enquanto a relação muito mais letal estava sendo tramada bem debaixo do meu nariz. Entretanto, eu não posso dizer que as minhas preocupações fossem *totalmente* infundadas. Parece-me que se Sheba tivesse escolhido melhor uma amiga — se ela tivesse escolhido a mim em vez de Sue desde o começo — é bem possível que pudesse ter evitado o imbróglio Connolly. Eu não estou querendo exagerar os efeitos benéficos da minha amizade, e nem a influência danosa de Sue. Sempre tive o cuidado de evitar explicações simplistas para o que Sheba fez e seria idiotice jogar em cima de outra pessoa a responsabilidade por suas ações. Mas se, nesse período tão desafiador de sua vida, Sheba estivesse recebendo o apoio de um adulto sensato, eu acredito que ela teria ficado bem menos tentada por quaisquer consolos ilusórios que Connolly tivesse para oferecer. De fato, quando olho para este período, o que me chama atenção não é o despropósito dos meus anseios em relação a Sheba, mas, ao contrário, a acuidade com que eu havia intuído a sua vulnerabilidade. Toda a angústia que eu senti em relação a ela e Hodge — toda a frustração que senti por ser alijada de sua vida — revela-se agora como tendo sido bem *au point*. Ao que parece, só eu, dentre todas as suas amigas, família e colegas, havia percebido a sua necessidade desesperada de orientação.

Logo após as férias, Connolly apareceu de novo no ateliê de Sheba. Ela estava sozinha na cabana no final do dia, recolhendo algumas esculturas de animais que seus alunos da sétima série tinham feito, quando ele apareceu. Disse que queria mostrar a ela alguns desenhos. Havia chovido o dia inteiro. O cabelo dele estava grudado na cabeça e havia um cheiro adocicado de roupas úmidas nele. Quando ele se aproximou, ela sentiu o cheiro do seu hálito, e este também era doce — quase açucarado, Sheba pensou. Eles se sentaram e examinaram os seus desenhos — todos feitos a partir de modelos vivos, em deferência aos conselhos dela. Depois examinaram os pandas e leões da sétima série, rindo juntos dos que eram particularmente toscos. Num certo ponto, Sheba começou a tentar explicar os princípios da esmaltação. Ficou impressionada com a atenção com que ele ouviu. Parecia genuinamente interessado, ela pensou. Interessado e ávido por aprender. *Isto*, ela disse a si mesma, era o que ela havia esperado do ofício de ensinar.

Pouco antes de Connolly ir embora naquela tarde, ele contemplou um cartaz do British Museum de uma urna romana antiga e observou como era estranho pensar que uma pessoa — "um cara de verdade, há mil anos" — havia criado aquele artefato. Sheba fitou-o com atenção. Até então, nenhuma das crianças tinha demonstrado o menor interesse por seus cartazes. O comentário de Connolly expressava tanto o sentimento que ela tinha querido inspirar que desconfiou que ele estivesse zombando dela.

— Faz sair fumaça do cérebro, não faz? — ele acrescentou, dando um piparote na franja. O rosto dele não demonstrava nenhuma intenção satírica.

— Sim — ela respondeu. — *Exatamente.* Você tem razão. Faz mesmo sair fumaça do cérebro.

Ele se preparou para ir embora. Sheba disse que aparecesse por lá com seus desenhos sempre que tivesse vontade. — Talvez da próxima vez que você vier — ela acrescentou — a gente possa fazer uma tentativa com cerâmica. — Connolly concordou com a cabeça, mas não deu nenhuma outra resposta e Sheba temeu ter extrapolado. Quando Connolly não apareceu nem na terça-feira seguinte nem na quarta e nem na quinta, ela achou que tinha mesmo extrapolado.

Na sexta-feira, entretanto, quando Sheba estava enchendo o forno, Connolly reapareceu. Ele explicou que não tinha podido ir antes porque havia tido várias detenções. Sheba, decidida a não se mostrar muito entusiasmada desta vez, deu de ombros e disse que estava contente em vê-lo. Ele tinha levado mais desenhos e, mais uma vez, eles ficaram um bom tempo examinando o trabalho dele, antes de iniciar um bate-papo sobre a escola e outros assuntos. Ele ficou lá quase duas horas. No final da visita, Sheba estava discutindo a ciência da temperatura dos fornos quando ele a interrompeu para comentar como ela falava bem. Disse que ela não precisava ser professora. Podia conseguir um emprego "falando sobre o tempo na TV ou algo assim". Sheba sorriu, achando graça da falta de tato dele. Ela disse que ia pensar na sugestão de carreira que ele tinha dado.

Quando ele voltou na semana seguinte, não levou o bloco de desenho. Ele não tinha feito nenhum desenho aquela semana, disse. Tinha passado apenas para bater papo. Sheba, que ficou satisfeita por ele não precisar mais do pretexto de estar buscando seus conselhos artísticos para visitá-la, recebeu-o calorosamente. Havia um livro com reproduções de Degas sobre sua mesa — ela o havia levado, na esperança de atrair suas alunas da oitava série com as bailarinas — e quando Connolly ergueu-o, ela o encorajou a vê-lo.

Ele começou folheando o livro, parando de vez em quando para deixar Sheba parafrasear o comentário acerca de uma determinada pintura ou escultura. Ela ficou muito satisfeita com a reação dele a uma pintura intitulada *Sulking*. Lendo o que estava escrito no livro, ela informou a ele que o relacionamento entre o homem e a mulher na pintura era misterioso e que ninguém sabia ao certo qual deles era o amuado.

Depois de examinar de novo a pintura, Connolly declarou que não havia nenhum mistério — que o amuado era sem dúvida o homem. A mulher estava inclinada em sua direção, tentando conseguir alguma coisa dele, e sua postura curvada, irascível, indicava seu desagrado. Sheba ficou impressionada com esta análise e cumprimentou Connolly por ele ser um observador agudo da linguagem corporal. Depois que foi embora, ela se viu rindo sozinha. O professor de necessidades especiais de Connolly ficaria chocado, ela pensou, se pudesse ter visto o seu aluno com dificuldades de aprendizagem conversando tão entusiasticamente sobre Degas!

À medida que o tempo foi passando e as visitas de Connolly tornaram-se rotina, ele foi incentivado a apresentar mais dos seus *insights* sobre arte e das suas idéias sobre o mundo. Às vezes, quando ele e Sheba estavam conversando ou vendo gravuras, ele se levantava subitamente e ia até a janela do ateliê para comentar a respeito do formato das nuvens, ou da cor arroxeada do céu ao entardecer. Uma vez, no que foi certamente um momento extremo, ele chegou a segurar a cortina cor de mostarda do ateliê e declarar que se tratava de um "tecido interessante".

Está muito claro para mim que havia um forte elemento de cálculo nesses rompantes de avidez e encantamento. Com isso eu não quero dizer que o rapaz fosse exatamente cínico. Simplesmente estava ansioso por agradar. Ele tinha reparado que Sheba gostava mais dele quando ele dizia coisas sensíveis acerca de gravuras e coisas assim, e elaborava suas ponderações sonhadoras para agradá-la. Se isto era cinismo, então temos que concordar que toda sedução é cínica. Connolly estava fazendo o que todo mundo faz nesta situação — dispondo suas mercadorias de forma a agradar o freguês.

No entanto, durante muito tempo Sheba não viu nada disso. Não lhe ocorreu que as reflexões estudantis de Connolly ou sua "paixão" pelo forno não fossem sinceras. E quando, finalmente, isto lhe ocorreu, ela parece ter ficado mais sensibilizada do que desiludida. Até hoje, ela defende furiosamente a "inteligência" e a "imaginação" de Connolly. Se ele realmente simulou interesses que não eram seus, ela diz, esta simulação demonstrou "uma capacidade de adaptação social muito sofisticada" da parte dele. A escola se sente desconfortável com a idéia de que Connolly possa ser inteligente, ela afirma, "porque sempre considerou-o burro".

A escola nunca rotulou Connolly de burro, evidentemente. O fato de ele ter sido identificado como um aluno com necessidades especiais — de receber ajuda para a sua dislexia — indica exatamente o contrário. É verdade que ninguém da equipe jamais se mostrou tão entusiasmado quanto Sheba a respeito de suas capacidades intelectuais. Mas a verdade pura e simples é que Connolly *não* é um garoto muito brilhante. Ele é perfeitamente mediano, possuidor de uma inteligência perfeitamente mediana.

Então por que Sheba foi levada a uma avaliação tão extravagante de suas virtudes? Por que ela insistiu em considerá-lo a sua pequena Helen Keller num mar de ignorantes? Os jornais irão dizer que a avaliação de Sheba foi encoberta pelo desejo: ela se sentia atraída por Connolly e, para explicar esta atração, convenceu a si mesma de que ele era uma espécie de gênio. Isto é bastante razoável. Mas não é toda a história, na minha opinião. Para entender completamente a reação de Sheba a Connolly, seria preciso levar em consideração também seu conhecimento muito limitado — e suas baixas expectativas — de pessoas da classe social dele. Até conhecer Connolly, Sheba jamais tivera qualquer contato íntimo com um membro do proletariado britânico. Seu relacionamento com este segmento não ia — e não vai — muito além do que ela deduzia a partir das novelas e das diversas mulheres que haviam limpado sua casa ao longo dos anos.

Naturalmente, ela iria negar isto. Como tantos outros membros da alta burguesia londrina, Sheba é profundamente apegada a uma mitologia de si mesma como conhecedora das ruas. Ela sempre reclama quando me refiro a ela como sendo da classe alta. (Ela insiste em dizer que é classe média; no máximo média-alta.) Ela adora fazer compras comigo na feira de Queenstown ou no Shop-A-Lot próximo aos conjuntos habitacionais de Chalk Farm. A imagem que tem de si mesma como membro da selva urbana fica reforçada quando ela compartilha as filas do caixa com mães adolescentes comprando macarrão instantâneo na forma de Teletubbies para seus filhos. Mas pode ter certeza de que se alguma dessas garotas prematuramente envelhecidas algum dia se dirigissem diretamente a ela, ficaria assustadíssima. Embora não consiga confessar, ou até mesmo admitir para si mesma, ela considera a classe trabalhadora como sendo uma entidade misteriosa e homogênea: um povo temperamental, de cara vermelha, embotado por aditivos alimentares e álcool.

Não é de espantar que achasse Connolly tão fascinantemente anômalo. Ali, no meio de todos os brutamontes hostis do norte de Londres, ela tinha encontrado um rapaz que gostava da companhia dela, que ouvia, de boca aberta, o que ela lhe ensinava a respeito dos grandes artistas. Que balbuciava estranhos *aperçus* a respeito das cortinas. A pobre Sheba contemplava Connolly com a mesma perplexidade e prazer com que eu ou você olharíamos para um macaco que saísse da floresta e pedisse um gim-tônica.

Connolly compreendeu isto, eu acho. Não quero dizer que ele teria sido capaz de expressar, ou mesmo de formular conscientemente o papel que a diferença de classes representou no seu relacionamento com Sheba. Mas que ele percebeu a dimensão antropológica do interesse de Sheba por ele e usou-a, eu não tenho dúvidas. Ao descrever sua família e sua casa para Sheba, ele parece ter se esforçado para deixar intatas as suas noções ingênuas dos hábitos proletários. Contou a ela sobre os acampamentos de trailers nas férias em Maldon, Essex, sobre o trabalho de meio-expediente da mãe como merendeira e sobre o emprego do pai como motorista de táxi — mas não mencionou que a mãe tinha um diploma de ensino superior nem que seu pai era um estudioso de história, interessado especialmente na Guerra Civil americana. Estes fatos, agora que surgiram nos jornais, deixaram Sheba tão perplexa — por serem antagônicos aos estereótipos de brutamontes que ela tinha sido encorajada a visualizar — que ela prefere ignorá-los ou classificá-los como mentiras. Em recente entrevista a um jornal, a mãe de Connolly mencionou que quando os filhos eram pequenos, ela e o marido costumavam tocar para eles gravações do *Lago dos Cisnes* e de *Pedro e o Lobo*. Sheba jogou o jornal no chão quando chegou neste pedaço. A Sra. Connolly estava mentindo, ela disse — tentando fazer a vida do filho parecer mais saudável e feliz do que era. "O pai de Steven bate nele, você sabe disso", ela berrou. "Bate nele. Ela não menciona isto, não é?"

Esta acusação se baseia em algo que Connolly contou a Sheba uma vez, no início do relacionamento deles. Sheba já tinha mencionado várias vezes esta conversa porque foi a alegação de violência por parte do pai — verdadeira ou falsa — que provocou seu primeiro gesto de intimidade para com o rapaz.

Foi quase no final do semestre de inverno. Connolly tinha ido visitá-la no ateliê e os dois estavam olhando pela janela para o playground, conjeturando se iria nevar ou não. Connolly disse que a neve sempre deixava o pai de mau humor. Quando o Sr. Connolly "ficava puto", ele acrescentou, geralmente batia nele. Sheba não ficou particularmente surpresa com isso. Ela tinha assistido a diversos programas de televisão sobre violência doméstica, e achava que sabia muito sobre brutalidade doméstica nas casas populares. Murmurou algo consolador para Connolly. E em seguida estendeu a mão e acariciou sua cabeça. Quando tirou os dedos, mechas de cabelo ergueram-se junto com eles numa descarga elétrica. Sheba riu e fez um comentário a respeito da estática que havia no ar naquele dia. Connolly fechou os olhos e sorriu. "Faz isso de novo, professora", ele disse.

Antes deste incidente, Sheba havia pensado ocasionalmente sobre a experiência sexual que Connolly teria. Os garotos do primeiro ano do Ensino Médio da St. George variam muito em seu grau de sofisticação sexual. Alguns ainda estão no estágio de dar risadinhas a respeito da "árvore do orgasmo" no jardim do diretor (um ciclâmen, assim chamado porque seu cheiro supostamente lembra o cheiro do sêmen). Alguns se gabam de ganhar "boquetes" das meninas e de enfiar seus dedos nelas. E há outros que fazem referências convincentes acerca de suas experiências. Sheba não tinha como saber onde Connolly se encaixava neste espectro, mas tinha ficado inclinada a colocá-lo na extremidade inocente da escala. Não como virgem tecnicamente falando, talvez, mas ainda inexperiente. Agora, algo no sorriso dele — o modo confiante com que mandou que o tocasse de novo — a fez rever sua avaliação anterior.

Sheba não quis repetir o gesto. Disse a ele que estava na hora de ir para casa. Ela vestiu o casaco e o engraçado chapéu peruano que estava usando naquele inverno. Depois trancou o ateliê e os dois atravessaram o playground juntos e foram até o estacionamento. Embora ela tivesse dito que não precisava, Connolly esperou que abrisse o cadeado da bicicleta. Quando saíram para a rua, pararam, um tanto sem jeito, sem saber ao certo como se despedir um do outro. Sheba resolveu a questão dando um rápido cutucão nas costelas de Connolly e pulando na bicicleta. "Até logo!", ela disse e saiu pedalando. Quando olhou para trás, viu que ele ainda estava parado na calçada, no mesmo lugar. Acenou e, instantes depois, ele acenou de volta desanimadamente.

Foi sempre uma questão que me intrigou saber exatamente quando Sheba tomou consciência de que tinha sentimentos amorosos por Connolly e dos que ele tinha por ela. Eu já a interroguei diversas vezes sobre isso, mas suas respostas são enlouquecedoramente inconsistentes. Às vezes, ela insiste que sentia apenas um carinho maternal por Connolly e que foi pega inteiramente de surpresa quando ele a beijou pela primeira vez. Outras vezes, ela confessa timidamente que "gostou" dele desde o início. Eu ouso dizer que jamais saberemos com certeza como foi o progresso exato do seu romance. Mas parece claro que durante aqueles primeiros tempos Sheba não foi muito honesta consigo mesma a respeito dos seus sentimentos para com o rapaz. O episódio da mão no cabelo é um desses casos. Voltando para casa naquela noite, ela se sentiu perturbada, segundo ela. Inquieta. Ficou rememorando o que havia acontecido no ateliê e dizendo a si mesma que não havia nada com que se preocupar. Ela tinha passado a mão na cabeça do menino por bondade. Como se fosse uma tia. Mas então por que estava se sentindo tão culpada?, pensou. Por que precisava tranqüilizar a si mesma? As coisas que eram realmente inocentes não precisavam ser rotuladas como tal. Se tudo entre ela e o rapaz fosse tão simples e claro, por que ela nunca havia mencionado as visitas dele para Sue? Ela estava se sentindo culpada em relação a isso. Estava, sim!

Se Sheba tivesse prosseguido neste autoquestionamento com algum rigor, talvez as coisas tivessem sido muito diferentes. Mas assim que esta promissora linha de pesquisa foi aberta, ela a fechou. Ela não havia mencionado Connolly para Sue, disse a si mesma, porque Sue certamente iria reagir com uma ansiedade desnecessária. Sue teria dito que os encontros depois da escola eram "indecorosos". E Sheba sabia que não eram. O que importava o que os outros pensassem, contanto que *ela* soubesse que não havia nenhuma maldade naquilo? As pessoas eram supervigilantes hoje em dia por causa do abuso de menores. Na pressa de se defender dos tarados, o mundo tinha ficado um tanto louco. Havia pessoas que não tirava mais retratos dos filhos sem roupa, com medo de serem denunciadas pelos laboratórios. Ela não ia sucumbir de jeito nenhum a esse tipo de loucura e policiar a si mesma. Ela havia passado a mão no cabelo dele. No cabelo. Ela quis apenas confortar o rapaz, disse a si mesma. Talvez se sentisse menos inclinada a fazer este gesto com outro aluno menos atraente. Mas e daí? Ela não podia obrigar-se a ignorar a aparência e o cheiro dos garotos. Passava o dia inteiro enfrentando a realidade corporal deles: sentindo o cheiro dos seus peidos, fitando, com piedade, as espinhas. Alguns deles eram feios e outros atraentes. Que tipo de santa não notaria a diferença? Qualquer prazer que o aspecto físico de Steven pudesse proporcionar-lhe não era nem mais nem menos suspeito do que o prazer que ela costumava sentir com o corpo rechonchudo e aveludado dos seus próprios filhos. Um prazer sensorial, é verdade, mas longe de ser sensual.

Numa tarde de sexta-feira, pouco antes das férias de fim de ano, Connolly apareceu no Clube do Dever de Casa que Sheba estava tomando conta. Os dois não haviam se encontrado em público desde que tinham se tornado amigos e Sheba sentiu um certo mal-estar. Connolly chegou tarde, junto com um rapaz magrinho e risonho chamado Jackie Kilbane. De acordo com os bilhetes que entregaram, eles tinham sido apanhados no início da semana fumando um cigarro no banheiro decrépito do pátio da escola. Agora estavam cumprindo duas semanas de horas extras de estudo. Sheba detectou algo de matreiro e furtivo na atitude de Connolly quando ele ficou parado diante de sua mesa. Quando sorriu para ele, ele não a encarou.

Assim que ele e Kilbane foram registrados, foram para o fundo da sala, onde começaram a se balançar nas cadeiras e a cochichar. Sheba não conseguiu ouvir o que diziam, mas teve a sensação desagradável de que era de natureza obscena e que se relacionava a ela. A suspeita aumentou quando Kilbane se levantou, aproximando-se de sua mesa para pedir mais papel. Kilbane é um garoto desagradável, com um rosto feio e amarelo e uma atitude insolente e insinuante. Tinha um buço ralo sobre o lábio superior, como um filhote de lagarta. Ele dava arrepios em Sheba. Quando ela se inclinou para pegar o papel dentro da gaveta, ele deu a impressão de estar parado perto demais da cadeira dela, mas só quando endireitou o corpo viu que ele estava tentando olhar para dentro da sua blusa. Ela entregou uma folha de papel a ele e mandou rispidamente que voltasse para a carteira dele. "Está bem, está bem", ele disse debochado, enquanto se afastava. "Não precisa ter um chilique". Sheba olhou para Connolly. Ele tinha observado a conversa com atenção. Quando seus olhos se encontraram, o rosto dele tinha uma expressão dura, antipática. Toda a doçura de suas feições tinha desaparecido.

Sheba sentiu-se traída. Ela o havia achado especial e ali estava ele cochichando, tramando com seu amigo horroroso para espiar os seus seios. Ao mesmo tempo, ela percebeu uma certa — o que era aquilo? Excitação? Desejo? Por um segundo, ela se viu imaginando como seria deitar-se sob ele; sentir as mãos dele no seu corpo. Sacudiu a cabeça, assustada. Não devia ter sido tão carinhosa com ele, disse a si mesma. Agora teria que recuar.

No final da primeira meia hora, Kilbane e Connolly começaram a brincar de luta — rolando pelo chão enquanto o resto do grupo incentivava aos gritos. Nenhum dos dois atendeu quando ela se levantou da cadeira e foi até eles, mandando que parassem. Finalmente, ela ameaçou chamar o Sr. Mawson se eles não parassem imediatamente e fossem com ela para fora da sala. Isto funcionou. Os garotos se levantaram do chão, ainda rindo, e saíram para o corredor. Mas assim que Sheba fechou a porta da sala e os encarou, ficou sem saber o que fazer. Seu único pensamento tinha sido afastá-los da platéia. Agora que tinha feito isso, tentou definir o próximo passo.

Por acaso, eu estava atravessando o Middle Hall a caminho de uma reunião com o diretor, quando Sheba e os dois garotos apareceram. Eu ouvi sua voz zangada, antes de vê-la. E então, quando dobrei o corredor, avistei o grupinho no final deste. Os pés de Sheba estavam firmemente plantados na posição de dez para as duas, como se ela estivesse se preparando para um *plié*. Ela estava com as mãos nas cadeiras. Parecia a carta de tarô que representa a ira. Os rapazes, que eram bem versados nas posturas desta cena professor-aluno, estavam encostados na parede, com as mãos enfiadas nos bolsos.

Como eu já estava arriscada a chegar atrasada para o meu encontro com Pabblem, e como o meu relacionamento com Sheba tinha atingido um ponto difícil, eu fiquei tentada a ignorar o contratempo que ela estava tendo com os dois rapazes e simplesmente seguir em frente. Mas ao me aproximar eu ouvi distintamente o rapaz mais alto chamá-la de "sua vaca idiota".

— O que foi que você disse? — eu perguntei rispidamente. Quaisquer que fossem os meus sentimentos pessoais para com Sheba, fui obrigada a censurar a falta de educação do garoto. Eu teria ignorado a minha obrigação se não tivesse feito isso.

Os três olharam para mim. Sheba estava com um olhar meio desvairado e o rosto vermelho.

— Esses rapazes estão causando problemas, professora Hart? — eu perguntei.

— Temo que sim, Sra. Covett — Sheba disse. Tinha um tremor na voz. — Eles estão conversando e perturbando a turma desde o início do CDC. E agora começaram a brigar.

Juntas, nós estudamos os rapazes. O mais alto, Kilbane, tinha freqüentado uma das minhas aulas de história no ano anterior. Ele era chamado pelos colegas de "Lurch". O de cabelo louro eu não conhecia. Ele não era tão autoconfiante quanto Kilbane e quando perguntei o nome dele, respondeu baixinho, olhando para o chão.

— Como? — eu disse. — Fale mais alto.

Ele levantou a cabeça.

— Steve Connolly, senhora — disse. A voz dele ainda tinha um traço infantil — como uma nota arranhada de clarinete.

Usei o processo de sempre com os garotos — indignação, ameaças, avisos de "comportem-se". Suponho ter exagerado um pouco para impressionar Sheba. Enquanto eu falava, Connolly manteve os olhos no chão, levantando a cabeça de vez em quando para olhar de soslaio para Sheba. — Olhe para mim quando eu estiver falando com você — disse a ele.

Se eu senti algo de sexual na atitude dele em relação a ela na época? Possivelmente. Mas o trato com alunos do sexo masculino daquela idade tem sempre alguma conotação sexual. Uma escola secundária é uma espécie de sopa hormonal. Todos aqueles corpos comprimidos uns contra os outros — fervilhando de puberdade e fantasia adolescente — têm forçosamente que produzir uma certa *atmosfera*. Mesmo eu, uma mulher de sessenta e poucos anos e sem nenhum atrativo, já fui alvo uma vez ou outra da curiosidade testosteronal dos meus alunos de quinze anos. Isto é algo com que a gente se habitua. Muito ocasionalmente, a tensão sexual é liberada em algum tipo de explosão — uma bolinação, uma ameaça. Houve um incidente, em 1982, quando um garoto demoníaco da nona série chamado Mark Roth atacou a moça que estava entrando na época para ensinar conversação em francês. (Ele estava aparentemente em cima dela quando seus gritos alertaram um professor que estava passando.) Mas esse foi um caso único. Na maioria das vezes, a angústia sexual dos alunos da escola não passa de um burburinho indistinto: um barulho inofensivo.

Depois de passar um sermão nos rapazes, eu os acompanhei de volta para a sala e esperei que começassem a fazer seus deveres. Não havia lidado com o episódio com muito tato. A etiqueta escolar exige que quando a autoridade moral de alguém com as crianças é reconhecidamente maior do que a de um colega, a pessoa deve minimizar este fato. Ao contrário, eu havia feito o possível para demonstrar que tinha mais competência para exercer a disciplina. Fui até Sheba, que estava parada na frente da sala.

— Não hesite em me chamar se esses dois tornarem a causar problema — disse a ela.

Achei que fosse ficar envergonhada. Mas quando me afastei, veio atrás de mim com um largo sorriso no rosto. Na porta, se inclinou e pôs a mão no meu ombro. — Muitíssimo obrigada por me salvar, Barbara — ela sussurrou.

Eu fiquei tão espantada que não consegui dizer nada. De fato, foi só depois que eu saí para o corredor e ela fechou a porta atrás de mim que eu me lembrei que deveria ter respondido alguma coisa.

Quatro

Cheguei atrasada para o encontro com Pabblem, é claro. Quando entrei em seu escritório, ele estava com o joelho apoiado na sua cadeira ergonômica especial, sem espaldar, emanando uma espécie de insatisfação indignada. — "Até que enfim!", ele disse quando me viu. Desejou-me boa-tarde com a polidez cuidadosa de alguém que tem planos de ser desagradável. "Por favor..." Ele me apontou uma cadeira (não ergonômica, modelo normal) do outro lado de sua escrivaninha. Eu me sentei. O centro administrativo da escola fica situado em um anexo feio, em forma de L, do prédio de ciências e o gabinete de Pabblem, que fica bem na extremidade do anexo, dá para um modesto quadrado de grama e canteiros de flores conhecido como "o jardim do diretor". Naquela tarde, Phelps, o zelador da escola, e Jenkins, seu deprimido assistente, estavam no jardim, instalando uma banheira para passarinhos. Eu podia acompanhar suas manobras comicamente incompetentes por cima do ombro de Pabblem enquanto ele falava.

— Teve uma boa semana? — Pabblem perguntou.

Balancei a cabeça afirmativamente. Eu não ia gastar minha energia sendo simpática. — Muito bem — ele continuou. — Estou vendo que você já pegou um café, então... vamos direto ao assunto.

Quinze dias antes, três outros membros do departamento de história tinham levado oitenta alunos do primeiro ano numa excursão até a catedral de St. Albans como parte de um estudo sobre as igrejas. Enquanto estavam lá, um grupo de cerca de quinze crianças tinha escapado da supervisão e invadido as lojas do centro da cidade cometendo furtos. Alguns meninos foram pegos em flagrante e levados para a delegacia local, onde foram autuados. No dia seguinte, Pabblem recebeu um monte de queixas e ameaças dos lojistas de St. Albans, e alguns dias depois a escola foi informada pela prefeitura de St. Albans de que nunca mais poderia visitar o lugar outra vez. Eu não participei da excursão, mas como a professora mais antiga da equipe de história, tinha sido encarregada por Pabblem de escrever um relatório sobre o incidente. Minha tarefa oficial era explicar a "falha disciplinar" e oferecer sugestões de como evitar problemas como esses no futuro. Minha tarefa *real* era registrar que nenhuma responsabilidade por este lamentável episódio poderia ser atribuída à direção da escola, isto é, Pabblem. O relatório final, que eu havia entregue a Deirdre Rickman naquela manhã, havia deixado de cumprir ambas as funções.

— Em primeiro lugar — Pabblem disse — quero agradecer-lhe pelo trabalho que teve em elaborar este estudo. — (Pabblem sempre chama os relatórios que encomenda de "estudos", como se a vida na St. George fosse um comitê permanente sobre a AIDS composto por médicos internacionais.) — Quaisquer objeções que eu venha a fazer, quero que saiba que não diminuem a minha apreciação pelo seu esforço. — Neste ponto ele fez uma pausa, para que eu pudesse agradecer-lhe por sua justiça salomônica. Como eu permaneci em silêncio, ele fingiu uma tossidinha e continuou. — Devo ser franco com você, Barbara. Quando li o seu estudo, fiquei um tanto confuso. E, em última análise, fiquei desapontado.

De repente, ouvimos um zumbido alto na sala. Pabblem suspirou enquanto se inclinava para a frente para apertar um botão do seu interfone.

— Sim?

— Colin Robinson está na linha — a voz de Deirdre Rickman anunciou.

— Não posso falar com ele agora — Pabblem disse, irritado. — Diga a ele... — Passou os dedos pelo cabelo vermelho e ralo. O sobrecarregado executivo-chefe. — Não, espere. Pode passar a ligação.

Ele pegou o telefone e levantou os ombros na minha direção, desculpando-se. — Colin? Oi!

Durante a curta conversa que se seguiu, Pabblem inclinou a cabeça de lado e prendeu o fone entre o ombro e a orelha, liberando as mãos para ajeitar as pilhas já perfeitamente organizadas de documentos sobre sua mesa numa simetria ainda mais perfeita. Eu senti um arrepio subindo pelos meus braços ao ver suas mãos brancas excutarem aqueles gestos ordenados e metódicos. Olhei pela janela. Phelps e Jenkins ainda estavam ocupados na sua misteriosa charada com a banheira de pássaros. — Ótimo, sim. Isto seria fantástico... — Pabblem estava dizendo. — Colin, você é o máximo...

Quando Pabblem veio para a St. George, há sete anos, o comitê escolar aclamou-o como sendo "um sopro de ar fresco". A equipe de professores ficou exultante. Ele tinha 37 anos na época — o diretor mais jovem que a escola já tinha contratado — e ao contrário do seu predecessor, o melancólico Ralph Simpson, tinha a fama de ser "ótimo na comunicação". No seu antigo posto como vice-diretor de uma escola em Stoke Newington, ele havia criado um departamento de teatro e um "projeto de ecologia no bairro" que foi premiado.

Desde então, Pabblem tinha certamente cumprido a sua promessa de inovar. Graças a ele, a St. George ostenta agora uma alternativa diária de salada no cardápio da cantina e uma revista anual de redação criativa chamada *The Shiner*. (O logo é o retrato de um garotinho com um olho roxo.) Há também o "Dia da Subversão" anual — um dia em que os papéis são trocados e os alunos têm a chance de ensinar seus professores. (Pabblem entra na brincadeira assumindo o papel de "Senhor da Desordem" e visitando as salas usando um chapéu de bufão.)

Entretanto, mesmo entre os membros do corpo docente que gostam desse tipo de coisa, Pabblem não é um diretor popular. Por baixo de uma aparência afável, ele se mostrou um homem totalmente pedante — um déspota mesquinho obcecado com o controle da freqüência e pontualidade dos professores, com reuniões obrigatórias e com toda uma papelada burocrática e inútil. Pelo menos uma vez por semestre Pabblem obriga os professores a ouvir uma palestra ministrada por alguma pessoa jovem e antipática da secretaria de educação. Como ele é um déspota progressista, os temas são sempre coisas como Enfrentando o Desafio da Diversidade, ou O Ensino dos Deficientes. Pouco antes de Sheba vir para a escola, ele implantou um sistema chamado Cuidando do Moral, que exige que todos os professores preencham um relatório semanal acerca da sua saúde mental e espiritual. (Qualquer admissão de insatisfação é premiada com entrevistas angustiantes, então, naturalmente, todo mundo sempre preenche o relatório com manifestações de grande satisfação pessoal.) Os antigos admiradores de Pabblem tentam livrar a cara dizendo que o poder transformou Pabblem. Eu sou da opinião que o poder simplesmente deu oportunidade para a manifestação de uma tendência desagradável que sempre existiu. De todo modo, ninguém mais diz que ele é um sopro de ar fresco.

Quando Pabblem terminou a conversa telefônica, tornou a interfonar para Deirdre. — Não passe mais nenhuma ligação, a menos que seja urgente. — Depois ele se virou para mim. — Ok! — Ele pegou o meu relatório. — Então, Barbara, acho que tenho razão em dizer que você foi solicitada a escrever uma análise de como ocorreu a quebra de disciplina na viagem a St. Albans, e, se possível, oferecer algumas sugestões de como podemos melhorar nossos procedimentos de segurança em futuras excursões deste tipo.

— Na verdade... — eu comecei.

Pabblem ergueu a mão para me silenciar.

— Mas você não... — eu disse.

— Ahn, ahn. — Ele sacudiu a cabeça. — Espere um pouco, Barbara. Deixe-me terminar. Não importam as palavras exatas que eu usei, mas acho que deixei muito claro que estava querendo um estudo prático acerca de formas de controle. O que você entregou foi, bem... um ataque ao programa de história da St. George.

— Não sei bem o que você quer dizer com "estudo prático"... — eu disse.

Pabblem fechou os olhos.

— Barbara — ele disse. — Por favor.

Em seguida ele tornou a abrir os olhos.

— Acho que você deve concordar, Barbara, que eu levo este navio sem grandes tensões. Sou muito aberto a diferentes enfoques e idéias. Mas você sabe e eu sei que não foi este o relatório que eu pedi. Foi? — Ele umedeceu a ponta do indicador na língua e começou a folhear as páginas do relatório. — *Francamente*, Barbara.

Eu o encarei calmamente.

— Acho que fui bem precisa no que escrevi — disse.

Ele ficou me olhando por um momento e então empurrou o relatório na minha direção.

— Dê uma olhada nisso — ele disse. O relatório estava aberto na última página, que tinha como título "Conclusão".

— Não preciso olhar — disse. — Fui eu que escrevi.

— Não, não, eu quero que você leia outra vez. Do meu ponto de vista. Quero que avalie se este é o tipo de coisa que aumenta a minha capacidade, como diretor, de responder à crise de St. Albans.

— Eu estou preparada para acreditar que você não o achou útil. Não preciso tornar a lê-lo.

— Barbara. — Pabblem se inclinou para a frente na cadeira e sorriu. — Por favor, faça o que estou pedindo.

Homenzinho insuportável! Eu cruzei as pernas e inclinei a cabeça para ler.

Ao longo de toda a margem da página, Pabblem tinha desenhado três ou quatro grupos de pequenos pontos de exclamação e de interrogação. O parágrafo final o havia irritado tanto que ele o marcara todo com tinta fluorescente amarela.

> Gavin Breech, que eu considero como tendo comandado os furtos às lojas, é um rapazinho delinqüente: revoltado, violento e, eu arriscaria dizer, um tanto mentalmente desequilibrado. Duvido que ele seja susceptível a qualquer procedimento de reabilitação fornecido pela St. George. Nossa melhor atitude, na minha opinião, seria expulsá-lo. Quero enfatizar, no entanto, que esta linha de ação não irá garantir que esses incidentes não se repitam. A explosão periódica de comportamentos inadequados e até criminosos por parte do nosso corpo discente tende a ser uma constante na vida escolar daqui para a frente. Dado o perfil socioeconômico da comunidade a que servimos, só um tolo pensaria de forma diferente.

— Bem? — Pabblem disse quando eu terminei. — Essa é uma contribuição útil?

— Acho que poderia ser — eu disse. — Você me pediu para oferecer sugestões e eu o fiz. Escrevi o que acredito realmente.

— Pelo amor de Deus! — Pabblem deu um soco na mesa.

Houve um silêncio, durante o qual ele alisou uma mecha de cabelo que tinha caído sobre o seu olho. — Olha, Barbara — ele disse num tom mais calmo —, ao encarregá-la de escrever este estudo, eu estava lhe dando a oportunidade de deixar a sua marca nas coisas. — Ele sorriu. — Se tratado com o tipo certo de pensamento criativo, este é o tipo de projeto que transforma um professor em um vice-diretor em potencial...

— Mas eu não quero ser vice-diretora — disse.

— Além disso — ele disse, com o sorriso desaparecendo do seu rosto — a desesperança que você prega aqui não tem lugar na St. George. Vou ter que pedir que refaça isto.

— Então você está me censurando.

Ele riu, sem alegria.

— Ora, Barbara, não vamos ser infantis. Eu estou dando a você uma chance de melhorar o seu trabalho. — Ele se levantou da cadeira a foi até a porta. — As férias estão chegando. Isto vai dar um bom tempo a você para refletir melhor sobre o que escreveu. Se você puder entregar um novo esboço para mim no início do próximo semestre, ótimo — ele disse.

— Se você não gosta do que tenho a dizer, por que não dá para outra pessoa fazer? — eu perguntei.

Pabblem abriu a porta.

— Não, Barbara — ele disse com firmeza. — Eu quero que você faça isso. Vai ser uma boa experiência de aprendizagem.

Na segunda-feira seguinte, quando eu estava sendo conduzida a uma mesa no La Traviata, alguém estende o braço como um portão para me barrar. Era Sheba, sentada num reservado com Sue.

— Barbara! — ela disse. — Eu estava atrás de você! Quero agradecer de novo por ter-me ajudado na sexta-feira.

Eu sacudi os ombros.

— Não há de quê. — Depois apontei para o garçom que estava me conduzindo à mesa. — Tenho que ir.

— Você não quer sentar com a gente? — Sheba perguntou, com um sorriso radiante. Sue, sentada em frente a ela, tamborilou com os dedos gordos na mesa de fórmica e fechou a cara.

— Bem... — eu disse.

— Ah, por favor, sente-se — Sheba disse. — Nós ainda não pedimos.

Obviamente, ela ainda não havia sido informada sobre a guerra fria entre Sue e mim. Isto foi ao mesmo tempo um alívio e uma certa decepção. Seria possível que o meu nome nunca tivesse surgido em suas conversas?

— Tem certeza? — eu disse. — Não quero atrapalhar...

— Não seja *boba* — Sheba disse.

— Então está bem. — Eu me virei para o garçom. — Vou me sentar aqui, obrigada.

— Fantástico! — Sheba se afastou para abrir espaço para mim no banco. Sue acendeu um cigarro. Sua expressão sugeria o tipo de angústia profundamente particular, estritamente incomunicável, de alguém que acabou de fechar a porta do carro no próprio dedo.

— Barbara foi maravilhosa outro dia — Sheba disse, enquanto examinávamos o cardápio escrito num quadro-negro na parede. — Eu estava prestes a enlouquecer com dois dos meus alunos do CDC. E ela apareceu e salvou a minha pele. — Virou-se para mim.

— Espero não ter feito você chegar atrasada para o encontro com o diretor.

Eu sacudi a cabeça.

— Gostaria que você tivesse. Nosso encontro não merecia nenhuma pontualidade.

— Puxa — ela disse. — Então as coisas não correram bem?

— Ele não gostou do relatório que me fez escrever sobre aquele problema em St. Albans.

— O que foi que você escreveu? — Sue perguntou.

Eu forneci um resumo. Quando terminei, Sheba estava rindo. — Minha nossa, você *é* corajosa. Ele ficou muito zangado com você?

— Sim, daquele jeito ineficaz e afetado dele.

Ela tornou a rir.

— Ele *é* um tanto idiota, não é? Outro dia, me encurralou no jardim do diretor e pediu a minha opinião sobre o projeto de jardinagem dele para a primavera. Eu achei tudo tremendamente pretensioso, aquele exagero de tulipas, mas acho que não sou tão corajosa quanto você. Eu disse que achava tudo *maravilhoso*. Ele ficou tão pateticamente feliz! É enlouquecedor este hábito dos homens de fazer perguntas que só podem ser respondidas com uma mentira.

Sue deu uma risadinha.

— Na verdade — Sheba continuou, franzindo a testa. — Eu vou retirar o que disse. Foi uma maldade da minha parte. Tenho certeza de que também corro atrás de elogios...

— Ah, não — Sue interrompeu. — É verdade. Os homens são uns bebês. Eles precisam ouvir o quanto são maravilhosos o tempo todo. A questão é que eles são inseguros. Precisam ter seus egos acariciados, não é?

Eu esperei que parasse para Sheba terminar o que estava dizendo. Mas ela continuou falando.

— As mulheres são inteligentes demais para serem enganadas por adulações. Se Ted me diz uma coisa gentil, eu sei que está atrás de uma trepada. Essa é outra coisa. Os homens são uns *animais*, não são? Têm o cérebro entre as pernas!

Eu jamais gostei desse tipo de conversa — o quanto o sexo oposto é incorrigível e assim por diante. Mais cedo ou mais tarde, ela sempre parece degenerar em críticas acerca do membro masculino. Tão idiota. Tão *indigno* das mulheres. E, o que é engraçado, é que as mulheres que adotam este tipo de crítica de baixo nível são as que mais se deixam escravizar pelos homens. Eu olhei para Sheba. Ela estava escutando o monólogo de Sue com aparente interesse. Será que este tipo de conversa é que a havia atraído para Sue?

— Acredite-me — Sue estava dizendo —, quando Ted me diz "Sim, você está linda, querida", eu *sempre* sei que ele está mentindo. Mas quando *eu* digo a Ted que ele parece um deus grego, ele cai direitinho...

Ted era o companheiro de Sue. Quando nós ainda tínhamos um relacionamento amigável, ela costumava referir-se a ele como seu "amante" ou, pior ainda, como seu "velho". *Cala a boca, cala a boca*, eu pensei, enquanto ela continuava a tagarelar. *Cala essa boca, sua vaca. Deixa a Sheba falar.*

Logo depois ela calou.

— Bem, pode ser que você tenha razão, Sue — Sheba disse. — Mas, às vezes, eu acho que o problema é mais meu. Eu não sou *obrigada* a dar a resposta que Pabblem, ou seja lá quem for, está querendo. Talvez eu esteja apenas culpando-o por minha própria covardia. Por que eu sempre preciso dizer às pessoas o que elas querem ouvir? Meu marido diz que eu tenho um bocado de empatia, mas acho que esta é uma maneira delicada de dizer que eu quero agradar a todo mundo.

— Bem, não tente agradar aos alunos — eu disse, consciente dos seus problemas de disciplina. — Isso só vai causar problemas.

O garçom chegou para anotar os pedidos. Sue quis lasanha. (Ela é uma terrível glutona.) Sheba estava pensando numa salada, mas quando me ouviu pedir um minestrone, quis o mesmo. Isto deixou Sue furiosa, dava para ver. E quando o garçom se afastou, ela me lançou um olhar de reprovação.

— O que você estava dizendo, Barbara, sobre não tentar agradar aos alunos? Acho que não posso deixar passar isso. Tenho que discordar de você. Não há nada de errado em deixar as crianças felizes, sabe? Quando elas estão felizes, ficam receptivas, e quando estão receptivas, aprendem. Eu acredito firmemente que criar um ambiente propício para o aprendizado é o mais importante no ato de ensinar.

Já fazia muito tempo que eu não ouvia aquelas baboseiras. Eram tão idiotas quanto eu me lembrava.

— Hmmm. Isso é muito interessante, Sue — eu disse. — Mas é claro que você tem os seus maravilhosos instrumentos para ajudá-la a amansar as feras... Você ainda tem o seu banjo, não tem?

Sue lançou-me um olhar.

— Sim, na verdade eu tenho. Mas não é uma questão do instrumento *per se*...

— Não, não, é claro.

— Ah, bem que eu gostaria de tocar alguma coisa — Sheba disse. — Meus pais me fizeram aprender piano quando eu era pequena, mas...

— Sheba, eu não sabia disso! — O tom de Sue sugeria uma certa indignação por desconhecer algum detalhe da biografia de Sheba.

— Sim. Mas só até eu ter 12 anos. Depois disso, desistiram. Eu era inteiramente desprovida de talento...

— Ó, não — Sue protestou. — Não existe isso! Você e eu precisamos tentar alguns duetos juntas. Seria tão divertido!

Sheba riu.

— Você não entende, Sue. Foi a professora de piano quem sugeriu que eu parasse. Eu não tenho nenhuma musicalidade. Vivo apavorada que me peçam para bater palmas junto com a música num lugar público.

— É mesmo? — eu disse. — Também sou assim.

— Bobagem — Sue disse, ignorando-me. — Eu não vou deixar você se livrar assim tão fácil. Apenas teve a professora errada.

— Não, pode acreditar em mim. Eu era uma causa perdida — Sheba disse. Ela se virou para mim. — Você também foi obrigada a tocar algum instrumento, Barbara?

— Temo que sim — eu disse. — Flauta.

— Bem, a flauta não conta — Sue disse com uma risada alta. — É a mesma coisa que dizer que você estudou pandeiro...

— Ah, não, de jeito nenhum — Sheba disse. — Não existem flautistas de nível mundial, assim como existem violoncelistas e outros?

Sue franziu a testa. — Bem, sim...

O garçom chegou com a sopa para mim e para Sheba.

— Que delícia! — Sheba exclamou, provando a dela. — Que boa idéia você teve, Barbara.

Do outro lado da mesa, eu podia sentir o olhar maldoso de Sue. Eu sorri, sacudi os ombros e soprei a sopa para esfriá-la. Eu estava começando a me divertir.

As férias de fim de ano chegaram. Sheba e sua família passaram o Natal em casa, junto com a ex-mulher do seu marido e seus dois filhos do primeiro casamento. Eu viajei para Eastbourne, como faço sempre, para passar uns dias com minha irmã mais nova, Marjorie. Ela e o marido, Dave, são membros devotos da Igreja Adventista do Sétimo Dia. Eles e os filhos — Martin, de 24 anos, e Lorraine, de 26 — passam a maior parte do dia de Natal servindo sopa para os sem-teto como parte do programa de assistência da igreja. Eu fico na cama, vendo televisão. Eu tenho a maior tolerância por gente que acredita em contos de fadas, mas me recuso a acompanhá-los nesta ilusão. Minha irmã e eu temos um acordo tácito acerca da minha não-participação em atividades religiosas. Ela está disposta a tolerar isto, desde que eu finja que estou me sentindo mal. Eu já passei tantos Natais na casa dela deitada no sofá da sala, fingindo tomar limonada com mel, que atualmente minha sobrinha e meu sobrinho me consideram uma inválida.

Eu voltei para a escola para o novo semestre sentindo-me um tanto deprimida. Feriados costumam me deixar abatida. Eu não tinha escrito um novo relatório para Pabblem, então fui obrigada a mentir para ele sobre "um problema familiar" que havia me impedido de dar atenção ao relatório. Eu tinha esperança de que ele fosse cancelar o pedido. Mas não tive esta sorte. Depois de fazer com que eu me humilhasse um pouco, ele me deu um novo prazo de um mês.

A minha única alegria nessa época era Sheba, que continuava a me demonstrar grande gentileza. Com uma freqüência cada vez maior, eu me juntava a ela e a Sue para almoçar no La Traviata. Não era o mais fácil dos trios. Sue não gostava da minha intrusão e nunca perdia a oportunidade de distinguir a sua relação com Sheba como sendo a de maior afeto e importância. Uma de suas táticas mais transparentes era apontar o quanto eu era mais velha do que ela e Sheba. Uma vez ela me perguntou cinicamente se eu tinha boas lembranças da "era do jazz". Em outra ocasião, parou no meio de uma frase para me explicar que Bob Marley era "um famoso cantor jamaicano". Entretanto, fez o jogo errado. Suas táticas eram tão toscas que só prejudicavam a ela mesma. Sheba não pôde deixar de notar o quanto ela era ciumenta. Eu ficava quieta, esperando Sue cavar o próprio túmulo.

Segundo minhas anotações, Sheba não teve mais nenhum contato com Connolly depois do encontro desastroso no CDC até umas duas semanas depois do início do semestre da primavera. Ela estava no ateliê uma tarde, arrumando a bagunça que tinha sido deixada pela última turma do dia, quando ele chegou com seu bloco de desenho. Sheba ergueu os olhos e continuou a fazer o que estava fazendo.

Connolly ficou parado, hesitante, na porta, observando-a.

— Professora — ele disse após alguns instantes. — Eu trouxe umas coisas para mostrar para a senhora.

Sheba virou-se e encarou-o.

— E por que eu deveria me dar o trabalho de ver seus desenhos quando você foi tão grosseiro e desagradável comigo?

Connolly gemeu e revirou os olhos.

— Ah, qual é, professora — ele disse. — Eu só estava me divertindo.

Sheba sacudiu a cabeça. Ela disse que isso não servia de justificativa. Ele não podia esperar que o tratasse como adulto — que dedicasse seu tempo precioso a ele — quando se comportava como criança. — E não sei ao certo o que você contou ao seu amigo Jackie a meu respeito — ela acrescentou zangada — mas eu também não gostei da atitude dele.

— Eu não contei nada a ele! — Connolly exclamou.

Sheba ficou sem graça com o modo com que ele disse isso. Ela quis objetar que não havia "nada" para contar. No entanto, ficou aliviada — não há como negar isto — ao ouvi-lo assegurá-la de sua discreção.

Connolly começou a dizer alguma coisa e então parou.

— O que foi? — Sheba perguntou.

— É só... Eu não posso ser simpático com você na frente dos outros garotos — ele disse a ela. — Eles vão achar que eu sou gay.

Sheba riu e Connolly olhou espantado para ela, satisfeito por ter sido engraçado sem querer.

— A senhora é doida — ele disse.

Depois disso, as coisas ficaram mais fáceis entre eles. Connolly se ofereceu para ajudá-la a limpar a sala e Sheba aceitou a oferta. O rapaz tinha praticamente se desculpado, ela disse a si mesma; seria uma infantilidade da parte dela guardar rancor. Connolly começou a se movimentar rapidamente pela sala, catando pedaços de papel e de argila com grande energia. Quando a sala estava arrumada, ele se sentou na escrivaninha dela e começou a folhear um livro de pinturas de Manet. Sheba indicou-lhe uma reprodução de página dupla do *Le Déjeuner sur l'herbe*. Disse a ele que se tratava de um quadro muito famoso, que havia causado muito escândalo ao ser exposto pela primeira vez. Ela diz que achou que ele fosse rir tolamente ao ver a mulher nua. Mas quando olhou para ele, sua expressão era de atenção respeitosa.

— O ideal físico em relação às mulheres era muito diferente naquela época — ela observou. — Essas mulheres não posariam para a *Playboy*, eu acho. — Notou que estava falando demais. Ela não queria que houvesse silêncio na sala.

Connolly balançou a cabeça e continuou a contemplar o quadro sem dizer nada. Sheba fitou seu perfil concentrado. Daquele ângulo, com seus olhos caídos e nariz achatado, parecia um boxeador, ela pensou. Só que a pele dele era dourada e perfeita. Ela sentiu um desejo violento de tocar o seu rosto.

— Que tipo de mulher... — ela disse.

Connolly virou-se para ela.

— O quê?

— Nada — ela respondeu depressa. — Esqueci o que ia dizer. — Ela ia perguntar que tipo de mulher ele gostava. Que tipo de figura feminina achava mais atraente. Mas reconhecendo a impropriedade da pergunta, parou bem a tempo.

Logo depois, ela disse que era melhor ele ir embora. Ela tinha um monte de trabalho para fazer antes de ir para casa. Connolly não estava muito a fim de ir e perguntou se podia ficar ali quieto enquanto ela trabalhava. Mas Sheba estava ansiosa para se livrar dele. Ela disse com firmeza que precisava ficar sozinha. Então ele concordou e disse que voltaria na sexta-feira. Eles se separaram amigavelmente.

Uma hora e meia depois, quando estava saindo do estacionamento de bicicleta, ela o viu esperando por ela na rua. Eram seis horas e a rua principal que passa à esquerda da escola estava com o trânsito pesado da hora do *rush*. Todas as crianças, até mesmo as do Clube do Dever de Casa, já tinham ido para casa. Embalagens vazias de biscoitos e papéis de bala — remanescentes do êxodo infantil — estavam espalhados pela calçada sob a luz amarelada dos postes. Sheba sorriu para Connolly e perguntou o que ele estava fazendo ali. Ele se encolheu, como se doesse dizer aquilo:

— Esperando pela senhora.

Ela soube imediatamente o que ia acontecer, ela diz. Veio tudo na cabeça dela, como acontece às vezes, de uma forma completa e acabada. Ele estava apaixonado por ela e isso já vinha acontecendo havia algum tempo. Ela o havia encorajado, ou pelo menos não o havia desencorajado. Agora ele ia se declarar e ela — por não poder imaginar outra reação possível — ia fingir espanto e horror.

— O que você quer comigo? — ela perguntou. — Você sabe, Steven, que se precisar falar comigo pode fazer isso na escola.

Ela começou a andar com um passo rápido, empurrando a bicicleta. Connolly quase correu para acompanhá-la.

Não, ele disse, sacudindo a cabeça, ele não pôde dizer a ela na escola.

— Bem, então — Sheba disse — você tem que marcar...

— Eu gosto realmente de você — ele a interrompeu.

Ela ficou calada.

— Eu penso em você o tempo todo. Eu... — Ele a olhou com um ar infeliz.

Sheba sorriu.

— Estou contente que goste de mim — disse, mantendo o seu tom de professora. — Mas não posso conversar com você agora. Preciso ir para casa.

— É mais do que gostar — Connolly disse, impaciente.

Eles tinham chegado num cruzamento. Sheba hesitou. Sua casa ficava para a esquerda, no final de uma comprida rua comercial chamada Grafton Lane. Ela tinha que se livrar do garoto — não podia deixar que ele a seguisse até sua casa —, entretanto achou que seria uma grosseria largá-lo ali na esquina. Então virou à esquerda e continuou a caminhar junto com ele, passando pela sapataria barata com suas cestas de arame de liquidação, pelo Dee-Dar, o restaurante indiano onde os professores da St. George faziam seus jantares comemorativos; pelo correio, a lanchonete e a velha farmácia com caixas empoeiradas de Radox na vitrine.

Connolly ficou um tempo calado. E então, de um fôlego só, como se estivesse prendendo a respiração, ele disse:

— Eu estou realmente a fim de você, professora.

Alguma coisa na voz dele fez Sheba achar que ele estava prestes a chorar. Não podia ter certeza, porque ele estava de cabeça baixa.

— Steven — ela disse. — Isso não... — Ela parou, sem saber como continuar. — Isso é...impossível! — Ela se preparou para montar na bicicleta.

— Eu não posso evitar — Connolly disse, erguendo os olhos. — Eu juro que não posso evitar. — Sheba estava certa. Havia lágrimas nos olhos dele.

— Ah, Steven — ela disse. Ela estava quase estendendo a mão para dar um tapinha em seu ombro quando o rosto dele se aproximou de repente do dela.

Sheba diz que eu não poderia entender o que era, após vinte anos de casamento fiel, ser beijada por outra pessoa que não o marido; sentir a pressão da boca de um estranho sobre a sua. "As coisas ficam adormecidas em um casamento", ela me disse uma vez. "Têm que ficar. Você tem que perder aquele estado maluco de alerta sexual que tinha quando estava sozinha. Durante todos esses anos com Richard, acho que eu nunca reprimi nada conscientemente. Eu sempre me senti tão *grata* por estar casada, tão aliviada por não precisar nunca mais ficar nua na frente de um estranho. Mas eu tinha me esquecido do quanto é maravilhoso você se expor... sentir um certo medo. Assim que Steven me beijou, tudo isso voltou na mesma hora. Você sabe, a *embriaguez* da coisa. Eu fiquei estarrecida por ter conseguido viver sem isso por tantos anos."

Deve ter sido uma imagem cômica — o pequeno pretendente ficando na ponta dos pés para beijar a amante de meia-idade, a bicicleta caindo no chão. Mas o elemento cômico daquele primeiro beijo parece nunca ter ocorrido a Sheba. Se ocorreu, ela nunca mencionou. Ela falou da ternura de Connolly, do cheiro de sabonete dele, dos cabelos espetados em sua nuca, da textura do seu suéter e diversos outros detalhes cansativos ligados a esse primeiro beijo. Mas nunca no quanto a coisa toda deve ter parecido *tola*.

Quando a bicicleta caiu, houve uma certa confusão e embaraço. Connolly tentou ajudar Sheba a se levantar mas ela o afastou com um gesto. Ela se lembra de ter olhado para ver se alguém tinha testemunhado o beijo. Uma senhora idosa, com um cesta de compras sobre rodas estava olhando para eles com uma expressão malévola. Mas só isso.

— Eu posso me encontrar direito com você? — Connolly perguntou, quando ela estava se endireitando.

— Não — Sheba disse. Ela segurou a bicicleta defensivamente na frente do corpo. — Não. Olha... Pare com isso, por favor. — Ela subiu na bicicleta.

— Professora — Connolly implorou. Mas ela sacudiu a cabeça e saiu pedalando.

Naquela noite, enquanto estava preparando o jantar e dando banho em Ben, ela ficou murmurando baixinho. *Ó não, não, não. O que eu estou fazendo? O que eu estou fazendo?* Ela ainda estava tentando convencer a si mesma de que não tinha culpa. Ela queria acreditar que não tinha feito nada de errado, que ainda não tinha passado dos limites. Quando se olhou no espelho, ficou espantada ao ver o quanto parecia excitada e feliz.

— Você correu hoje? — Seu marido perguntou na hora do jantar. — Está tão rosada.

Foi mais ou menos por essa época que uma professora de química chamada Heidi Greening mencionou para alguns professores ter visto um dos garotos do primeiro ano entrando no ateliê de Sheba em diversas ocasiões no final do dia. Heidi era uma mulher impopular, que tinha a reputação de puxar o saco de Pabblem. Ninguém ficou particularmente interessado na informação dela. Marian Simmons mencionou algo a respeito para Sheba, eu acho, mas ela respondeu com tanta inocência e naturalidade — deixou tão claro que não havia nada de mais nas visitas de Connolly — que o assunto foi logo esquecido.

Cinco

Estou escrevendo isto bem tarde no sábado à noite. Eu devia estar na cama, mas não consegui escrever nada a semana inteira e, se não trabalhar por algumas horas agora, vou ficar terrivelmente atrasada. Eu estava planejando passar algumas horas tranqüilas hoje de manhã, escrevendo, quando Ben chegasse para sua visita semanal. Mas Sheba enfiou na cabeça que tinha que levá-lo ao cinema e, como estava chovendo, eu acabei tendo que levá-los. Nós nos divertimos muito, aliás. O filme era uma daquelas drogas antigas da Disney, mas Ben adorou. E isso deixou Sheba feliz, o que me deixou feliz. Ben é um garoto adorável. Todo mundo se preocupou, sem saber como ele ia lidar com a situação. Mas, deixa eu bater na madeira, ele parece estar lidando muito bem. Ele sente falta da mãe, é claro. Ainda não entendeu direito por que ela foi morar na casa do tio Eddie e costuma chorar e fazer uma cena quando Richard chega para buscá-lo. Mas, de forma geral, ele é bem alegre.

Sheba e Richard sempre fizeram questão de não tratar Ben como um bebê, e agora eles tentaram ser tão francos e diretos com ele quanto o possível. Ele não foi informado de *tudo*. Mas foi surpreendentemente bem informado. Ele sabe que a mãe está encrencada porque ficou amiga de um de seus alunos. Hoje, aliás, ele estava fazendo umas perguntas difíceis para Sheba sobre o motivo pelo qual ele não podia conhecer o amigo dela. Sheba, talvez esticando demais a política de franqueza, disse que nem *ela* podia mais se encontrar com o amigo. "Ah", Ben disse. "Isso deixa você triste?" Sheba disse que sim, que isso a deixava triste. Houve uma longa pausa. E então Ben disse "Você gosta mais do seu amigo do que de papai?" Sheba hesitou por um instante, mas no fim, para meu alívio, disse que não.

Depois que Ben foi para casa, Sheba ficou um tanto deprimida. Isso sempre acontece depois de suas visitas. Eu tentei consolá-la, mas ela ficou impaciente com os meus esforços. "Você não entende", ela disse. "Você não entende o que é ser mãe de uma criança como Ben. Ele já tem tanto contra ele na vida. E agora não tem nem a mãe."

É irritante quando Sheba fala desse jeito — como se ela fosse uma vítima passiva do destino, ao invés do principal arquiteto do seu próprio sofrimento. Está um pouco tarde para começar a agir como a mãe sofredora. Ela devia ter pensado no bem-estar de Ben há mais tempo, quando estava dando em cima de Connolly. Eu resisti ao impulso de dizer isso, no entanto, e me contentei em aconselhá-la a deitar-se cedo.

No dia seguinte ao beijo, Connolly foi até a cabana de Sheba. Assim que entrou, ela se levantou da mesa e mandou que saísse. Não havia mais nada a dizer, ela disse a ele. Estava lisonjeada por ele gostar dela, mas não podia mais se relacionar com ele. Connolly implorou. Numa certa hora, diz ela, ele sugeriu que eles se encontrassem fora da escola.

— Eu não vou encostar um dedo em você se não quiser — ele prometeu.

Sheba ficou irritada ao ouvir isso. — É claro que eu não quero, Steven. Pelo amor de Deus. — Ela foi até a porta onde Connolly estava parado.

— Professora, por favor... — ele gemeu.

— *Não* — Sheba disse, e fechou a porta na cara dele.

Foi um tanto excitante fazer isso, ela recorda. Ela jamais tinha bancado a *belle dame sans merci* antes.

Durante vários minutos, Connolly ficou do lado de fora, batendo na porta e implorando para entrar. Sheba ficou com medo de que alguém passasse por ali e o visse. Ela já estava quase cedendo e abrindo a porta quando ele parou de bater. Pela janela, viu Connolly indo embora, inclinado para a frente por causa do vento. Ela se atirou na cadeira e parabenizou-se por ter sido tão forte.

Connolly voltou no dia seguinte. Sheba tinha tomado a precaução de trancar a porta e não respondeu quando chamou por ela. "Eu vou ficar voltando até você me deixar entrar", ele gritou antes de ir embora. E voltou mesmo. Foi até lá todos os dias da semana. Sheba começou a pôr cadeiras encostadas na porta por precaução, mas, na verdade, havia pouco perigo de que Connolly tentasse arrombar a porta. Ele parecia contentar-se em ficar parado do lado de fora chamando por ela e, no início da semana seguinte, sua vontade até mesmo por esta modesta demonstração de dedicação pareceu ter murchado. Na segunda-feira, Sheba aguardou os passos e os suspiros na porta, mas ele não apareceu. Ela se divertiu com a falta de persistência do rapaz e, ao mesmo tempo, ficou um tanto ofendida. Mais tarde, quando se tornaram amantes, ela costumava implicar com ele acerca do seu péssimo desempenho como pretendente. "Ah, é, você estava morrendo de amor por mim", ela dizia. "Durante cinco dias seguidos."

A princípio, acho que ficou aliviada por ter se livrado de Connolly. Ela diz que ficou "exultante" — com a sensação de ter escapado de um precipício perigoso no último minuto. Mas à medida que o tempo foi passando e ela se sentiu segura de novo, começou a ficar um tanto letárgica. Ela estava na St. George havia cinco meses. Para o resto dos professores, parecia que estava finalmente se adaptando. Vestia-se com mais propriedade. Parecia estar conseguindo controlar melhor as crianças. Mas Sheba estava ficando cada vez mais infeliz. *Ela* não acreditava que havia se tornado uma professora mais competente. Pelo contrário, achava que tinha se rendido à "complacência" do resto dos professores. Suas aulas tinham se tornado mais calmas, era verdade, mas só porque ela tinha desistido de tentar obrigar as crianças a aprender. Tinha parado de lutar com elas. Tinha deixado que elas ouvissem seus walkmans e lessem revistas em quadrinhos nas suas aulas. E se não estava mais nem mesmo *tentando* transmitir conhecimento, o que estava fazendo ali? Connolly havia sido o seu talismã contra o tédio da St. George. Agora que ela o havia mandado embora, não sabia ao certo por que se preocupar com o trabalho.

Uma tarde, mais ou menos três semanas depois que Connolly parou de perseguir Sheba, ela estava atravessando o playground quando deu com ele e outros garotos do primeiro ano jogando futebol. Ele parou de correr quando a viu. Ficou vermelho e virou de costas. Sheba se afastou rapidamente, mas ficou muito abalada com aquele encontro de surpresa. Connolly estava com uma aparência horrível, ela pensou. Parecia realmente atormentado. Ela imaginou se não o teria tratado injustamente. O que ele tinha feito, afinal, além de confessar uma paixão juvenil?

Nos próximos dias, ela começou a imaginar possíveis soluções para o que chamou de "o caso Connolly". Ela iria permitir que Connoly a visitasse, em bases puramente platônicas, uma vez por semana. Não, uma vez a cada duas semanas. Talvez não houvesse limites para o número de vezes em que ele pudesse visitá-la, mas a conversa entre eles se restringiria a assuntos relativos a arte. Então, um dia — eu não consegui saber a data exata, mas parece ter sido no início de março — Connolly tornou a procurá-la. Ela estava saindo do ateliê quando ele se aproximou e enfiou um bilhete em sua mão. Sem dizer uma só palavra, ele se afastou rapidamente. No pedacinho de papel bem dobrado, pedia a ela para se encontrar com ele em Hampstead Heath na noite seguinte, às sete horas.

Ela ficou um longo tempo analisando o bilhete. Apesar de ser breve, ele havia exigido, evidentemente, um longo esforço por parte de Connolly. Ele escreveu com uma caligrafia nervosa — misturando letras maiúsculas e minúsculas. Em diversos lugares, tinha rasgado o papel com a pressão da caneta. Sheba se sentiu estranhamente agitada pela incapacidade dele de escrever. Como, ela pensou, ele ia conseguir sobreviver no mundo?

Nas vinte e quatro horas seguintes, Sheba se debateu entre ir e não ir ao encontro. Na tarde do dia marcado, ela havia resolvido que não iria. Obviamente, o rapaz ainda tinha intenções românticas para com ela. A única coisa sensata a fazer, disse a si mesma, era ficar longe dele. Mas assim que Richard chegou em casa aquela noite, ela se viu dizendo a ele que sua antiga colega de escola, Caitlin, tinha vindo de Devon para passar a noite na cidade e que gostaria de vê-la. Ela achava que *tinha* que se encontrar com Connolly, diz ela; tinha que explicar a ele, pessoalmente, por que a amizade deles não podia prosseguir. Os leitores terão que julgar a credibilidade deste raciocínio. Para mim, ele sempre pareceu um tanto suspeito. Sheba já não tinha explicado isso muito bem ao garoto? Eu tenho dificuldade em acreditar que qualquer mulher — mesmo alguém com a incrível capacidade de Sheba de enganar a si mesma — pudesse ter ido para um encontro desses acreditando verdadeiramente que o seu único propósito era expressar uma recusa.

Ela foi de bicicleta. Havia uma onda de frio no país naquele mês, mas ela pedalou tão furiosamente que quando chegou na entrada do parque estava suando por baixo do suéter. Prendeu a bicicleta na grade com uma corrente e caminhou até o lago.

Era um lugar grande para marcar um encontro, e achou que eles se perderiam um do outro. Ela se lembra de ter ficado espantada com o tamanho da sua decepção. Então, sem nenhum aviso, Connolly apareceu diante dela. Ele parecia mais jovem e menor do que normalmente, ela diz. Como sempre, estava insuficientemente vestido para o clima. Ele mostrou surpresa por ela ter ido. Estava certo de que ela iria "amarelar". Sheba explicou seriamente que só estava ali porque tinha ficado preocupada com o tom do bilhete. Não havia a menor chance de acontecer alguma coisa entre eles, ela disse.

Connolly reagiu a isso com um conformismo inesperado. Ele balançou a cabeça afirmativamente, como quem entende, e sugeriu que caminhassem um pouco juntos. Sheba recusou. Ela disse que não era uma boa idéia. Então apareceu um homem com um cachorro que olhou para eles com uma certa curiosidade. Sheba mudou de idéia. Não havia nada demais em dar um passeio, ela pensou. Connolly estava se comportando tão sensatamente, ia dar tudo certo.

Quando começaram a andar, Connolly prometeu não "tentar nada".

— Espero que não! — Sheba disse, achando graça na presunção dele.

Mas quando estava falando, ocorreu-lhe que talvez ele *fosse* tentar alguma coisa. Talvez, ela pensou, ele tivesse planos de estuprá-la. Mas mesmo assim ela continuou a andar. Começara a se sentir estranhamente alheia aos acontecimentos.

— Eu estava meio que observando a mim mesma — ela recorda. — Sorrindo da tolice que estava fazendo. Era como se eu tivesse me tornado a minha própria, e um tanto impiedosa, biógrafa.

Ao se aproximarem de uma área do parque mais densamente arborizada, Connolly virou-se para ela, segurou sua mão e começou a andar para trás, para o meio das árvores, puxando-a com ele.

— Venha — ele disse.

— O que você está fazendo? — Sheba perguntou. Havia indignação em sua voz, mas ela se deixou levar. Ali estava muito mais escuro do que no atalho e ela mal podia enxergar o rosto de Connolly. Veio-lhe à mente uma imagem de conto de fadas de um ogro arrastando uma princesa para a sua caverna na floresta.

Eles continuaram andando por mais um ou dois minutos, e então, quando Sheba já ia protestar de novo, Connolly parou e soltou a mão dela. Eles estavam parados numa pequena clareira. Sorriu para ela.

— Podemos ficar a sós aqui — ele disse. Ele se sentou no chão e tirou a jaqueta, estendendo-a no chão ao seu lado. — Pode sentar aqui — ele disse.

— Você vai congelar — Sheba disse. Mas ele não respondeu, ficou apenas olhando para ela ali, sentado.

— Isto é ridículo — ela disse. — Eu não vou me sentar. Não tem por quê. — Connolly fez um gesto que significava "como quiser" e se deitou no chão. — Vamos, Steven, você vai pegar uma pneumonia desse jeito — Sheba disse. Ele ficou calado. Os olhos dele estavam fechados. Ela olhou para ele, sentindo-se cada vez mais tola.

Após algum tempo, ele abriu os olhos.

— Droga, está mesmo frio, não está? — ele disse. Isto a fez rir.

— Acho que eu não devia ter vindo — ela disse. — Vou voltar agora.

— Não vai não. — Connolly sentou-se. Ele estava com um galhinho preso no cabelo.

Ela se lembra de ter sorrido para ele, prendendo os braços do lado do corpo como uma menininha.

Finalmente, com um sacudir de ombros, ela se sentou.

Eles não fizeram sexo naquele dia. Estava frio demais, segundo Sheba, e ela estava por demais ansiosa. Eu sei que eles se beijaram. E Connolly deve ter deitado por cima dela em algum momento porque, ao falar neste encontro, Sheba mencionou ter ficado espantada de ele ser tão "leve e estreito". (Ela estava acostumada, sem dúvida, com o tamanho do corpo do marido.) Eu também sei que em algum momento Sheba fez algumas perguntas retóricas do tipo "O que estamos fazendo?" E Connolly respondeu com uma rispidez que demonstrava uma certa segurança, "Não se preocupe com isso". Sheba achou que ele deu a impressão de ser incrivelmente adulto e capaz. Ela sabia que ele não era nem uma coisa nem outra, é claro. Mas ela parece ter sentido um certo consolo com a ilusão.

Ao voltar para casa naquela noite, Sheba estava convencida de que não seria capaz de encarar Richard sem apresentar alguma manifestação física do seu pecado. Ela imaginou a si mesma derramando-se em lágrimas. Desmaiando. Pegando fogo. Mas quando chegou em casa, ficou surpresa com o seu desempenho.

Richard tinha esperado por ela acordado. Estava deitado no sofá, vendo *Arts Tonight*. Ele ergueu a mão cumprimentando-a quando ela entrou, mas continuou olhando para a televisão. Eu já vi Richard assistindo à televisão umas duas vezes. Ele tem um jeito particular de virar a cabeça e olhar para a tela meio de lado. Sheba diz que isto tem a ver com sua visão. Mas para mim sempre pareceu uma manifestação da atitude normalmente superior de Richard: é como se ele estivesse tentando evitar, do seu jeito pomposo, que a televisão saiba que ele está interessado.

— Deus, você não vai acreditar nas bobagens que essas pessoas estão dizendo — ele disse. Ficaram calados por algum tempo, ouvindo o debate. Então ele se virou para ela. — Você se divertiu? — ele perguntou.

Sheba fingiu estar examinando as pontas do cabelo no espelho.

— Não, não muito — ela respondeu. — Foi bem sem graça, na verdade. — Ela não tinha planejado dizer isso, mas, de certa forma, pareceu ser mais fácil fingir aborrecimento do que entusiasmo.

— Que pena — Richard disse. Ele não estava prestando muita atenção.

— Acho que vou me deitar — Sheba disse.

Ele concordou distraído. Então, quando ela estava abrindo a porta, ele tornou a erguer os olhos.

— E como vai Caitlin? — ele perguntou.

— Ah, vai bem. Um tanto pesadona e maternal. — Sheba pediu desculpas silenciosamente à sua amiga.

— Bem... — Richard disse, bocejando. — É isso que dá morar no interior.

— Sim. Provavelmente. — Ela fez uma pausa e então, como Richard não dissesse mais nada, abriu a porta. — Vou subir — ela disse. — Estou exausta.

Quando Richard entrou no quarto meia hora depois, Sheba manteve os olhos fechados e fingiu que estava dormindo. Ele trocou de roupa e depois leu por quinze minutos. Quando finalmente o livro escorregou de sua mão e ele começou a roncar, ela se lembra de ter se sentido de certa forma abandonada. Quase ofendida. Ela não quisera despertar suspeitas, é claro. Mas não pôde deixar de sentir que uma noite como a que tinha vivido merecia uma conclusão menos silenciosa. Teria sido bom, ela se lembra de ter pensado, pouco antes de adormecer, se pudesse ter confidenciado ao marido a sua aventura.

No dia seguinte, quando as aulas terminaram, Connolly foi até o ateliê. Houve uma breve resistência quando ele entrou. E então Sheba mudou de idéia e deixou que ele a beijasse.

— Sabe, Steven — ela disse, após algum tempo. — É muito, muito importante... *incrivelmente* importante... manter isto em segredo. Você não contou a ninguém, contou?

Ele respondeu, indignado, que não.

— Quer dizer, a não ser aos meus amigos.

Sheba olhou para ele, atônita.

Ele a encarou por um momento. Depois riu.

— Enganei você — ele disse.

Sheba ficou calada. Pôs as mãos nos ombros dele e estudou o seu rosto sorridente. Disse a ele para nunca brincar a respeito daquilo. Disse que podia ser muito difícil guardar um segredo e que de repente ele podia se sentir tentado a confiar em alguém, mas que mesmo que achasse a pessoa confiável — mesmo que a pessoa jurasse sobre o túmulo da mãe que não iria contar — ele não podia dizer nada, nunca.

— Eu não sou assim — ele protestou. — Eu nunca entregaria você.

— Entregaria *nós* dois — Sheba corrigiu-o. — Você também estaria bem encrencado, sabe disso. — Ela sabia que isto provavelmente não era verdade, mas achou melhor incentivá-lo ao máximo para ficar calado.

Connolly ficou parado diante dela, virando a cabeça de um lado para o outro como tinha feito quando se conheceram.

— Anda — ele disse —, deixa eu beijar você.

Logo depois disso, eles foram para o fundo da sala e lá, atrás do forno, tiveram a sua primeira relação sexual.

— Todo mundo vive perguntando "Como ela pôde fazer isso? O que a levou a assumir esse risco?" — Sheba me disse uma vez. — Mas fazer esse tipo de coisa é *fácil*. Às vezes você não toma outro drinque mesmo sabendo que vai ter uma ressaca no dia seguinte? Ou come um doce embora saiba que isso vai fazer você engordar? Bem, é assim, Barbara. Você fica dizendo, *Não, não, não*, até a hora em que diz *Ah, que se dane. Sim.*

Connolly ficou sussurrando alguma coisa no ouvido dela naquela primeira vez atrás do forno. Era algo urgente mas abafado e Sheba teve que pedir a ele para repetir diversas vezes. Foi só quando ele se afastou dela impacientemente e quase gritou que suas palavras finalmente fizeram sentido. "Professora", ele estava dizendo, "eu posso gozar em você?"

Quando ouvi esta história pela primeira vez, ela confirmou o meu ceticismo sobre o tipo de sexo que se pode esperar ter com um garoto de quinze anos. Mas Sheba não teve essa intenção. Ela estava contando a história para ilustrar o cavalheirismo encantador e um tanto rude de Connolly. Ela não me forneceu maiores detalhes da sua intimidade com Connolly, mas freqüentemente, quando se referia ao ato sexual com ele, ela revirava os olhos ou fazia ruídos ofegantes. Acho que posso dizer que ela achava o lado físico do relacionamento deles satisfatório. Uma vez eu perguntei, irritada, como um garoto da idade de Connolly, sem experiência, podia saber o que estava fazendo, sexualmente falando. Mas ela apenas sorriu e balançou um dedo na minha direção. "Ah, isso é que é tão maravilhoso nos jovens", ela disse. "Eles aprendem bem depressa, não é?"

Devo admitir aqui que nunca me preocupei muito com a possibilidade de qualquer prejuízo que este caso com Sheba possa ter causado à psique de Connolly. Não discuto a necessidade de existir uma lei que proíba que os professores façam o que Sheba fez. Obviamente, não é bom para o moral de nenhuma instituição ter seus professores se confraternizando — mantendo relações sexuais — com os alunos. Mas certamente não concordo com a idéia ingênua acerca da inocência de todo mundo abaixo da barreira arbitrariamente imposta de dezesseis anos. O povo britânico dançou nas ruas quando o herdeiro do trono britânico, de trinta e dois anos de idade, ficou noivo de uma moça de dezenove. Será que existe tanta diferença entre dezenove e quinze — entre trinta e dois e quarenta e um — para explicar a reação profundamente diferente neste caso? O tipo de jovem que se envolve num imbróglio desta natureza é normalmente bastante esperto em questões sexuais. Não quero dizer apenas que sejam experientes em sexo propriamente dito — embora normalmente o sejam. Quero dizer que possuem algum instinto, algum talento natural, para usar o sexo como exercício de poder. Por diversas razões, nossa sociedade escolheu classificar as pessoas abaixo dos dezesseis anos como crianças. Em quase todo o resto do mundo, meninos e meninas são considerados adultos por volta dos doze anos. Eles entram na puberdade e começam a fazer seja o que for que os adultos façam no lugar onde vivem — trabalhar em fábricas, caçar ursos, matar pessoas, fazer sexo. Talvez tenhamos bons motivos para prolongar os privilégios e as proteções da infância. Mas vamos pelo menos admitir o que estamos enfrentando ao tentar forçar este limite. Connolly era oficialmente um "menor" e as ações de Sheba foram, oficialmente falando, de "exploração"; entretanto, uma avaliação honesta do relacionamento deles teria que admitir não só que Connolly estava agindo por sua livre e espontânea vontade, mas que ele na verdade exerceu mais poder no relacionamento do que Sheba. Eu não penso nem por um momento que ele sofreu um dano permanente por causa desta experiência com uma mulher mais velha. Pelo contrário, acredito que ele teve uma aventura bem excitante. Heresia, eu sei. Mas é isso que eu penso.

Quando a história de Sheba veio a público, um cara do *Evening Standard* escreveu um artigo em que aludiu a boatos não comprovados da experiência sexual de Connolly anterior ao seu caso com Sheba. Ele fez a seguinte pergunta: "Qual o garoto de sangue quente de quinze anos que não gostaria de rolar na grama com Sheba Hart?" Eu achei que foi muito honesto e corajoso da parte dele escrever isso, mas provocou uma enxurrada de artigos hipócritas e puritanos protestando contra o tratamento supostamente frívolo dado pelo jornalista a um assunto tão sério. O Conselho de Imprensa acabou por publicar uma nota de repúdio e, para se desculpar, o *Standard* publicou uma resposta da mãe de Connolly. O artigo, que eu guardei, tinha como título "Os meninos também necessitam da nossa proteção". Eis o primeiro parágrafo:

> O suposto envolvimento sexual de Sheba Hart com meu filho — que tinha quinze anos quando tudo começou — foi recentemente descrito nestas páginas como "um golpe de sorte para Master Connolly" (A fantasia de todo estudante, 20 de janeiro de 1998). Como mãe de Steven, sinto-me profundamente ofendida por esta atitude leviana em relação ao suposto crime da Sra. Hart. Creio ser um grande erro considerar o abuso sexual de um menor como motivo de chacota. Só posso supor que a Sra. Hart esteja se beneficiando dos dois

> pesos e duas medidas da sociedade em relação ao sexo. Se Steven fosse uma menina, acho que ninguém estaria fazendo brincadeiras a respeito do assunto ou estaria questionando sua inocência.

Neste caso, tenho que discordar da Mamãe Connolly. Eu teria tido a coragem. Se os sexos dos principais envolvidos neste caso fossem trocados — se Sheba fosse um homem envolvido num caso amoroso ilícito com uma garota de quinze anos — eu teria tido a mesma dificuldade em rotular de forma simplista os dois lados de "predador" e "vítima". Ninguém faz idéia de quantas meninas concupiscentes eu já vi, que conhecem todos os truques de manipulação sexual de que as mulheres são capazes.

Mas com relação à opinião pública em geral a respeito destas questões, a Sra. Connolly tem razão — existe sim uma discrepância no modo como o público julga o comportamento sexual de homens e mulheres. Ah, a reação oficial a Sheba é muito severa. Todos dizem que ela cometeu um crime "desprezível". Mas por trás eles estão rindo. Uma noite destas fui a um pub comprar cigarros e o rosto de Sheba apareceu por alguns segundos na televisão; imediatamente, gargalhadas maliciosas encheram o bar. "Mulher safada", eu ouvi um homem dizer ao amigo. "Bem que eu queria estar no lugar do garoto." É difícil imaginar que Sheba provocasse a mesma reação se fosse um homem.

Os homens que praticam crimes sexuais nunca são engraçados. Eles provocam indignação e raiva — donas-de-casa clamando por sangue na porta dos tribunais; políticos competindo para ver quem se mostra mais enojado. O que é estranho, na verdade, uma vez que versões mais leves de seus impulsos desprezíveis são tão onipresentes, tão alegremente aceitos pela população masculina em geral. Os cientistas não chegam até a sugerir que a atração de homens mais velhos por mulheres mais jovens é um instinto evolutivo — um reflexo presente na biologia do macho? Quando um lascivo homem de meia-idade lança olhares cobiçosos para o traseiro de uma adolescente, nós não somos encorajados a acreditar que ele está contribuindo para a preservação da espécie — reagindo aos sintomas físicos da fecundidade, como a natureza o programou para fazer?

Mas talvez seja isso. Talvez a veemência com que reagimos às transgressões sexuais dos homens seja proporcional ao fato de sabermos o quanto são comuns estes impulsos transgressivos. Uma mulher que molesta um menor não apresenta um sintoma de uma tendência inata. Ela é uma aberração. As pessoas não se vêem ali, nem vêem refletidos nela os seus desejos furtivos. Segundo a ciência evolutiva, um caso como o de Sheba não passa de uma excêntrica parada no acostamento da grande estrada da sobrevivência humana. É por isso que os homens podem rir dela nos pubs.

Mas será que é melhor ser alvo de risos do que de medo? Ser considerada publicamente um monstro deve ser... bem, monstruoso. Mas transformar-se em motivo de piadas de mau gosto também não é nada agradável. E o mal pelo menos tem um certo peso. A Sra. Connolly está com medo de que Sheba se beneficie dos dois pesos e duas medidas da sociedade. Mas eu duvido muito que o fato de Sheba ter-se tornado motivo de piadas vá deixar o tribunal mais indulgente. É bem provável que ela receba o mesmo castigo que um homem receberia. Os guardiões da igualdade dos sexos não aceitarão outra coisa. No fim, eu desconfio, o fato de ser mulher não beneficiará em nada a Sheba, irá apenas negar-lhe a grandeza da verdadeira infâmia.

Seis

A terceira sexta-feira de março marcou uma certa virada em meu relacionamento com Sheba. Atribuí a essa data uma estrelinha dourada. A hora do almoço foi estendida naquele dia por trinta minutos para que a equipe de professores pudesse se reunir no jardim do diretor para ter a sua fotografia tirada. Esse retrato anual do corpo docente é uma das tradições instituídas sob a direção de Pabblem. Como ele gosta de ressaltar — mesmo sendo mentira — que comanda um barco alegre e animado, usa o retrato na capa do boletim de notícias da escola. Para compensar o custo do fotógrafo, ele também "encoraja vivamente" cada membro da equipe de professores a comprar um mínimo de duas cópias, como lembrança, a um preço deveras inflacionado.

Sexta-feira foi um dia de chuvisco e céu nublado, e os professores estavam resmungando bastante quando começaram a seguir o caminho para o jardim de Pabblem.

— Que se dane essa brincadeirinha de soldado — disse Bill Rumer, causando uma rodada de risinhos por parte de seus seguidores, em sinal de aprovação.

— Ah, isso é um *tédio* — suspirou pouco depois Elaine Clifford, enquanto passava nos cabelos um pente cor-de-rosa horroroso. (Os protestos dos professores da St. George nunca são muito revoltados ou subversivos. Ao contrário, tendem a sugerir um certo prazer com a previsibilidade das coisas que são insatisfatórias.)

Pabblem finalmente apareceu às 12h30. Ele era seguido de perto por Phelps e Jenkins, ambos carregando bancos de madeira emprestados do ginásio. Uma das muitas vaidades de Pabblem é acreditar que é uma "pessoa com grande senso estético" e a cada ano ele tem uma nova concepção de como a equipe deve posar. Numa outra ocasião, fez todos deitarem na grama, enquanto o fotógrafo subia no telhado da parte coberta do pátio para tirar uma foto aérea. De outra vez, tentou em vão fazer todos pularem ao mesmo tempo. A professora Freeble, que ensina economia doméstica, caiu de mau jeito e teve de ser mandada para a enfermaria com um dedo fraturado. Neste ano, Pabblem teve a idéia de mandar trazer algumas das crianças mais novas e mais fotogênicas da escola. Os professores se empoleiraram nos bancos do ginásio, enquanto Pabblem ficava em primeiro plano com as crianças ao seu redor em atitudes de afeto e satisfação espontâneos.

Para a surpresa apenas de Pabblem, as crianças se mostraram um terrível entrave para aquele procedimento. Por pelo menos quinze minutos, a equipe de professores ficou sentada nos bancos frios, com as mãos já azuis debaixo dos traseiros, enquanto as três garotinhas e um garotinho que tinham sido escolhidos manifestavam suas objeções, muito justificáveis, a sentar no ombro de Pabblem ou se agachar atrás dele com as cabeças aparecendo por baixo das suas pernas.

Depois de algum tempo, fizeram um intervalo. Pabblem e as crianças saíram para um lado com o fotógrafo, a fim de ensaiar poses, e nós tivemos a permissão de levantar e esticar as pernas. Fiquei com alguns professores assistindo à cena de Pabblem gritando com as crianças, usando comandos cada vez mais diretos:

— Fica aqui! Assim! Segura a minha mão!

Em certo momento, fiz um comentário brincalhão. Sheba, que estava parada atrás de mim, respondeu com uma gargalhada alta, e Pabblem se voltou zangado. Olhei para o céu inocentemente. Estava numa situação particularmente ruim com Pabblem naquele momento, pois tinha entregado uma versão revista do relatório de St. Albans que ele considerou ainda menos satisfatória do que a primeira. Em nosso último encontro, pouco amistoso, ele me informara da decisão de descartar meu relatório e incorporar uma parte do meu "material menos controverso" num longo texto de sua própria autoria. Este texto, ele me disse, iria ser um exame abrangente de todas as questões disciplinares relacionadas à St. George. Seria um grande trabalho, mas ele esperava terminá-lo a tempo para a conferência dos professores do semestre de verão. Seu título provisório era "Onde Nós Erramos".

A sessão de fotos recomeçou e, após alguns desentendimentos, as crianças foram obrigadas a cooperar; mesmo assim, quando fomos liberados, tínhamos só quarenta e cinco minutos livres antes do início das aulas da tarde. Quando os professores começaram a se retirar, Sheba se aproximou de mim. Ela pediu desculpas por causar problemas com seu riso barulhento e então me convidou para acompanhá-la, junto com Sue, ao La Traviata para uma comidinha rápida. Nós três fomos embora juntas.

— Tenho uma coisa para contar — disse Sue, quando estávamos nos sentando no restaurante.

— Você está saindo da St. George — eu disse.

— Não — disse Sue, lançando um olhar carrancudo em minha direção. — Vamos lá, Sheba, você consegue adivinhar?

— Ah, Sue, sou péssima para adivinhar — disse Sheba. — O que é?

— Bem, vocês têm que prometer não contar para mais ninguém, porque ainda estou, sabe como é, guardando segredo até...

— Você está grávida — interrompi.

Sue ficou de queixo caído:

— Como você sabia?

— Está mesmo? — disse Sheba. — Que ótima notícia, Sue!

Sue começou a falar novamente, radiante.

— Não tem três meses ainda, por isso é segredo. Mas vocês devem ter notado como dei uma engordada!

Sheba fez uma pausa, diplomática. Na verdade, os primeiros estágios da gravidez não fizeram nenhuma diferença perceptível na massa pantagruélica de Sue.

— Você está ótima — disse Sheba. — Incrivelmente bem!

Sue manteve por algum tempo a conversinha sobre nomes de bebês e planos de decoração, entre outros assuntos ligados à maternidade. Fiquei meio desligada por um tempo. Quando voltei a prestar atenção, ela estava discutindo questões do parto.

— Olha que coisa — disse com uma voz escandalizada. — Ted é contra eu ter parto natural.

— Bem — disse Sheba —, que bom para o Ted.

Sue demonstrou surpresa.

— Não, quer dizer, ele tem uma certa razão. Óbvio. Aposto que *você* foi sensível e tomou a peridural assim que ofereceram.

— Não, na verdade não — disse Sheba. — Quando Polly nasceu fiquei em trabalho de parto por vinte e quatro horas sem nada. Tinha lido um livro sobre as intervenções desnecessárias da medicina moderna. Além disso, sofria uma certa pressão de estar à altura da primeira mulher do Richard, Marcia, que tinha parido as duas meninas com uma parteira numa piscina. Eu já estava meio que deixando para lá esse aspecto competitivo só por estar no hospital. Na última fase eu queria desistir dessa história e tomar todas as drogas contra dor, mas já era tarde demais naquele momento. Eles disseram que faria mal ao bebê, então eu tive que agüentar aquela maldita dor.

— E como... — Sue agora falava no tom de voz sussurrado que ela reservava para as questões delicadas — como foi com Ben? — Ela me lançou um olhar. Evidentemente, tinha ouvido falar da minha gafe em relação ao filho de Sheba na sala dos professores.

— Ah, o parto de Ben foi incrivelmente fácil — disse Sheba. — Daquela vez eu estava decidida a tomar a peridural. Fui para o hospital às três da tarde e às dez eu estava jogando palavras cruzadas com Richard na enfermaria principal quando uma das enfermeiras chegou, deu uma olhada em mim e disse:

— Ah, meu Deus, você está com uma dilatação de dez centímetros. O bebê está vindo!

Eles voaram comigo para a sala de parto e, uns dez minutos depois, ele já tinha nascido. Então não teve peridural desta vez também.

— Bem... — começou Sue, mas Sheba continuou a falar.

— Logo que ele nasceu, foi levado para um canto, como fazem normalmente, para lavá-lo, essas coisas. Estavam falando... como ele era uma graça, que garoto bonito. Depois começaram todos a sussurrar. Eu dizia "O quê? O que é?", mas eles não respondiam. Então o médico foi ver e os sussurros aumentaram. Comecei a gritar. "O que aconteceu?" E finalmente o médico veio me dizer:

— Sheba, sinto dizer que seu filho tem síndrome de Down.

Olhei para Sue. Sua boca estava contraída, completamente tensa. Ela parecia prestes a chorar.

— Depois — Sheba continuou — Richard disse que tinha ficado quase aliviado, porque naquele momento estava convencido de que o bebê era seriamente deformado, um ciclope ou algo assim. Eu não me sentia nem um pouco aliviada. Fiquei dizendo que tinha que haver um engano. Não tínhamos feito a retirada do líquido amniótico. Eu não era de um grupo de risco para esse tipo de coisa, e sempre achamos que o exame era uma idéia ruim porque o que faríamos se encontrassem algum defeito? Abortar a criança porque não correspondia às expectativas?

Ela fez uma pausa e deu uma olhada em torno no restaurante.

— Quer dizer — continuou — *ainda* penso assim. Mas, naquele momento, não acho que levei em consideração toda... Eu tinha tanta certeza de que não haveria nenhum problema. Fiquei dizendo para eles: "Não, vocês estão errados." Mas obviamente eles não estavam. E quando me deram o bebê, pude ver imediatamente que ele era diferente. Fiquei meio que com aversão, na verdade... Não é horrível? Mas fiquei. Não parava de pensar: "Ele é um erro. Não deveria ter nascido." Fiquei terrivelmente deprimida no primeiro mês. Depois tomei a direção oposta. Quando ele tinha mais ou menos dez semanas, fiquei bem eufórica. Ele sorria o tempo todo, e eu me convenci de que na verdade era mais esperto, mais estimulado, que os outros bebês...

Ela olhou para mim e para Sue neste momento.

— Ah, meu Deus! — exclamou. — Não façam essas caras de enterro! Por favor! É um dia alegre! Eu não queria deprimi-las.

Nós duas sorrimos obedientemente.

— Continue — disse Sue. — Por favor. Você não está nos deprimindo, de jeito nenhum.

Mas Sheba sacudiu a cabeça.

— Já basta de nascimentos por um dia, acho — disse.

Na volta para a escola, Sue foi à farmácia, deixando que eu e Sheba andássemos os últimos quinhentos metros em direção ao portão da escola sozinhas. A manhã nublada dera lugar, da maneira brusca tipicamente inglesa, a uma tarde límpida e gélida. Nas partes da rua que não estavam na sombra, você podia sentir o sol aquecer seus cabelos.

— Espero que isso não tenha chateado você, falar sobre Ben e... tudo — eu disse.

— Não, de jeito nenhum.

— É só que me sinto envergonhada em relação a esse assunto por causa, você sabe, do que falei para você daquela vez na sala dos professores...

Sheba parou e me olhou meio de lado à luz do sol.

— Ah, Barbara, foi muito pior para você do que para mim. Você se preocupa demais. Como poderia saber? Olha só, uma vez contei uma piada sobre um homem que só tinha uma perna para um colega do meu marido que tinha uma perna só. Ele estava sentado quando cheguei, então eu não tinha reparado.

— Meu Deus — eu disse. Nós duas rimos.

Quando acabaram as risadas, andamos por um tempo em silêncio. Eu estava começando a me preocupar com o fato de não ter nada para dizer, quando Sheba esticou os braços, inclinou a cabeça para trás e se espreguiçou, contente:

— Ahhhhhh, que delícia o fim de semana — ela disse.

Fechou os olhos por um momento e, quando olhei para ela, vi seus cílios fantásticos batendo como franjas sobre o seu rosto.

— Você vai viajar? — perguntei, tentando adivinhar.

— Nãoooo — ela disse, abrindo os olhos. — Nada de viajar. Não vou sair da cama a não ser que seja obrigada. Já disse ao Richard que estou decidida a não fazer absolutamente nada.

— Ah, isso parece maravilhoso — eu disse. Parecia mesmo maravilhoso ter uma vida tão ocupada e cheia de coisas que não fazer nada era uma aspiração. Mas Sheba entendeu mal a inveja no tom da minha frase.

— Puxa, você vai estar muito ocupada? — ela perguntou.

Considerei um leque de respostas possíveis, optando finalmente pelo que me convenci ser uma meia-verdade:

— Não exatamente — disse. — Uma coisa aqui, outra ali, sabe como é...

Ficamos em silêncio mais uma vez. Eu podia ouvir o som irritante dos meus pés batendo no chão. Dei uma ordem a mim mesma para falar: *Pelo amor de Deus, diga alguma coisa, sua idiota catatônica*. Mas nada veio à mente.

Então Sheba falou.

— Olha só, você gostaria de vir jantar lá em casa no domingo?

A surpresa me deixou boquiaberta.

— O quê? Com você?

Sheba riu, mas sem ser indelicada.

— É, comigo, Richard e Ben. E Polly também. Ela não tem aula na segunda, então vem para casa no final de semana.

Será que ela tinha convidado Sue também? me perguntei. Devia ter, com certeza. Era impossível que me convidasse sem ela junto.

— Ah, mas você acabou de dizer que estava morrendo de vontade de não fazer nada — objetei. — Você não vai ter que cozinhar por minha causa.

Ela fez que não com a cabeça.

— É só um jantar. Eu iria prepará-lo de qualquer maneira. Acredite, não vai ser nada demais. E você iria gostar de conhecer Ben e Polly.

— Bem, eu...

— Vamos lá, Barbara, eu faço questão.

— Então está certo. Parece ótimo.

— Domingo à noite pode ser?

Considerei se eu devia dizer que ia consultar a minha agenda. Mas, pensando melhor, não queria correr o risco de que ela vislumbrasse a desolação das minhas semanas sem compromissos.

— Tudo bem — eu disse. — A Sue também vai? — Enrubesci. A pergunta saiu antes que eu pudesse me controlar.

Sheba não percebeu.

— Não, na verdade não — disse. — Ela não pode. Vai estar em Abergavenny com Ted.

— Ah, claro.

Será que ela tinha pensado em me convidar só depois da recusa de Sue? Houve um silêncio curto enquanto eu ponderava a indignidade de ser a substituta de Sue.

— Olha, eu poderia chamar vocês duas em outra ocasião, quando ela estiver livre, se você preferir — Sheba ofereceu.

— Ah, não! — eu disse.

— Foi o que pensei. — Sheba sorriu. — Quer dizer, não somos um triunvirato inseparável, não é?

Estávamos no portão da escola.

— Certo, olha só... — Ela remexeu sua bolsa e arranjou um pedaço de papel e uma caneta. — Aqui é onde eu moro. Este é o meu telefone. Você vai estar de carro, certo? Então pode ligar se precisar de ajuda para achar a rua.

Ela passou o pedaço de papel para mim e eu fiquei olhando para ele na minha mão, em silêncio.

— Estamos combinadas? — ela disse.

— Claro, com certeza. Estamos combinadas.

— Então nos vemos no domingo.

Fiquei olhando enquanto ela se afastava. Seu longo casaco de lã verde ia balançando ao vento, e sua saia estava colada à meia-calça, mostrando o contorno de suas pernas. Ela tentava, como de costume, arrumar seus cabelos revoltos. "Droga", a ouvi dizer baixinho enquanto se inclinava para pegar um grampo do chão. Dobrei o pedaço de papel em que escrevera seu endereço, guardei-o cuidadosamente no bolso interno de minha bolsa e segui em direção ao Old Hall. Mantive a cabeça baixa enquanto andava, em parte para poder me concentrar em recordar a conversa que tinha acabado de acontecer, e em parte para evitar que vissem o sorriso tolo em meu rosto.

Acordei na manhã do dia combinado para o jantar com Sheba e prometi a mim mesma, solenemente, não começar nenhum preparativo antes do meio-dia. É um grande desafio para mim não dar uma ênfase excessiva a esse tipo de ocasião. Qualquer mudança na minha rotina — qualquer pequena variação na sequência de trabalho e compras na mercearia e TV e assim por diante — costuma ganhar uma importância desproporcional.

Sou como uma criança neste aspecto: capaz de viver, psicologicamente, com uma migalha de antecipação por semanas, mas sempre correndo o risco de destruir o evento aguardado com o peso de minha expectativa excessiva.

Às 9 da manhã, apesar das minhas promessas, eu já havia tirado duas vezes minhas sandálias novas da caixa para verificar se elas eram ou não eram adequadas. O resto das roupas, que já estavam separadas desde a noite anterior, não representava problema algum. Eu já tinha engomado a minha blusa branca, de modo que estava lisinha, e minha jaqueta cinza da BHS parecia praticamente nova. (Não saíra de seu plástico da lavanderia desde um evento dos professores ocorrido dois anos antes.) Entretanto, as sandálias eram uma preocupação. Foram compradas por mim no sábado, numa loja de Archway. Eram de cor lilás, com tiras finas na frente e um salto maior do que o que uso normalmente. Bonitas?, perguntei a mim mesma enquanto as examinava de diferentes ângulos. Ou só baratas? Ficariam estranhas com meia-calça? Se ficassem, será que eu conseguiria sair com as pernas à mostra?

Às 3 da tarde tomei um banho. Depois disso, enquanto meu cabelo estava secando, tentei renovar a minha perspectiva em relação às sandálias entrando rapidamente no quarto e como que pegando-as de surpresa. Da primeira vez que fiz isso, elas se saíram bem. Bonitas. Elegantes. Inteiramente apropriadas para uma mulher solteira ir a um jantar na primavera. Então repeti o procedimento. Desta vez, quando entrei no quarto, elas pareceram gritar para mim "*Está querendo parecer mais jovem do que é*". Num esforço para deixar de lado o tópico do que calçar, experimentei a minha saia cinza. Mas, aparentemente, eu tinha engordado desde a última vez que a vestira, pois, quando fiz força para fechar a cintura, um dos botões se soltou e rolou para o espaço escuro e empoeirado debaixo da minha penteadeira. Seguiu-se um interlúdio bastante vergonhoso de ataque feminino de fúria, do qual fizeram parte as atitudes de arrancar fora a saia e ficar de pé numa cadeira oscilante da sala, tentando ter uma visão completa de minha forma nua no espelho que fica em cima da calefação.

É sempre um desapontamento ser confrontada com meu próprio reflexo. Não que meu corpo seja dos piores. É bastante razoável. O problema é só que meu eu exterior — meu eu robusto, um tanto enrugado — valoriza tão pouco o que está por dentro. Às vezes, quando estou deitada na minha cama à noite, sou capaz de perder totalmente a noção de meu corpo, da minha idade. No escuro, eu poderia ter vinte anos de idade. Poderia ter dez. É uma sensação muito boa se livrar por um momento do seu velho e usado invólucro. Mas então sempre penso em como deve ser isso de ter um corpo *lindo*? Um corpo que você não quer deixar escapar? Muitos anos atrás, quando Jennifer e eu fomos juntas a Paris por um fim de semana, vimos uma mulher dançando no bar de um pequeno bistrô em Montmartre. Ela era muito bonita e muito, muito jovem. Todos os homens do lugar estavam babando. Foi uma coisa idiota, na verdade, mas só por um momento, enquanto eu observava todos olhando para a moça, lembro de ter sentido que eu daria *qualquer coisa* — ser burra, pobre, ter uma doença fatal — para ter um pouco do poder que ela tinha.

Devo ter feito bastante barulho durante minha crise pessoal de aparência, porque, em certo momento, a mulher que mora no andar de cima começou a bater no chão. Parei de chorar então, desci da cadeira e preparei uma xícara de chá. Enquanto eu estava sentada, suspirando e fungando, Portia, minha gata, que tinha assistido ao meu ataque de raiva com grande contentamento felino, apiedou-se e veio se esfregar nas minhas pernas.

Aos poucos me acalmei. As sandálias eram bonitas. Eu estava ficando naquele estado por nada. A saia era uma chateação, mas dava para ajeitar. Se não, minha saia preta com elástico na cintura serviria. Eu não usaria meia-calça.

Saí de casa com tempo suficiente para comprar flores para Sheba. A barraca ao lado da estação do metrô tinha pouquíssima variedade, de modo que me arrependi amargamente de ter deixado isso para a última hora. Acabei escolhendo um buquê combinado de rosas vermelhas e cor-de-rosa, e, logo em seguida, mais ou menos um minuto depois que entrei no carro, lembrei de ter lido em algum lugar que arranjos multicoloridos de flores não eram de bom gosto. Milagrosamente, consegui me segurar para não voltar até a barraca e trocar as flores.

Sheba morava numa grande casa vitoriana em Boise Lane: três andares, uma grande janela de sacada no primeiro deles e um jardim na frente, com uma cerejeira. Acabei me perdendo um pouco no caminho e, ao chegar, só consegui encontrar uma vaga duas ruas depois da dela. Quando me aproximei da porta, estava bastante tensa, um tanto vermelha, e as tiras da minha sandália tinham começado a incomodar.

— Barbara! — exclamou Sheba ao abrir a porta. — Você está ótima!

Ela me deu um abraço.

— E que flores lindas!

Pegou o buquê que eu estava segurando.

— Entra. Entra. Vamos providenciar uma bebida para você.

Atravessamos um longo corredor até a sala de estar, aproximadamente do tamanho do meu apartamento inteiro. Tudo naquele cômodo era grande — os tapetes cobrindo o piso de madeira, os móveis antigos, a lareira cavernosa. Sentei, a pedido de Sheba, numa poltrona de couro, mas o assento era tão fundo que, ao me recostar, perdi o contato dos pés com o chão e me vi quase deitada. Quando tentei me erguer para uma posição menos ridícula, minha mão apanhou uma meia de criança que estava enfiada na almofada da poltrona.

— Ah, meu Deus, que pessoas desleixadas nós somos! — disse Sheba, coçando a testa.

Ela estava só fingindo estar envergonhada, contudo. Quando lhe entreguei a meia, ela a jogou numa tigela de madeira sobre a mesa de centro.

— Espere aí — ela disse. — Deixe-me pôr suas flores na água. Richard e as crianças vão descer num minuto...

Da primeira vez que Jennifer foi ao meu apartamento, fiz uma faxina escrupulosa em preparação para sua chegada; até enfeitei Portia, caramba. Mesmo assim, tive uma terrível sensação de estar exposta quando ela entrou. Era como se minha cesta de roupa suja, e não minha sala de estar irrepreensível, estivesse à mostra. Mas a estranheza de ter uma colega de profissão observando a arrumação de seu lar não ocorrera a Sheba. Ela não estava pensando no que eu estava pensando. Ela tinha aquela confiança burguesa absoluta na correção da sua sala de estar, dos seus móveis gigantescos, das roupas de seus filhos espalhadas.

Deixada sozinha, girei na poltrona, aproveitando a oportunidade para inspecionar o ambiente em torno com uma curiosidade menos inibida. Na parede, havia várias pinturas — o tipo de quadros modernos, abstratos, que chamam a atenção e que não são dos meus preferidos — e um instrumento primitivo de madeira, provavelmente africano, que parecia ter um cheiro forte se a gente chegasse muito perto. As prateleiras abrigavam uma seleção decente, mas não muito inspirada, de obras de ficção, sugerindo a forte influência das listas de *best-sellers* do jornal. Dava para dizer que não havia nenhum *verdadeiro* amante da literatura na família. O consolo da lareira era um ponto de convergência para as sobras da atividade familiar. Um desenho de criança. Um naco de massinha cor-de-rosa. Um passaporte. Uma banana que parecia bem velha.

Havia um nível de desordem no ambiente que eu jamais seria capaz de tolerar. Mesmo assim, algo naquela bagunça era invejável. Quando se mora sozinha, sua mobília, seus pertences estão sempre nos confrontando com a fragilidade de sua existência. Você sabe, com uma precisão penosa, a proveniência de cada coisa que você toca e qual foi a última vez em que ela foi tocada. As cinco pequenas almofadas do sofá permanecem intocadas e colocadas no ângulo mais vistoso por meses a fio, a não ser que você as desarrume um pouco, de propósito, numa atitude teatral. O nível de sal no saleiro diminui no mesmo ritmo torturante, dia após dia. Sentada na poltrona da casa de Sheba — estudando os resíduos confusos de seus vários habitantes — eu podia perceber como devia ser um alívio deixar que os efeitos mínimos de seus atos se unissem aos de outras pessoas.

— Você é a Barbara — disse uma voz.

Levantei os olhos e vi um homem alto, com uma cabeleira grisalha desalinhada, em pé na porta de entrada, observando-me atentamente através das lentes grossas de seus óculos.

— Como vai? — ele disse. — Sou Richard.

Sheba tinha mencionado que seu marido era mais velho do que ela; fiquei espantada ao ver quanto. Richard não era ainda o que se pode chamar de uma pessoa de idade avançada, mas meia-idade também não era mais uma categoria plausível para ele. Seus ombros tinham começado a ganhar a inclinação de cabides sobrecarregados. As costas de suas mãos tinham uma aparência brilhante e amarelada.

— Sheba fala muito bem de você — ele disse, ao se aproximar para apertar minha mão.

Seu cinto estava um pouco apertado embaixo da barriga pronunciada, e havia um cuidado especial, percebi naquele momento, na desordem de seus cabelos. Ele não iria se encaminhar para a senilidade sem protestos.

— Pelo que entendi, você é uma das poucas pessoas civilizadas na St. George.

— Ah, não sei... — comecei.

— Puxa! — ele disse, ignorando minha resposta. — Estou vendo que minha mulher abandonou você aqui sem dar-lhe ao menos uma bebida. Que monstruosa! O que você deseja?

Ele esfregou as mãos e sorriu. Seus olhos, por trás dos óculos, tinham uma aparência de bolhas, um pouco como olhos de insetos. Uma imagem grosseira se esboçou na minha mente: de sua boca velha e seca no peito de Sheba.

— Qualquer coisa... o que você tem? — eu disse.

Richard fez um gesto expressivo com os braços.

— Tudo! Somos muito dedicados à bebida nesta casa.

— Então... um *sherry* seria ótimo.

— *Sherry?* — A sombra de um sorriso malicioso passou rapidamente por seu rosto. — É mesmo? Meu Deus, acho que você pode ter acertado a única coisa que *não* temos.

Ele foi até o armário das bebidas e começou a mexer nas garrafas.

Sheba voltou, trazendo minhas flores num vaso.

— Ei, vocês se conheceram! — ela disse.

Olhou com um ar ansioso para Richard e depois para mim.

— As crianças vão descer já, já — ela disse com uma alegria estranha, meio despropositada.

Ela provavelmente tinha sido obrigada a fazer alguma lisonja para que seu marido concordasse com a minha visita, pensei. Isso explicaria o jeito propositadamente exagerado com que Richard estava me tratando. Na pequena economia do casamento, o convite para jantar feito a mim tinha posto um crédito substancial na conta dele.

— Querida — disse Richard, tirando a cabeça do interior do armário de bebidas. — Você sabe se a gente tem *sherry* por aqui? Barbara quer *sherry*.

— Não, sinceramente — argumentei. — Vou ficar totalmente satisfeita com outra coisa. Vinho branco...

— Já sei! — disse Sheba. — Tenho um pouco de Marsala na cozinha. Eu uso para cozinhar. Marsala serve, Barbara?

— Claro. Mas, por favor, não se incomode...

— Ah! — Sheba exclamou, apontando para os meus pés. — Você se machucou.

Olhei para baixo e, de fato, saía sangue do meu tornozelo esquerdo; a tira da minha sandália idiota tinha ferido a pele.

— Coitadinha — disse Sheba. — São sapatos novos? Deixe-me pegar um curativo para você...

— Não, não se preocupe...

— Não seja boba. Vou num segundo — ela desapareceu.

Richard riu, embaraçado.

— Vocês mulheres e seus saltos finos — ele disse.

— Não são saltos finos... — protestei.

— Bash tinha mania de usar salto alto — ele continuou. — Até uma vez em que ela fraturou o tornozelo correndo para pegar um ônibus. Depois disso, eu bati pé... Eu a fiz comprar um par de tamancos.

Houve um momento breve de silêncio.

— Nunca entendi a razão do salto alto — Richard continuou. — É uma questão de criar uma postura sexualmente provocativa, não é? Curvando a coluna, forçando a bunda para trás. Como aqueles maravilhosos orangotangos de traseiros roxos...

Ele fez uma pausa.

— Acho que vou preparar uma bebida para mim enquanto você está esperando o seu *sherry*.

Sheba voltou neste momento com o Marsala e o curativo. Ela estava acompanhada por sua filha, Polly — uma garota mal-humorada, bastante bonita, de dezessete anos, com o cabelo encaracolado do pai e o corpo longilíneo e magro da mãe.

— Polly, esta é a Barbara, minha amiga da escola — disse Sheba.

— Oi — disse Polly brevemente, lançando uma olhadela rápida em minha direção. Ela apontou a caixa de curativos na mão de sua mãe.

— Para que são?

— Barbara cortou o pé — disse Sheba.

Polly se virou para olhar meu calcanhar com sangue.

— Eca — ela disse.

— Polly! — Richard murmurou num tom de vaga reprovação.

Sheba se aproximou e me passou um curativo e um pouco de papel higiênico para limpar o machucado.

Polly se deixou cair no sofá com uma cara aborrecida.

— Posso tomar vodca com uma casquinha de limão, pai? — ela perguntou.

— Ah, está bem — o pai disse, num tom de indulgência. Ele sorriu para mim e balançou a cabeça. — Minha filha, a alcoólatra.

— Então, Polly — eu disse, enquanto cuidava do meu tornozelo. — Você deve estar estudando para entrar na faculdade. Como estão as aulas? — O sangue encharcou o primeiro pedaço de papel higiênico sem dar sinal de que iria estancar.

— *Bem* — disse Polly com uma voz entediada, mexendo nos pelinhos do seu braço.

— Polly! — disse Sheba.

— O quê? — disse Polly. — O que você queria que eu dissesse?

A resposta malcriada desnorteou Sheba, ou talvez ela estivesse tentando evitar uma cena. De todo modo, ela não continuou a discussão. Eu ri, para demonstrar que não tinha ficado ofendida. Embora, claro, tivesse ficado. Pode parecer uma maluquice uma mulher que passou anos da sua vida trabalhando como professora dizer isso, mas a verdade é que não sou muito boa com os jovens. Tenho total segurança na sala de aula, onde as regras — sejam elas respeitadas ou não — são claramente definidas. Mas em outros contextos fico perdida. Não consigo imitar o estilo informal e displicente de conversa com as gerações mais novas que parece ser de praxe atualmente. Não sou uma pessoa informal. Grosserias e brincadeiras bobas não combinam comigo. Costumo ficar travada e desajeitada na companhia de jovens — e então, quando percebo que deixo as pessoas entediadas, fico defensivamente fria e séria.

Richard me trouxe a bebida.

— Aqui está, querida — ele disse, numa imitação jocosa do sotaque do interior.

— Tem algum lugar onde eu possa botar isso? — perguntei, segurando o papel e a embalagem do curativo.

— Dá aqui — disse Sheba, tirando da minha mão o pequeno emaranhado sangrento. — Vou levantar mesmo para dar uma olhada na comida.

Neste momento, ouviu-se o barulho de alguém correndo ruidosamente escada abaixo, e um garoto gordo de cabelos louros entrou de repente na sala.

— Viva! Viva! — Richard gritou, agachando-se e abrindo os braços. — Ben está aqui! Viva! Viva!

A criança correu para ele, soltando risadas. Richard o agarrou e o segurou de cabeça para baixo.

— Como é aí embaixo, Benno? — ele perguntou de brincadeira.

Sheba ficou sorrindo enquanto ouvia a brincadeira. Polly, que estava bebericando a vodca dada por seu pai, não levantou a cabeça.

— Hmm, você tem algum trocadinho para mim, Benno? — disse Richard, balançando a criança de cabeça para baixo de um lado para o outro. Ben gargalhava de excitação enquanto caíam moedas de seus bolsos.

— OK — disse Sheba. — Não vamos sacudir demais antes do jantar.

Richard pôs a criança no chão.

— Tudo bem, Benno McBenjabo, hora de se comportar agora. Essa moça aqui se chama Barbara. Ela veio jantar com a gente.

— Oi — disse Ben, dando um passo à frente e apertando minha mão. — Meu nome é Ben.

Eu tinha morrido de medo deste momento, caso eu dissesse algo idiota ou não conseguisse entender o que ele dizia. Mas deu tudo certo. Ele tinha aquela voz um pouco abafada dos deficientes, mas era perfeitamente compreensível.

— Você sabia que eu já tenho uma namorada? — disse ele. — E tenho só onze anos.

— Não, eu não sabia — respondi.

— O nome dela é Sarah. Ela vem lanchar aqui na semana que vem.

— Que bom — eu disse.

— Sarah é uma amiga da escola do Ben — Sheba explicou.

— Não é só uma amiga, mãe — objetou Ben. — Ela é a minha namorada. A gente vai dançar música lenta junto.

— Certo, certo, vamos ver. — Sheba deu de ombros para mim. — Os hormônios parecem estar agindo cada vez mais cedo hoje em dia.

Ben observou atentamente enquanto ela falava.

— O que quer dizer isso? — ele disse. — O que são hormônios, mãe?

Jantamos todos juntos, numa mesa redonda na cozinha muito ampla. Sheba tinha feito uma torta de carne com batatas e salada. Richard abriu uma garrafa de Rioja.

— Bash é a *chef* nesta casa — ele disse, enquanto me servia o vinho. — E eu sou o *sommelier*.

A conversa durante o jantar foi animada. Ben falou sobre uma visita recente que fizera com a escola ao zoológico de Londres, e todos nós ficamos admirados com suas imitações dos barulhos de vários animais. Sheba me fez descrever para Richard o recente fiasco de St. Albans e Richard caiu na gargalhada. Ele ergueu as sobrancelhas quando descrevi Pabblem como uma versão londrina do Matthew Ilich de Turgueniev.

— Turgueniev, é? Muito bom, muito bom — ele disse, como se estivesse pondo um pequeno sinal favorável na margem do meu ensaio.

Em seguida, como que para me recompensar por não ser uma pessoa completamente ignorante, ele falou durante bastante tempo sobre o livro que estava escrevendo. Parecia ser sobre a tendência direitista da mídia, mas quando dei a entender isso, ele soltou uma exclamação e disse esperar que fosse algo "ligeiramente mais sutil". Demorou uma eternidade tentando me fazer entender o seu argumento sobre o modo insidioso como os leitores de jornal usam os verbos. Pareceu-me uma tolice. Mas, por amor à harmonia, fingi concordar.

Houve apenas um momento tenso durante o jantar e ele não teve nada a ver comigo. Ocorreu quando Sheba tentou fazer Polly comer um pouco mais e Polly berrou com a mãe para que a deixasse em paz.

— Polly, seus modos são horríveis. Não vou deixar você falar comigo desse jeito — disse Sheba, com calma.

— Tudo bem, então não se meta a me dizer o que eu tenho que comer — Polly respondeu num tom de voz alto e desafiador.

— Não estava me metendo — objetou Sheba. — Estava tentando me certificar de que você não vai passar fome.

— Ah, Bash, deixa — disse Richard.

Houve um momento tenso de silêncio, que foi quebrado por Richard, dizendo:

— É difícil, não é, Barbara? A pessoa supõe que os modos são a formalização da gentileza e da consideração mais básicas, mas durante a maior parte do tempo eles são apenas questões estéticas disfarçadas de princípios morais, não são?

— Ah, Richard... — disse Sheba.

— Não, estou falando sério. Quer dizer, é óbvio que ser educado com os mais velhos nem sempre pode se justificar com base na sabedoria superior dos mais velhos. É só que não é *atraente* ver um jovem responder mal a uma pessoa mais velha. Não é isso? O que você acha, Barbara?

Na verdade, achei que ele era um pretensioso, mas guardei isso para mim.

— Bem, não estou certa... — comecei, mas a atenção de Richard já tinha sido desviada.

— Hora da sobremesa! — ele exclamou, com sua voz brincalhona de barítono. — Então, Bash, o que temos?

A sobremesa era sorvete de baunilha e bolo de chocolate comprado pronto.

— Receio que sejamos pessoas preocupadas apenas com a satisfação imediata, Barbara — disse Richard, sem parecer nada receoso, enquanto cortava fatias do bolo. Fiquei irritada com suas análises constantes da cultura familiar. Sob o disfarce de me receber bem, aquilo parecia apenas me excluir. *Não poderíamos esperar que você entendesse nosso jeito chique e animado.*

Depois da sobremesa, Sheba me levou para ver seu ateliê de cerâmica no porão.

— Richard ficou muito bem impressionado com você — ela disse, enquanto me conduzia escada abaixo. — Ele jamais fala com alguém sobre seu livro.

Fiz um grande esforço para parecer lisonjeada.

Neste momento nos encontrávamos numa sala ampla com cheiro de umidade. As paredes eram pintadas de amarelo pálido e havia um forno e um torno de cerâmica. Ao longo de uma das paredes, os trabalhos de Sheba estavam dispostos em prateleiras. Eu nunca tinha visto nada produzido por ela. Por algum motivo, sempre que ela mencionara seu trabalho, eu tinha imaginado coisas de barro — aqueles objetos grossos, entre o cinza e o bege, que são vendidos em lojas de *souvenir*. Mas as peças nas prateleiras não eram de modo algum desse tipo. Eram coisas delicadas e românticas — potes com bordas rendilhadas ou formando treliças; chaleiras com asas em formas de animais. Fileiras e fileiras de pratos em todas as cores do arco-íris.

— Meu Deus, Sheba, seu trabalho é... tão delicado — eu disse.

— Puxa.

— Não, não só uma graça. Essas coisas são *adoráveis*. Quer dizer, quando penso em cerâmica, penso em... coisas que não são tão adoráveis como essas.

Apontei para uma grande tigela enfeitada com uma espiral de rosas amarelas e pardais azuis e cinzentos.

— *Olha* só isso. Tenho inveja da sua capacidade de fazer essas coisas. Posso?

Ela fez que sim.

— Pode pegar.

Peguei a tigela com cuidado.

— Como você faz? Essa cores... tão bem escolhidas. *Adoro* esses passarinhos.

— Fique com ela — ela disse.

Pus a tigela de volta.

— Ah, meu Deus, de jeito nenhum. Por favor, Sheba, eu não estava elogiando para isso, juro...

— Não, eu sei. Só gostaria que você ficasse com ela.

— Ah, mas...

— Barbara, deixa disso — ela disse, sorrindo. — Fica com a maldita tigela.

É sempre difícil a transição da recusa clamorosa para a humilde aceitação.

— Você tem certeza? — eu disse.

— Claro.

— Bem, obrigada — disse. — Estou muito comovida. Faz tempo que não recebo um presente tão adorável. Ela é linda.

Fiz uma pausa, consciente de que estava sendo enfadonha.

— Polly é uma garota muito bonita — acrescentei, para mudar de assunto.

— É — murmurou Sheba. Ela abriu duas cadeiras de armar que estavam apoiadas na parede e fez um gesto para que eu me sentasse numa delas.

Pensei que era tudo o que ela ia dizer a respeito de Polly, então comecei a procurar outros assuntos. Mas, justamente quando abri minha boca para comentar como era tranqüilo lá no porão, ela começou a falar de novo:

— Ninguém esperava que Polly ficasse assim — disse. — Ela tornou-se bonita de repente, aos oito anos. Antes disso, era bem feinha. Uma ratinha. As pessoas sempre me falavam, com tato, que ela era muito *robusta*. Nunca me importei. Sua feiúra me fez amá-la mais. Nos dois primeiros anos da sua vida, mal podia deixá-la no chão. Eu a carregava para todos os lugares, como se estivesse levando a pequena princesa Boudicca em sua liteira.

Ela fez uma pausa.

— Talvez seja uma boa coisa que nossos filhos se tornem adolescentes difíceis — disse. — Os sentimentos que você tem quando são crianças são intensos demais, debilitantes demais, para manter.

— Polly é um pouco difícil, é isso mesmo? — eu disse.

Sheba me olhou com a cabeça inclinada para o lado.

— Você não precisa fingir, Barbara. É, Polly é uma mala sem alça. Ela tem uma porção de "posições" sobre as coisas. É vegetariana, feminista, tudo isso. E ela não gosta nem um pouco se por acaso você não compartilha as mesmas convicções.

Sorri.

— Ela está sempre rejeitando os garotos porque não são bastante politizados, ou por serem "machistas" — continuou Sheba. — Você não acha que há algo um pouco duro, ou um pouco *sem imaginação*, no fato de uma mulher jovem poder recusar um pretendente por esses motivos? Quer dizer, aos dezessete anos, com certeza, você não tem todo o direito de fantasiar?

Encolhi os ombros e disse:

— Cada um tem seu jeito.

— Eu era muito mais inocente e boba com a idade dela, sei disso — disse Sheba. — E infinitamente mais sensível. Mas acho que me divertia mais. Ficava tão entusiasmada com as coisas! Com a expectativa de ficar adulta! Costumava praticar como seria rolar na cama com meus futuros namorados. Tinha toda uma coleção de amantes imaginários. O caubói, o médico, o xeque árabe. Eu era a moça orgulhosa e rebelde do harém do xeque. Aquela com "espírito"...

Ela riu.

— Quando penso em tudo isso, fico quase com pena de Polly, sabe? Quer dizer, com que homens ela sonha? Os líderes distritais do Serviço de Proteção aos Animais?

Ela parou abruptamente, como que envergonhada por ter falado sobre o assunto de maneira tão veemente.

— Bem, em todo caso — disse após um momento —, é isso. Os adolescentes são uma trabalheira. Você sabe disso.

Assenti.

— Então, agora, onde você aprendeu a fazer isso? — perguntei, indicando o seu trabalho. — Você estudou arte em algum lugar?

Ela sorriu um pouco languidamente.

— Na verdade não. Fiz um curso numa fundação em St. Martin. Mas aí conheci o Richard (ele era um dos meus professores) e nos casamos.

— Ah, você devia ser tão nova!

— É, tinha vinte. E nem estava grávida. Ele me pediu em casamento e eu achei uma boa idéia. — Ela riu. — Sempre fui uma pessoa assustada com o mundo lá fora. Disse a mim mesma que era um ato subversivo da minha parte fazer algo tão convencional.

— O que seus pais disseram?

— Ah, eles ficaram horrorizados, principalmente o papai. Ele me disse que eu não tinha sido criada para ser uma dona-de-casa idiota. Depois que nos casamos, ele sempre insistia para eu arrumar um emprego. Tentei várias coisas para satisfazê-lo. Fiz um curso de datilografia e alguns estágios. Arrumei um emprego com um dos amigos dele, trabalhando numa instituição de caridade para os sem-teto, mas fui dispensada por não ser eficiente o bastante. Depois disso, fiz um curso para ser professora. E então fiquei grávida. Meu salário inicial como professora não cobriria nem a despesa com a babá, então foi isso. Sempre disse que iria trabalhar quando Polly tivesse cinco anos. Mas, logo depois do seu quinto aniversário, descobri que estava grávida de novo. E depois acabou que Ben era... Ben. Só no ano passado, quando finalmente o colocamos numa boa escola, a questão do trabalho voltou à tona. — Ela coçou o queixo. — Aí está. Agora você sabe como cheguei neste ponto sem ter realizado nada.

— Como você pode dizer isso? — protestei. — Você tem dois belos filhos. Ben é maravilhoso. Não tem como você se arrepender de dedicar a ele suas energias. Ter educado duas crianças, uma delas deficiente, bem, é uma realização enorme. Com certeza maior do que qualquer coisa que você poderia ter feito tendo uma carreira.

Sheba assentiu, com impaciência.

— Ah sim, eu sei. Sei de tudo isso. E, acredite, me permito uma grande autocomplacência por causa do meu altruísmo como mãe. Mas criar os filhos não é a mesma coisa que... Não pode me dar as mesmas satisfações que tenho fazendo as coisas no mundo lá fora. Não importa o que você diga, é terrivelmente tedioso nunca ter feito nada digno de ser notado, ter trabalhado nessa obscuridade absoluta.

Eu estava balbuciando algo em protesto quando ela interrompeu:

— Barbara, desculpa, não quero me aproveitar, mas será que eu poderia pedir conselho sobre uma coisa? Preciso muito falar com alguém neste momento. Estou com um probleminha. Na escola.

Fiz que sim com a cabeça, seriamente, tentando parecer digna da confiança dela.

— Qual é o...

— Bem... — Ela começou a mexer no cabelo, nervosa. — É sobre um dos alunos. Na verdade é aquele garoto, sabe, aquele com quem você me ajudou no semestre passado.

— Que garoto?

— Aquele muito louro, Steven Connolly.

— Ah, sei.

Ela prosseguiu, tentando dar-me uma idéia muito depurada da relação deles. Eram amigos, disse. Ele tinha interesse em artes e costumava procurá-la fora dos horários de aula, para discutir seus desenhos. Ela lhe dava aulas de cerâmica. Mas, ultimamente, sentia que ele estava desenvolvendo algum tipo de atração por ela e estava preocupada, sem saber como proceder. Quando lhe perguntei por que suspeitava dessa atração, ela hesitou, como que envergonhada. Em seguida explicou que, na semana anterior, quando estava saindo da escola, Connolly tinha se aproximado dela na rua e tentado dar-lhe um beijo.

Apesar de todas as omissões, foi uma história longa, que ela me contou com muitas digressões cansativas. Ao ouvi-la falar, tive a impressão de que estava se esforçando para ser muito minuciosa e precisa. Várias vezes, parou para se corrigir a respeito de determinados pontos irrelevantes com relação ao momento exato em que uma conversa tinha ocorrido, ou à forma de cumprimento que tinha usado numa ocasião ou noutra. Era quase como se ela estivesse fazendo um relatório policial.

— Qual foi mesmo o dia em que ele atacou você? — perguntei quando ela tinha terminado a história.

— Ah não, não foi um ataque... — ela disse.

— Certo, o que quer que tenha sido. Quando foi?

— Hum, na quinta passada.

— E você o viu ou falou com ele depois do incidente?

— Ele foi ao meu ateliê uma ou duas vezes, mas eu o mandei embora.

Pensei por um tempo.

— Se a situação é realmente como você descreveu — eu disse —, a sua reação me parece bem clara. O garoto tem incomodado você e isso precisa parar. Você tem que comunicar ao diretor o quanto antes para que alguma providência seja tomada.

Sheba me olhou, aterrorizada.

— Ah, não! — ela disse. — Não, não. Eu não poderia...

— Mas o garoto tentou beijar você. É algo muito sério.

— Não, não, Barbara — ela disse. — Dei a você a impressão errada. Ele é o mais inofensivo dos garotos. Quando eu disse "beijar", você tem que entender, foi algo incrivelmente gentil e romântico, não foi nada agressivo. Além disso, quando reclamei, ele parou. Acho que ele tem uma atração, sabe? Não seria bom para ninguém tornar isso um problema disciplinar.

Ficamos caladas por um momento.

— Sheba, desculpe, mas eu preciso saber. Você sente alguma coisa por esse garoto?

Ela corou.

— Bem, sinto. Mas o que você quer dizer? Se eu tenho fantasias com ele ou algo assim? Meu Deus, *não*. De jeito nenhum. Gosto muito dele. Ele é uma gracinha. Só preciso ver como é que vou lidar com isso sem magoá-lo.

Assenti.

— Vou dizer-lhe uma coisa e sei que você não vai gostar — eu disse. — Você é nova no jogo e tem uma porção de idéias nobres, completamente impraticáveis, a respeito de como deve ser o papel de uma professora. Mas o fato é que não faz parte do seu trabalho ser amiga dos alunos. Quando você ultrapassa os limites do contrato professor-aluno, quando tenta ser compreensiva e delicada e "ser um deles", na verdade está prestando um desserviço aos seus alunos. Não tenho a pretensão de saber exatamente qual o problema desse garoto, mas parece óbvio que ele criou uma ligação muito intensa com você. Recomendo que você leve esse caso para a diretoria. Se não fizer isso, pelo menos deve deixar claro para o garoto que está disposta a fazê-lo. Tem que dizer a ele, com firmeza, que não deve haver mais nenhum contato entre vocês dois.

Sheba ficou balançando a cabeça vigorosamente enquanto eu falava. Quando terminei, ela disse com grande fervor e determinação:

— Você está certa, você está certa. Sei que está certa. Ah, Barbara, vou fazer exatamente como você disse. Fui uma idiota. Mas a partir de agora vou ser muito, muito durona. Prometo.

Ela se dirigiu a um armário, pegou algumas folhas de jornal velho e começou a embrulhar a minha tigela. Tomei isso como um sinal de que a nossa conversa tinha terminado e levantei da minha cadeira.

— Estou tão feliz de ter falado com você sobre isso, Barbara — ela disse, entregando-me a tigela. — Fiquei remoendo na minha cabeça a semana toda. Eu sabia que você iria dar um jeito. Deve achar que eu sou uma tonta...

Fiz que não com a cabeça e então — um pouco sem jeito, porque a afeição casual não é o meu forte — pus a mão em seu ombro.

— Não, de jeito nenhum. De jeito nenhum. Essas coisas são difíceis para uma professora nova. Estou muito satisfeita por você ter falado comigo a respeito.

Ao pé da escada, virei para ela.

— Desculpe-me por perguntar, mas você contou a mais alguém sobre isso?

— Não. Não contei — ela disse.

— Nem para a Sue?

— Não. Por quê?

— Bem, nada, só estava pensando que provavelmente seria melhor você *não* contar para a Sue. Ela não é má pessoa. Mas não é... — Dei uma risada. — Ela é meio bobalhona, não é?

Sheba assentiu.

— Você tem razão. Não devo contar a mais ninguém.

Tempos depois, quando Sheba finalmente me contou a verdade a respeito de sua relação com Connolly, quando descobri tudo o que ela havia omitido nessa primeira e bizarra confissão falsa, fiquei muito zangada. Não podia entender por que ela tinha se incomodado em contar uma verdade tão radicalmente deturpada. Apenas duas noites antes da minha visita à sua casa, ela tinha ficado com Connolly num parque público. Será que era excitante fingir que estava se confessando para mim? Ou ela tinha oferecido aquela versão inocente da relação deles a fim de confrontar qualquer suspeita, entre os professores, de algo pior?

No começo, minha inclinação foi atribuir os piores motivos possíveis à sua falsidade. Mas, com o passar do tempo, as teorias mais melodramáticas perderam a credibilidade. É uma loucura qualificar uma adulta de meia-idade como inocente e ainda assim há algo de fundamentalmente inocente em Sheba. Não preciso dizer que ela é capaz de cometer todo tipo de pecado. Mas não é uma daquelas pessoas que armam. Ela não tem a malícia necessária para conspirar e tramar — pelo menos não de um modo seguro, comprometido. Neste momento, minha inclinação é ver sua primeira versão como uma espécie de quase confidência que as crianças pequenas fazem quando querem alívio do peso de um segredo, mas não conseguem encarar as conseqüências de uma revelação completa. Lá embaixo, no ateliê do porão, acredito que ela *queria* contar tudo. Sua coragem simplesmente lhe faltou. O ar desconfortável que, naquele dia, pensei ser devido à ansiedade era, na verdade, um desejo oblíquo de absolvição.

Quando subimos as escadas, as crianças tinham sumido em seus quartos e Richard estava na cozinha fazendo café. Sheba e eu fomos sentar na sala e, pouco depois, Richard entrou com a bandeja. Ele fez uma grande propaganda dessa atitude — imitando o toque de trombetas e pondo uma tampa de chaleira na cabeça. Por isso e por causa do exagero com que Sheba lhe agradeceu, concluí que as contribuições de Richard para o bem-estar doméstico não eram das mais freqüentes.

Nós nos sentamos e conversamos por quarenta e cinco minutos aproximadamente. O assunto principal da conversa foram nossos planos para as férias de verão. Richard e Sheba iam para Provence por um mês.

— Vamos todo ano — disse Sheba. — Minha família tem uma casa, na verdade é mais uma cabana, que meu pai comprou há uns cem anos por uma bagatela. É completamente primitiva, mas muito bonita. Perto de Avignon, se isso é uma referência para você.

Mencionei um plano vago de viajar para Madri e Richard, que passara algum tempo na Espanha quando era jovem, me deu uma porção de conselhos a respeito do que fazer e ver quando estivesse lá. Aí já eram dez e meia, hora de ir embora.

No caminho de casa, parei no supermercado no final da minha rua para comprar leite e pão para a manhã seguinte. O homem na minha frente na fila do caixa dispôs suas compras na pequena esteira móvel com uma precisão enervante: um pote de café instantâneo, um único sanduíche pronto com uma marca de sujeira na casca do pão; uma lata de atum; um grande pote de maionese; duas caixas de lenços de papel. Fiquei pensando no jantar pomposo que eu acabara de comer na casa dos Hart. *Eles*, com certeza, nunca faziam compras em pequenos supermercados pouco higiênicos e inflacionados como este. Não, eles deviam aproveitar a economia de escala e fazer alegres expedições familiares ao Sainsbury's em West Hampstead. Eu podia imaginá-los passeando pelos corredores do supermercado, atirando no carrinho pacotes econômicos de papel higiênico e perguntando um para o outro "Quanto temos de arroz lá em casa, meu amor?" O homem diante do caixa observou com atenção suas coisas sendo registradas. De volta a sua casa, ele iria preparar seu sanduíche repugnante de atum e sua xícara de café vagabundo. Iria comer em frente à televisão, como fazem as pessoas solteiras. E em seguida usaria seu abundante estoque de lenços de papel... Para quê? Lágrimas? Assoar o nariz? Masturbação?

Houve uma pequena confusão quando a garota do caixa se enganou e incluiu meu leite e meus pães como parte das compras do sujeito.

— Não, não — o homem murmurou irritado.

Lançando um olhar horrível em minha direção, ele pegou a pequena divisória de metal e a enfiou com força na esteira da caixa para separar as minhas coisas das dele. As pessoas solitárias são incrivelmente esnobes umas com as outras, pensei. Elas têm medo de que a convivência com a própria espécie aumente a sua excentricidade. Quando eu e Jennifer fomos juntas a Paris, vimos um funcionário de uma companhia aérea no Heathrow perguntar a duas pessoas muito gordas no *check-in* para onde estavam indo. Os dois gordos não eram um casal, como parecia, e a sugestão de que eram os deixou em pânico. Tomando distância, ambos gritaram em uníssono: "Não estamos juntos!"

Entendi o horror deles. Mesmo eu e Jennifer às vezes éramos vítimas de um certo mal-estar acerca da impressão que dávamos andando juntas. Sozinhas, nós duas passávamos seguramente despercebidas — invisíveis, aliás — como as mulheres maduras acima dos quarenta anos são para o mundo. Juntas, no entanto, eu sempre suspeitava de que éramos um tanto cômicas: duas mulheres obviamente sem marido saindo para passear. Um teatro de variedades das solteironas.

Por um segundo, tive o impulso de gritar com o homem no supermercado — dizer que eu não era de modo algum como ele, que eu tinha amigos. Que acabara de vir de um jantar de família aconchegante e delicioso na casa de alguém. Mas claro que não fiz isso. Apenas abaixei a cabeça e fingi que estava procurando alguma coisa em minha bolsa até ele estar na rua.

Mais tarde, na cama, com uma xícara de chá e Portia, refleti sobre a noite com certa satisfação. Sem contar o maldito tornozelo, eu tinha me saído bem, senti. Tinha sido cuidadosa e me comportado de modo apropriado com os filhos. Tinha me entendido bem com o marido. E, quando Sheba me pedira um conselho, tinha respondido com sabedoria e simpatia. Sheba claramente ficara muito agradecida.

Como eu estava iludida! Mas como estava feliz!

Sete

O local, eu acho, era a preocupação predominante dos amantes no início do seu romance. Onde se encontrar. Onde transar. Na falta de alternativas mais agradáveis, eles voltaram várias vezes a Hampstead Heath. (Sheba não sabe exatamente quantas vezes, mas calcula que foram pelo menos vinte.) O aspecto "ao ar livre" das relações sexuais deles atraiu muito a imprensa, mas, contrariando todas as insinuações obscenas dos repórteres, Sheba e Connolly não viam nenhuma vantagem de natureza erótica em suas transas ao ar livre. Aparentemente, é muito difícil deixar-se levar livremente pela paixão no chão encharcado de um parque londrino. No início de abril, as noites eram tão frias que Sheba não conseguia sentir os lábios e as mãos. E mesmo numa temperatura mais clemente, o medo de insetos e de cocô de cachorro não permitiam que ela relaxasse completamente. Uma vez um homem apareceu na clareira onde Sheba e Connolly estavam se agarrando. Sheba entrou em pânico e gritou, fazendo o homem dar um berro e sair correndo. Depois, Connolly tentou acalmá-la — convencê-la de que o homem não ia voltar. Mas não conseguiu e a noite foi um fracasso.

Mais tarde, eles descobriram que tinham, sem saber, acampado na área do parque freqüentada por homossexuais. O homem que os havia surpreendido não era um *voyeur* mas um gay em busca de uma conquista. Ainda assim, Sheba ficou muito perturbada com o episódio e preferiu voltar a encontrar-se com Connolly no ateliê da escola. Ela trancava a porta e fechava as cortinas, é claro, mas os faxineiros, que não tinham hora certa para aparecer, possuíam a chave da sala. O risco de serem apanhados era muito alto.

É difícil, eu digo a ela, interpretar esse comportamento tão drasticamente incauto como sendo algo diferente de uma obsessão sexual. Mas Sheba não concorda com esse diagnóstico. Diz que ele enfatiza indevidamente o aspecto carnal do seu relacionamento com Connolly. A vulgaridade impiedosa da imprensa deixou-a defensivamente magnânima. Quer que saibam que ela e Connolly não estavam meramente envolvidos em "brincadeiras ilícitas" e "sessões de sexo". Eles estavam *apaixonados*. Logo depois do escândalo se tornar público, um repórter do *Sunday Express* tocaiou Connolly do lado de fora da casa dele e perguntou-lhe o que o havia atraído para a sua professora. Connolly, no que é até hoje a sua única declaração pública a respeito do caso, respondeu "Eu estava a fim dela, né?" antes de ser empurrado pela mãe para dentro do táxi do pai. A frase ficou famosa. Eu entendo por que ela se tornou uma espécie de chavão cômico para a mídia. Mas para Sheba, isso foi uma terrível humilhação. Quando ela leu o que Connolly tinha dito, teve a impressão de que ele estava menosprezando o romance — renegando seus verdadeiros sentimentos para atender às expectativas dos tablóides. Ela o perdoou. (Ele não sabia como isso iria soar, ela diz.) Mas a frase em si mesma — e a percepção geral de que o relacionamento deles tinha o conteúdo sujo de um filme pornô — continua sendo um ponto muito delicado.

Houve algumas ocasiões, conforme admite, em que os dois só tinham tempo para fazer amor apressadamente e ir embora. Mas estes encontros eram insatisfatórios para os dois, ela diz. Eles estavam sempre procurando oportunidades de passar um tempo "de verdade" um com o outro. Connolly tinha um pager e sempre que Sheba tinha um momento inesperado de folga, ligava para ele. Era difícil marcar encontros sem despertar suspeitas em suas respectivas famílias, mas eles conseguiram fazer isso em pelo menos três ocasiões.

Uma vez eles foram à National Portrait Gallery. Outra vez, a um restaurante indiano em Hammersmith. (Sheba fez Connolly comer cabrito pela primeira vez.) Na terceira, por razões que a história não esclarece, eles visitaram Hampton Court. Em cada um desses passeios, tomaram táxis, ela diz, e sempre riam com um alívio histérico quando os motoristas dos táxis paravam e eles viam que não se tratava do pai de Connolly. Lá dentro, ficavam num canto e fingiam que o motorista não podia vê-los enquanto se agarravam até chegar ao seu destino.

Eu percebo, pelo que Sheba me contou, que essas ocasiões, por baixo de sua aparente travessura, foram muito tensas para ela. No ateliê ou no parque com Connolly, ela podia acreditar que o amor deles era lindo e proibido — algo doce e saudável e, se as circunstâncias fossem diferentes, infinitamente viável. No mundo lá fora, ela era obrigada a reconhecer a estranheza deles como casal. Uma vez, quando estavam descendo juntos a rua St. Martin — na sua excursão à National Portrait Gallery — ela avistou o reflexo deles numa vitrine. Levou um bom tempo para compreender que a dona-de-casa quarentona e ossuda agarrada na mão de um adolescente era *ela*.

No restaurante em Hammersmith, Connolly aparentemente pediu um coquetel para acompanhar o seu *curry*. Sheba sugeriu que ele tomasse um refrigerante ou cerveja, mas ele foi insistente: queria rum com Coca-Cola. Ela não insistiu. Não podia implicar com o garoto por causa de uma bebida quando estava prestes a levá-lo até o parque para fazer sexo.

No início do romance, Sheba começou a comprar roupa de baixo para si mesma — coisas alegres e estampadas, próprias para meninas da idade de Polly. Ela as guardava no fundo da gaveta e só as vestia quando sabia que ia se encontrar com Connolly. Uma vez, ela diz, enquanto estava escolhendo calcinhas no subsolo barulhento de uma butique em Oxford Street, viu Diana Selwood, mulher de um dos colegas de Richard, se aproximando dela. Diana estava com sua filha adolescente, Tessa. Sheba se afastou da cesta de calcinhas e cruzou os braços. Cumprimentou Diana e elas conversaram um pouco sobre maridos e filhos. Depois Diana olhou para a cesta.

— Nossa, Sheba — ela disse. — Tiro o meu chapéu para você. Eu parei de me importar com roupa de baixo extravagante há anos. Como você consegue usar essas coisas?

— Não faço idéia — Sheba disse, olhando espantada para as calcinhas estampadas. — Para dizer a verdade, eu pensei que fossem lenços de cabeça.

Connolly estava sempre elogiando a beleza dela naqueles primeiros meses — acariciando o seu cabelo, passando o braço pequeno e musculoso em volta da sua cintura e ficando maravilhado por ela ser tão fina. Encorajada pela adoração dele, Sheba passou a usar mais cosméticos. Richard nunca tinha ligado para maquiagem, mas Connolly reagia da forma mais gratificante possível a este artifício. A primeira vez que Sheba chegou para um encontro com ele usando batom vermelho e lápis de olho, ele abriu a boca, maravilhado.

— O que foi? — ela perguntou. — Parece pintura de guerra?

— Você parece uma modelo — Connolly murmurou.

Ela alega que o romance não teve nenhum efeito adverso imediato em seu casamento. Seu relacionamento com o marido até melhorou no início. Nas noites em que chegava tarde em casa por ter estado com Connolly, ela se lembra do quanto se sentia amorosa em relação a Richard. Apanhando as cuecas que ele havia abandonado no chão do banheiro, ou tirando delicadamente um pedaço de fio dental de sua mão adormecida, ela não se sentia nem ressentida nem culpada: apenas grata pelo marido existir. Era confortador, depois daqueles encontros estranhos e congelantes no parque, deitar-se na cama quente — sentir o corpo de Richard mexer-se para acomodar-se ao dela. Quando ele queria fazer amor, ela sempre se submetia sem protestar. Na época não parecia tão terrível, ela diz, passar do amante para o marido na mesma noite. Parecia inteiramente natural. Ela sempre tomava banho antes de se deitar. E ainda sentia atração por Richard. Essas coisas não acabam assim de repente, ela diz.

Oito

É sábado de manhã e estou sozinha em casa. Se eu for disciplinada e não sair para comprar os jornais, acho que vou conseguir dedicar umas três ou quatro horas ao livro antes de Sheba voltar. Hoje é o dia de ela visitar Ben. Nestas últimas duas semanas, Richard tem insistido para que ela faça estas "visitações", como ele diz, na casa dos Beckwith — velhos amigos dos pais de Sheba — em Hampstead. A razão oficial disto é que é mais conveniente para Richard deixar o Ben lá, mas a razão verdadeira, eu acho, é que isto evita encontros desagradáveis com Sheba. Ele sempre faz questão de estar bem longe da casa dos Beckwith quando Sheba chega lá.

Agora, ao trabalho. Eu devia ter começado há muito tempo, mas tive que ligar para a mãe de Sheba para pedir dinheiro e essa tarefa acabou levando quarenta e cinco minutos. Desde que Sheba deixou de morar com Richard e parou de trabalhar, a quantia mensal que ela recebe do truste da família Taylor tornou-se a sua única fonte de renda. É uma pena: mal dá para comprar comida, imagine só os extras. Sheba está precisando de um novo par de sapatos. E mais cedo ou mais tarde vai ter que comprar roupas novas para ir ao tribunal. Ela não pode aparecer diante de um juiz usando suas saias transparentes de hippie.

Mas a Sra. Taylor não está ligando muito para isso. Quando acabei de explicar o motivo do meu telefonema, ela deu uma risada seca. — Sheba sabe que você está ligando para mim? — ela perguntou. — Porque ela irá dizer-lhe, querida, que eu não tenho o hábito de subsidiar o seu guarda-roupa.

— Olha — eu respondi —, Sheba está andando por aí com sapato furado. Eu não estou pedindo nenhuma frivolidade. Você ainda é a mãe dela, sabia?

— Ah — ela disse. — Obrigada por me lembrar. Então deixa eu entender direito. É você que cuida do orçamento de Sheba agora? Bem, isto é muito cômodo. Será que quer que eu compre um par de sapatos para *você* também?

— Sra. Taylor — eu disse — sou perfeitamente capaz de me sustentar, obrigada. Trabalhei durante quarenta anos como professora e posso assegurar-lhe que a minha aposentadoria, embora não seja generosa, é perfeitamente adequada para as minhas necessidades.

Isto calou um pouco sua boca. Depois de muito reclamar, ela disse finalmente que ia mandar um cheque pelo correio na semana que vem.

É difícil acreditar que se tenha chegado a esse ponto. Sheba andando por aí como uma mendiga, sua mãe e Richard tratando-a como se ela fosse uma leprosa. Quando eu a conheci, Sheba pareceu-me uma pessoa extremamente alegre; um modelo de felicidade. Sua vida com Richard — os jantares, as férias na França, a casa cheia de colegas, crianças, ex-mulheres e amigos — um exemplo típico da família feliz que se vê nos jornais. Havia sempre uma excursão animada sendo planejada: um piquenique no Regent Park, uma caminhada pelo cemitério de Highgate, um passeio ao Museu da Criança de Bethnal Green. Era raro eu encontrar Sheba sozinha. Uma vez, quando Richard levou Ben para nadar uma tarde, Sheba e eu fomos a uma exposição de Dürer juntas. E outra vez, ela desenhou o meu retrato no ateliê enquanto Ben e Richard jogavam Monopólio no andar de cima. (Eu me lembro que a Rádio 4 estava ligada, e Sheba me disse, olhando-me por cima do cavalete, que eu tinha "uma ossatura fantástica".) Mas na maior parte do tempo, eu tinha que dividi-la com outras pessoas.

No início da nossa amizade, eu me lembro, ela me convidou para o aniversário de doze anos de Ben. Eu fui, antecipando algo na linha de pôr-o-rabo-no-burro, como fazíamos na minha juventude, mas quando cheguei lá, a porta estava escancarada e a casa cheia de pais recostados nos sofás tomando vinho e ouvindo os discos de jazz do Richard. "Ei, olá", eles disseram quando eu entrei. Havia um grupo reunido na porta da cozinha e quando olhei para dentro, vi Richard estendido na mesa da cozinha. Sheba estava debruçada sobre ele, usando luvas e máscara cirúrgica. Ela o estava "operando" para deleite de dez meninos e meninas sentados diante dela. "Agora", ela estava dizendo com um forte sotaque germânico, "nós extraímos os olhos! Vou deixar que vocês os examinem. Por favor, passem para o vizinho assim que terminarem de examinar." As crianças se encolheram e gritaram quando duas uvas grandes e descascadas foram passadas para elas. "Espero que vocês tenham lavado bem as mãos", Sheba disse. "Ah, não lavaram? Bem, não faz mal... Ah! Vejam, minha assistente, Dra. Barbara Babinski chegou. Venha cá, Barbara, estou precisando da sua ajuda para tirar o fígado."

Era divertido ser incluída naquelas brincadeiras familiares. Não era a felicidade perfeita. A felicidade perfeita estaria em outro lugar. Mas era muito divertido! Jennifer uma vez me contou sobre um templo hindu numa parte remota do sul da Índia que ela tinha visitado nos seus tempos de estudante. Tinha-lhe parecido fantástico — impossível — que cenas de devoção tão exóticas pudessem acontecer no mesmo planeta em que transcorria a sua prosaica vida em Barnstaple. De volta à Inglaterra, sempre que ela pensava nas mulheres de sari entrando no tanque de águas escuras do templo e acendendo incenso para Ganesh, ela achava que as havia inventado. Era como eu me sentia a respeito da casa de Sheba. Quando me dirigia para o meu carro depois de ter passado a tarde lá, tinha que me conter para não virar e conferir se a casa ainda estava lá mesmo — se não tinha desaparecido no ar, como uma ilusão de conto de fadas. Mais tarde, deitada na cama, eu tentava imaginar os Hart se preparando para a noite: cada membro da família entrando e saindo do banheiro — o barulho das escovas de dentes, os gritos para cima e para baixo na escada, as risadas, e depois o barulho diminuindo aos poucos até só restar na casa o rugido dos lençóis e o som das páginas de um livro sendo viradas. Mais cedo ou mais tarde, eu sempre duvidava. Aquilo tudo era de mentirinha, não era? Sem dúvida a família deixava de existir quando eu não estava lá.

Eu não apostaria todo o meu dinheiro que Sheba era fiel a Richard. O casamento não era perfeito de jeito nenhum. Richard tratava Sheba com a mesma complacência com que tratava todo mundo. E sempre que ficava um tanto cansado, ou sentia que não era mais o foco da atenção, ou que uma de suas opiniões estava sendo muito refutada, tendia a cair numa petulância infantil. (Ele era como o rei no poema de A. A. Milne: não era um homem exigente, mas gostava de um pouco de manteiga no seu pão.) Sheba era observadora demais para não notar estes defeitos. Mas para ela, a mesquinhez e a vaidade de Richard eram componentes necessários da sua inteligência — as falhas em seu caráter conferiam-lhe *pathos* e o tornavam "humano". Afinal ela tivera Ronald Taylor como pai. As regras para servir de criada para um homem famoso e pretensioso eram mais ou menos instintivas nela. Ela parecia ficar mesmo triste quando o comportamento de Richard inspirava reações hostis nas pessoas.

Uma vez, após um jantar em que ele havia sido particularmente tagarela e detestável, ela me chamou de lado na cozinha. — Por favor, Barbara, não o odeie! — ela murmurou. Estava ligeiramente bêbada.

— Eu não o odeio — eu disse.

— Eu *sei* que ele pode ser chato — continuou — mas no fundo é um amor. Teve uma vida muito dura. Você sabe que sem os óculos ele é praticamente cego? A mãe dele era uma mulher horrorosa e nunca comprou os óculos de que ele precisava quando era pequeno, e quando o hospital deu um tapa-olho para ele usar do lado esquerdo, ela não o obrigou a usá-lo... Isso não tem graça!

Eu tinha sorrido ao pensar nas queixas de Richard contra a mãe. — Eu não estou achando graça — disse.

— E não deve achar mesmo — Sheba disse. — *Por favor*, perdoe-o quando ele se comportar como um bufão. Ele é um amor, de verdade.

Umas poucas vezes, eu me lembro de tê-la ouvido se queixar por ter casado muito cedo. Mas ela sempre teve o cuidado de não culpar Richard por isso. Se tinha deixado escapar certas oportunidades, a culpa era só dela, insistia em dizer. Richard era o responsável pelo sucesso do casamento deles. Ele a havia tornado uma "pessoa muito melhor". Ele a havia ajudado a "crescer". "Richard já passou por isso antes", ela me disse, "então entende muito mais de casamento do que eu."

Uma vez eu sugeri que ela deveria transformar o seu trabalho com cerâmica em uma atividade comercial.

— Você devia pôr suas coisas numa loja — eu disse a ela. — Ia vender como água.

— Não, não — ela disse, recusando a sugestão. — Se eu quisesse fazer uma coisa assim, ter o meu próprio negócio, deveria ter começado mais cedo.

— Bem, nunca é tarde demais — eu disse. — Você não é exatamente uma velha.

Ela sacudiu a cabeça.

— Não, eu sei que não sou velha. Mas *é* muito tarde. Sempre foi. Há alguns anos, eu fiquei muito arrependida e zangada pelo muito que havia sacrificado pela família. Achei que se não tivesse conhecido Richard e me enterrado tão jovem num casamento, eu teria feito coisas brilhantes, grandes esculturas, teria viajado pelo mundo, ou algo semelhante. Uma noite eu cheguei até a dizer a Richard que ele tinha "embotado a minha imaginação". Meu Deus! E no fim Richard ficou tão aborrecido com as minhas queixas que reformou o porão e transformou-o num ateliê para mim. Ele combinou um outro horário com a *babysitter* e tudo o mais, para que eu pudesse ter três tardes sem o Ben por semana. Ele teve muito trabalho e gastou um dinheiro que nós não tínhamos... e sabe o que mais? Depois de tudo isso, eu não fiz nada de importante. Quer dizer, fiz alguns pratos bonitos. Fiz até algumas esculturas. Mas não eram boas. Na maior parte do tempo, eu ficava vendo novelas na televisão e cochilando. — Ela riu. — Afinal, não era o Richard nem as crianças que estavam me impedindo de fazer alguma coisa. Pelo contrário. O casamento, para mim, foi uma desculpa maravilhosa para a minha falta de iniciativa.

— Você é muito dura consigo — eu disse. — Não sabe o que teria acontecido se não tivesse casado. O fato é que você perdeu mesmo a sua juventude.

Sheba sacudiu a cabeça. — Não, não, não. Acho que eu prolonguei artificialmente a minha juventude ficando com Richard. Eu pude permanecer criança, você não percebe? Em toda a minha vida adulta, eu sempre fui a pessoa mais jovem, o bebê do grupo. Nossos amigos, nossa vida social gira em torno da geração do Richard, não da minha. Eu envelheci sem perceber, ainda pensando ser a filhinha do papai. Alguns anos atrás, eu olhei em volta de repente e percebi que todas aquelas pessoas que eu considerava como sendo mais velhas, os amigos de Richard, tinham de fato a minha idade. Algumas eram mais jovens do que eu. Richard estava me protegendo de ter que encarar a minha meia-idade.

E quando ela disse isto — quando disse todas as outras coisas gentis e amorosas acerca de Richard, de sua família, de sua vida charmosa e ensolarada em Highgate — ela e o garoto já estavam andando juntos. É surpreendente. Depois daquela primeira conversa no porão da casa dela, o nome de Connolly só surgiria de novo uma vez. Eu perguntei se ela tinha resolvido esse problema e ela me disse animadamente que tinha seguido o meu conselho. Que havia "cortado o mal pela raiz". Olhando para trás, acho que fui tola por ter acreditado nela com tanta facilidade. Por que nunca perguntei *como* tinha se livrado dele? Mas Connolly era uma figura muito periférica na minha consciência, naquela época. Quando eu chegava a pensar nele era como uma irrelevância — uma mariposa que tinha voado por engano para dentro da atmosfera charmosa de Sheba e que tinha sido logo expulsa. Sheba nunca se comportou como uma mulher que estava tendo um caso. Talvez ela às vezes se mostrasse mais alegre do que as circunstâncias exigiam. Mas na época eu imaginei — eu ousei esperar — que aquela alegria tinha algo a ver *comigo*.

Assim que acabei de escrever esta última frase, Sheba me ligou da casa dos Beckwith gritando algo ininteligível acerca de Richard e me pedindo para ir ajudá-la. Eu tentei, por alguns minutos, sem sucesso, descobrir o que a estava perturbando. Então desisti, entrei no carro e fui até Downshire Hill, onde os Beckwith moram. Quando cheguei, Sheba estava parada na rua, com o rosto molhado de lágrimas. Lila Beckwith estava perto dela, com um ar embaraçado.

— Ele botou, ele botou... uma *mulher* lá dentro — Sheba disse. — E diz que ela tem que ir conosco se eu quiser sair.

— Sheba, não é tão ruim assim — Lila disse.

— É Ben que está dizendo isso? — eu perguntei.

— *Não.* — Sheba sacudiu a cabeça, frustrada. — É claro que não. É o *Richard*.

— Que mulher? O que você quer dizer?

— Ela é uma boa moça... — Lila tentou dizer.

— É uma tal de Megan — Sheba interrompeu. — Uma de suas alunas de pós-graduação. Ele diz que eu tenho que ter uma acompanhante se quiser sair com Ben. É porque na semana passada eu o levei para lanchar na *pâtisserie* da High Street e não disse a ninguém onde estava indo. Lila e Hugh acharam que eu tinha fugido com ele. — Ela lançou um olhar reprovador para Lila, que ficou olhando para o chão. — Eu já disse a Richard que isso é ridículo, mas ele não quer ouvir. Ele diz que ou eu aceito a acompanhante ou vou ter que ficar dentro de casa com Ben. — Ela começou a chorar de novo.

— Isso é um absurdo — eu disse. — Venha, nós duas vamos resolver isto.

— Não sei, não, Barbara — Lila disse. — Ele não está de bom humor. Não vamos causar uma cena.

Sheba olhou para mim, insegura.

— Você quer ser acompanhada para todo lado por esta amiga de Richard? — eu perguntei.

— *Não*.

— Então venha.

Eu peguei a mão dela e a fiz atravessar a rua. Lila foi andando, a contragosto, atrás de nós.

No hall, encontramos Hugh Beckwith. Ele estava usando sua calça de jardinagem e segurando uma tesoura de poda. Parecia mortificado por ter a casa invadida pelos problemas conjugais de outra pessoa. "Olá, olá!", ele exclamou com uma alegria um tanto forçada enquanto subia rapidamente a escada. Então Richard saiu da cozinha.

Fazia um tempo que eu não o via. Ele me pareceu mais magro e mais grisalho. A adversidade tinha conferido alguma dignidade às suas feições.

— O que ela está fazendo aqui? — perguntou, apontando para mim.

— Eu a chamei — Sheba disse.

Ele sacudiu a cabeça.

— Pelo amor de Deus! Isto já é difícil o bastante.

— Olha, Richard. Não quero causar problemas — eu disse. — Se você acha que Ben e Sheba precisam de uma acompanhante, talvez *eu* possa...

Richard resmungou.

— Você? Eu acho que não.

Eu afiei a língua.

— Sheba tem o direito de ver o filho.

— E eu tenho o direito de insistir que ela seja acompanhada por alguém em quem eu confio — Richard disse. — Na semana passada, ela sumiu com ele por mais de duas horas. Lila e Hugh ficaram assustadíssimos.

— Ficamos mesmo — Lila murmurou, timidamente.

— Eu falei com o advogado sobre isto, Barbara — Richard disse. — Então nem adianta tentar, OK? Francamente, eu teria um bom motivo para proibir qualquer contato entre ela e Ben.

— Onde ele está agora? — Sheba perguntou.

— Lá em cima, brincando — Richard disse. Ele não conseguia olhar diretamente para a esposa.

— Você a está punindo, Richard — eu disse. — Você não pode acreditar realmente que ela fugiria com o Ben...

Richard deu um sorriso zangado.

— Há poucas coisas que eu considero impossíveis hoje em dia. Acho que seria óbvio o motivo de eu hesitar em deixar um garotinho sozinho com Sheba.

Sheba deu um soluço e agarrou o braço de Richard.

— Richard, por favor! O que você está insinuando? Você não...

Richard puxou o braço. — Pelo amor de Deus! Eu não preciso me justificar para você!

— Talvez a gente possa entrar para discutir isso — sugeri.

Richard sacudiu a cabeça.

— Isto não é uma negociação. Ou ela aceita Megan ou vai ficar proibida de sair com Ben. Simplesmente isso.

Sheba estava chorando alto e por um momento todos nós — Richard, Lila e eu — ficamos olhando para ela.

— Ela pode ao menos conversar com essa Megan, antes de tomar sua decisão? — perguntei a Richard.

Richard hesitou. Depois pareceu ceder. Ele olhou para Lila.

— Sinto muito... está bem assim? Você se importa?

Lila sacudiu a cabeça.

— Não, não, é claro que não.

Nós fomos atrás dela para a cozinha.

Na mesa, uma jovem com o cabelo preso numa trança estava sentada lendo o jornal. Ela olhou para nós com certa curiosidade quando entramos.

— Megan, Sheba quer conversar com você antes de decidir se quer sair com o Ben hoje — Richard disse.

— É claro — Megan respondeu magnanimamente, como se tivessem pedido a sua permissão.

— Por favor, sentem-se — Lila disse. — Tem café no fogão. Eu vou dar uma olhada em Ben e Polly. Se precisarem de mim, podem me chamar.

— Polly está aqui? — Sheba perguntou quando Lila saiu.

— Sim — Richard disse.

— Bem, talvez ela pudesse nos acompanhar... — Sheba disse, subitamente animada.

— Ela não quer ver você — Richard cortou-a.

Sheba pareceu ter levado um tapa.

Puxei uma cadeira.

— Sente-se, Sheba. — Ela se sentou obedientemente, de frente para Megan.

Eu me sentei ao lado dela. Megan sorriu animadamente. Na hora, eu achei que ela estava ansiosa para mostrar que não estava com medo. Pensando bem agora, acho que ela era um tanto obtusa.

— E então? — Richard disse impacientemente após alguns instantes. — O que você quer perguntar a ela?

Sheba abriu a boca e tornou a fechá-la. Ela se virou para mim, pedindo socorro.

— Você já conhecia o Ben antes? — eu perguntei a Megan.

Ela olhou para Richard. Ele balançou a cabeça afirmativamente.

— Sim — ela disse —, eu tenho ajudado o Richard de vez em quando, há mais ou menos um mês.

— Ah, que bom para o Richard. Fazendo o quê?

— Organizando a casa, me assegurando que esteja tudo certo com o Ben, essas coisas...

— Você é aluna do Richard? — eu perguntei.

— Bem, de certa forma — ela respondeu. — Richard é meu orientador de tese.

Eu senti o joelho de Sheba pressionando o meu.

— Quantos anos você tem?

— Vinte e cinco.

— Nada disso é da sua conta! — Richard gritou. — Eu não vou tolerar isto. Não vou deixar você interrogá-la. *Ela* não fez nada de errado, fique sabendo.

— Desculpe — eu disse. — Você falou que eu podia fazer algumas perguntas a ela. Este não é o tipo de interrogatório que...

— Não se meta nisso, está ouvindo, Barbara? Você não tem nada a ver com...

— Tudo bem! — Sheba interrompeu. — Tudo bem! — Ela ergueu as mãos num gesto de rendição. — Eu fico com ela. Eu fico com ela. Mas parem de gritar, por favor.

Depois disso, Richard subiu para apanhar Ben e as três mulheres ficaram alguns minutos sozinhas na cozinha.

Megan continuou sorrindo daquele jeito boçal dela.

— Então — eu disse — Richard é o seu orientador de tese, é? — Ela balançou a cabeça afirmativamente. — Entendo. E sobre o quê é a sua tese?

Ela sorriu.

— É sobre os romances românticos modernos. Livros da Mills & Boon e histórias cheias de sexo e coisas assim. É uma espécie de leitura subversiva de textos reacionários.

Houve um silêncio e então Sheba deu uma gargalhada. Megan e eu levamos um susto.

Antes de alguém poder dizer mais alguma coisa, Ben irrompeu na cozinha.

— Oba! Oba! Mamãe! Mamãe!

Richard veio atrás dele e me lançou um olhar malévolo.

— Acho que você já pode ir agora, Barbara — ele disse.

Filho-da-mãe pretensioso.

Nove

Sheba está muito taciturna esta manhã. Ela não comeu quase nada no café e logo depois foi para o quarto "trabalhar". Ela tem se queixado ultimamente de estar sentindo falta do seu ateliê, então outro dia eu trouxe para ela um saco enorme de argila. No início foi um tanto esnobe, apesar de eu ter quase quebrado a coluna para carregá-lo para dentro e depois para fora do carro. Aparentemente, não é do tipo que ela costuma usar. Quando saiu do quarto esta manhã para ir ao banheiro, eu olhei rapidamente para dentro, para ver o que ela estava fazendo. Parecia a escultura de uma mãe e seu filho, mas não deu para ter certeza. Eu não tive muito tempo para examinar porque Sheba veio correndo do banheiro e bateu com a porta na minha cara.

Sheba já me disse muitas vezes que acha que existe um ritmo na vida matrimonial, uma cheia e uma vazante no prazer que um casal desfruta um com o outro. O ritmo varia de casal para casal, ela diz. Para alguns casais, a gangorra de afetos ocorre no espaço de uma semana. Para outros, o ciclo é lunar. Mas todos os casais sentem isso a respeito da sua vida em comum — o modo como o interesse que sentem um pelo outro cresce e diminui. Os casais mais felizes são aqueles cujos ciclos interagem de tal forma que quando um deles está desinteressado, o outro está ardoroso, e nunca ocorre um vácuo. Agora que Sheba e eu estamos morando juntas, fico pensando se esta teoria pode ser aplicada a nós. Se Sheba está triste e rabujenta neste momento, talvez seja a vez de ela estar assim. Talvez os papéis mudem e chegará a *minha* vez de obter alguma atenção.

Segundo minhas anotações, o próximo acontecimento marcante na vida de Sheba ocorre no início de junho. É quando Polly é expulsa da escola. Eu estava na casa de Sheba quando ela recebeu a notícia. Nós tínhamos acabado de jantar e Richard estava convencendo Sheba de que eles deveriam comprar um depósito que ele tinha visto para vender no East End.

— Não! — Sheba protestou com um horror fingido. — Querido, nós vamos acabar na miséria.

— Mas é um investimento maravilhoso, Sheba — Richard disse. — Nós poderíamos fazer outra hipoteca nesta casa para financiar as reformas e acabaríamos com um belo *loft* por um preço baratíssimo.

As ambições de Richard neste campo eram uma fonte constante de discussões bem-humoradas na casa dos Hart. Richard considerava-se um investidor frustrado. Ele estava sempre louco para entrar no mercado imobiliário — comprar barato, vender caro, ganhar dinheiro fácil. Ele não se conformava por ele e Sheba não terem aproveitado o *boom* do mercado imobiliário nos anos noventa. Mas a casa de Highgate, cuja entrada tinha sido paga pelo pai de Sheba, era o único bem que eles possuíam e Sheba se recusava a especular com ela.

— Se você não tivesse sido tão covarde, nós poderíamos ter ganho milhões — Richard disse a ela naquela noite. Ele olhou para mim. — Não tenho razão, Barbara?

— Bem, talvez seja bom Sheba ser cautelosa — eu disse. — Ela provavelmente sabe como lidar com dinheiro. Afinal, é filha de um economista.

— Bobagem! — Richard fez um gesto impaciente. — Sheba não entende nada de dinheiro. A cautela dela vem da ignorância.

O telefone tocou e Sheba saiu da sala para atender. Richard continuou a falar.

— Pela vontade de Sheba, guardaríamos todo o nosso dinheiro em notas de cinco libras dentro de uma lata de biscoitos. A verdade é que Sheba tem *medo* de dinheiro, porque nunca aprendeu como ele funciona...

Enquanto continuava falando, eu me distraí com a voz de Sheba na outra sala.

— Não...olhe — ela estava dizendo, num tom de voz agitado. — Tenho certeza de que você entendeu errado... Certo... certo, não, eu compreendo. Mas esta não é uma medida um tanto extrema?

Richard sorriu complacentemente.

— Uhn. Deve ser a mãe de Sheba... O que você quer de sobremesa, Barbara? Temos umas tangerinas ótimas.

Quando ia responder, Sheba começou a gritar.

— Pelo amor de Deus! Não, *não*, eu tenho certeza de que ela está se comportando de forma horrível... *Sim*, mas eu... Ela só tem dezessete anos, sabe?

Richard ficou sério.

— O que foi, Bash? — ele perguntou. — Aconteceu alguma coisa?

Sheba não respondeu.

— Eu entendo — estava dizendo para a pessoa ao telefone. — Eu não estou falando em tolerância...

Eu me levantei para tirar a mesa mas Richard ergueu a mão fazendo sinal para que não fizesse barulho. Ele estava tentando ouvir o que Sheba dizia.

— Não é tarefa sua ajudá-la a enfrentar isso? — ela estava dizendo. — Não me parece que você tenha feito qualquer tentativa para colaborar...

Eu tornei a me sentar.

— Bathsheba! — Richard gritou. Ele se levantou e foi até a outra sala. — O que está havendo? — Eu o ouvi perguntar, aborrecido.

Os dois conversaram baixinho por alguns segundos. Então eu ouvi Sheba dizer, num tom de voz exasperado. — Pelo amor de Deus, Richard! Quer me deixar falar com o homem, por favor?

Richard voltou depressa para a sala de jantar e começou a tirar a mesa, batendo com os pratos e os talheres. Ele não olhou para mim.

Um ou dois minutos depois, Sheba desligou o telefone e entrou na sala.

— Maldita escola — ela disse.

— O que ficou resolvido? — Richard perguntou.

— Eles querem que a gente vá até lá amanhã para buscá-la.

— Que maluquice! — Richard disse.

— Posso fazer alguma coisa? — eu perguntei.

— Não, não. Meu Deus, sinto muito — Sheba disse, virando-se para mim e sorrindo. — Polly criou problemas na escola. Está sendo expulsa.

— Qual foi o problema?

— Dizem que ela está sendo agressiva — Sheba disse.

— Que coisa ridícula — Richard bufou.

— Agressiva como? — eu perguntei.

— De várias formas — Sheba disse. — Aterrorizando as meninas mais novas. Extorquindo dinheiro. Disseram que ela está se comportando como um gângster.

— Isso tudo é tão idiota — Richard disse.

— Por que você fica repetindo isso? — Sheba disse, zangada.

Richard pareceu ofendido. Mas respondeu sem se alterar.

— Porque é.

Eu me levantei.

— É melhor eu ir. Se puder fazer alguma coisa...

Sheba sorriu e deu um tapinha no meu ombro.

— Obrigada, Barbara. É muita bondade sua, mas não há nada que se possa fazer.

Richard e Sheba foram para Brighton no dia seguinte. Eles falaram primeiro com a diretora e depois com o orientador da escola. Estas entrevistas foram longas e cansativas, mas Sheba não se importou. Ela gostou de poder adiar o seu confronto com a filha. O orientador da escola, Sr. Oakeshott, era um homem simpático, um tanto obtuso. Ele disse para ela e para Richard que o comportamento agressivo de Polly indicava baixa auto-estima e que não se devia considerar Polly apenas com base no seu comportamento. Por baixo daquela superfície malcriada, disse, eles iriam encontrar um bocado de "dúvidas e ansiedades".

Eu ri alto quando Sheba me repetiu isso. É sempre fascinante ouvir orientadores educacionais dando suas versões sentimentalóides para a delinqüência. Até onde eu sei, os professores passaram anos cumprimentando Sheba e Richard por terem uma filha decidida e ousada, e tudo o mais que se espera de uma garotinha moderna. Então, assim que Polly é acusada de comportamento anti-social, eles passam a dizer que a grosseria dela é mera bravata. Polly é "vulnerável", eles dizem. Ela é "ansiosa". Bem, desculpe — mas *todo mundo* é ansioso. O que conta, sem dúvida, é o que você faz com sua ansiedade. O fato de Polly amedrontar meninas de doze anos para obrigá-las a entregar suas barras de chocolate não é um "comportamento". É uma marca do seu caráter, pelo amor de Deus.

Quando chegou finalmente a hora de pegar a filha, Sheba e Richard foram levados até a enfermaria da escola. Polly tinha sido retirada do dormitório e instalada temporariamente no consultório da enfermaria da escola. "Então é aqui que os desajustados moram!", Richard gritou animadamente quando Polly apareceu na porta, comendo uma pêra. Apesar do tempo frio, ela estava usando um short curto e uma camiseta com a inscrição DEUSA MÁ. Sheba pegou um par de meias que estava sob a mesa da enfermeira e entregou a ela. "É melhor você vestir mais algumas roupas e se apressar", ela disse, com uma severidade da qual se arrependeu automaticamente. "Eu não quero me atrasar para pegar o Ben." Polly fechou a cara e começou a caminhar pela sala, juntando suas coisas de qualquer maneira. Sheba achou que ela estava magra, com um ar cansado e muito bonita. Suas pernas pareciam ter crescido vários centímetros desde a última vez que Sheba as vira.

Tem sido difícil para Sheba, eu acho, ver Polly desabrochar. O modo como ela olha para a filha às vezes não é inteiramente amigável. Ela luta contra a inveja. Sabe que o tempo dela já passou. Mas nunca é fácil passar adiante a coroa, é? Eu já a vi quase chorando diversas vezes, ao comentar novas varizes que surgiram atrás dos seus joelhos ou o modo como suas nádegas estavam murchando. Ela diz que tem a impressão de que o seu interior está aos poucos vindo para o lado de fora — querendo ser notado, finalmente, após todos aqueles anos de paciente serviço. Bem-vinda ao clube, eu digo. Mas ela não quer entrar para este clube. Ela dorme todas as noites de sutiã porque quando era menina uma das amigas da mãe disse a ela que esta era a maneira de evitar que os seios caíssem. Todas as noites! Eu já disse a ela que isso é inútil. Já disse que ela poderia passar a vida inteira na horizontal, com os seios presos numa fôrma de aço, e que mesmo assim eles iam acabar parecendo bolsas vazias. Mas ela se recusa a tirar o sutiã.

Quando estavam voltando para Londres, começou a chover. Sheba, Richard e Polly pararam num posto de gasolina para almoçar. Sheba se recusou a comer dentro do lugar — é deprimente demais, ela disse — então Richard deixou ela e Polly no carro e foi comprar comida. Sheba e Polly o viram correr debaixo do temporal, tentando proteger-se. Polly pediu para ligar o rádio, mas Sheba disse que não estava com vontade de ouvir música. Depois disso, as duas ficaram olhando para fora, escutando o barulho da chuva e das suas próprias respirações.

Sheba me contou uma vez que tinha ido visitar a mãe logo depois da morte do pai. As duas tinham almoçado ovos na sala de jantar da casa de Primrose Hill. Elas estavam tentando ser gentis e carinhosas uma com a outra, mas estava difícil. Após algum tempo, a Sra. Taylor largou o garfo e disse "Nossa, isto não é muito divertido, é?" Sheba começou a protestar, mas a Sra. Taylor sacudiu a cabeça. Não, aquilo era um fato, ela disse. Mesmo quando Ronald estava vivo, ela sempre achara mais difícil lidar com os filhos quando ele não estava presente. Era tão mais fácil ser um pai ou uma mãe quando um deles estava se mostrando para outro adulto. Sheba ficou terrivelmente chocada com isso na época. "Você quer dizer", ela disse para a mãe, "que você só foi gentil comigo para se mostrar para o papai?" Mas desde que a filha dela se tornara uma adolescente, ela diz que foi concordando cada vez mais com o ponto de vista da mãe. Lidar com a filha não é nunca fácil, mas é quase impossível sem a motivação de uma platéia. Se não houver ninguém para testemunhar sua paciência e sua bondade, ela não tem forças para lidar com o mau humor de Polly. "Eu fico ali sentada", ela diz, "reunindo toda a energia para puxar conversa com ela e então simplesmente desisto, pensando *Que se dane. Ela que se vire.*"

Finalmente, elas viram Richard correndo de volta pelo estacionamento, com caixas de comida enchendo os bolsos do casaco. Quando abriu a porta do carro, ele trouxe para dentro cheiro de chuva e de batata frita.

— Ufa! — ele disse, sentando-se no banco. — Está um tempo horrível lá fora. — Ele começou a dividir o que tinha trazido: — Comprei *cheeseburgers* duplos para todo mundo.

Polly resmungou.

— Eu não como nada do McDonald's — ela disse.

Richard olhou para ela, confuso. — Mas eu achei que você tinha desistido de ser vegetariana...

Polly tapou o rosto com as mãos e começou a fazer um dos seus ruídos de irritação.

— Errrrrrr. Eu desisti, papai. Só que não como no McDonald's.

Sheba ficou aliviada ao ver finalmente algum traço de irritação no rosto do marido.

Assim que chegaram em casa, Sheba arranjou uma desculpa para descer para o seu ateliê. Ela trancou a porta e em seguida ligou para o pager de Connolly.

— Escuta — ela disse quando ele ligou de volta, alguns minutos depois. — Podemos nos encontrar esta noite? — Depois de marcar o encontro, ela desligou o telefone e subiu para falar com o filho.

Dez

No verão, o meu relacionamento com Sheba estava bem estabelecido. Era rara a semana em que não nos encontrávamos fora do horário da escola. Sue Hodge ainda não tinha sido inteiramente derrotada; ela ainda estava por ali, acompanhando-nos em nossos almoços no La Traviata. Mas seus dias estavam contados. Agora, quando chovia de tarde, era eu — e não Sue — quem colocava a bicicleta de Sheba na mala do carro e dava carona para ela até em casa. (Sheba, eu fiquei atônita quando soube, não sabia dirigir. "Eu sempre arranjo uma carona", ela me disse alegremente. "Sei que parece muita presunção da minha parte, mas eu sou o tipo de pessoa a quem todo mundo sempre quer ajudar.") Sue tinha lutado bravamente mas, no fim, simplesmente não pôde se dedicar a Sheba tanto quanto eu. Ela tinha seu lamentável ninho de amor com Ted com que se preocupar. Por mais que quisesse, não podia manter o olho no alvo.

Logo depois que Sue se deu conta de que eu havia passado a sua frente no afeto de Sheba, tornou-se claro que ela estava dizendo coisas a respeito de mim e Sheba para os outros professores. Sheba e eu éramos amigas *demais*, ela disse às pessoas; um tanto *íntimas* demais. A implicação era que eu e Sheba estávamos envolvidas em alguma espécie de amor sáfico. Eu não me abalei com isso. Já fui alvo desse tipo de fofoca maliciosa várias vezes durante a minha carreira e a essa altura já estou bem acostumada. Especulações vulgares acerca de inclinações sexuais parecem ser um risco ocupacional para uma mulher solteira como eu, principalmente para alguém que insiste em manter uma certa discrição a respeito da sua vida privada. Eu sei quem eu sou. Se as pessoas quiserem inventar histórias picantes a meu respeito, problema delas. Entretanto, eu não podia ter certeza de que Sheba fosse capaz de mostrar a mesma indiferença. Fiquei com medo de que ela se ofendesse, se aborrecesse ou ficasse horrivelmente envergonhada. Depois de refletir longamente sobre o assunto, achei melhor não contar a ela sobre os boatos.

Não foi fácil ficar calada. Foi imensamente irritante, de fato, não poder expor a hipocrisia maldosa de Sue. Sheba foi sempre generosa com Sue. Ela deixava que Sue ficasse sentada ao seu lado durante horas, sugando-a, e nunca deixou transparecer que estivesse entediada. Ela não permitia que eu caçoasse de Sue. Uma vez, quando ela se levantou da nossa mesa no La Traviata para ir ao banheiro, eu cometi o erro de chamá-la de "gorda idiota". Sheba me olhou de cara feia e disse "Quanta energia você gasta odiando as pessoas!"

Sheba sempre foi muito firme — nunca deixou de expressar sua desaprovação quando achava que eu estava sendo maldosa. Uma ou duas vezes, quando estávamos falando ao telefone, ela chegou a desligar na minha cara em protesto por eu ser "negativa demais". A primeira vez que isto aconteceu, eu estava no meio de uma frase e levei alguns segundos para perceber que estava sozinha na linha. Liguei de volta, achando que a ligação tinha caído, mas não, ela me disse, ela tinha simplesmente se cansado de ouvir as minhas queixas.

Foi uma experiência nova ser cortada desse jeito. Nas minhas outras amizades ao longo dos anos, eu costumava dominar. Nunca busquei conscientemente o poder; este sempre veio naturalmente. Mas vejo agora que a minha personalidade dominadora tem causado problemas. Ela criou desigualdade e esta provocou ressentimento. Jennifer sempre *pareceu* perfeitamente feliz em ser dominada por mim. Ela nunca me fez uma só crítica até o fim. (E depois, é claro, crítica foi *só* o que saiu de sua boca.) Mas depois que nos afastamos, eu compreendi que havia algo de sutilmente agressivo naquela sua passividade. Existe, eu percebo agora, uma coisa chamada tirania do humilde — aquela pessoa que balança a cabeça concordando e assiste calada enquanto você fala demais, grita muito alto e fica se mostrando e que, de modo geral, faz papel de boba. É muito mais saudável ter uma amiga que não tem medo de criticar você! Nunca é agradável ser repreendida. Houve ocasiões em que eu tive vontade de dar um empurrão em Sheba. Entretanto, mesmo zangada, eu sempre soube que sua franqueza era uma vantagem para o nosso relacionamento — algo que só podia fortalecer nossa ligação.

E, sem dúvida, eu sentia que ainda havia necessidade de maior fortalecimento. Por mais carinhosa e atenciosa que Sheba fosse quando eu estava com ela, eu ainda não tinha a sensação de que podia contar realmente com ela. Ela tinha uma forte tendência à dispersão. Era quase sempre esquiva. Às vezes passava o fim de semana inteiro sem retornar as minhas ligações; houve vezes em que combinou de sair comigo e esqueceu. Eu tentava não encarar isso como afronta pessoal. Sheba tinha uma família, eu dizia a mim mesma. Ela precisava cuidar do pequeno Ben. E ela não sabia administrar muito bem o seu tempo. Mas mesmo fazendo essas concessões, era difícil não concluir que eu ocupava um espaço muito insignificante na lista de prioridades de Sheba. Eu sabia que ela me valorizava. Mas como o quê? Uma colega divertida? Uma boa ouvinte?

Quando as aulas terminaram, em julho, nós não tínhamos feito nenhum plano específico de nos encontrarmos durante as férias, mas, do meu lado, havia um acordo implícito de que nos encontraríamos logo. Mas eu passei seis semanas sem notícias de Sheba. Sabia que ela ia passar um mês de férias na França com a família. Eu mesma viajei dez dias pela Espanha. Mas não me havia ocorrido que ela ficaria *seis semanas* sem fazer nenhum contato comigo. Afinal de contas, havia telefones na França.

A minha viagem à Espanha foi bastante agradável. Vi muitas coisas bonitas. Mas a comida era gordurosa e eu estava infeliz. Era a primeira viagem que eu fazia desde que havia rompido com Jennifer e tinha esquecido como pode ser humilhante para uma mulher jantar sozinha num restaurante de hotel. Quando voltei a Londres, deixei algumas mensagens eletrônicas na casa de Sheba, achando que ela poderia ligar da França para ouvi-las. Mas continuei sem notícias dela. Fiquei preocupada que ela pudesse ligar enquanto eu estivesse fora fazendo alguma compra e investi na minha primeira secretária eletrônica — um aparelho cor de marfim com uma voz que falava num tom de antes da guerra, ligeiramente surpreso, semelhante ao de Joyce Grenfell. Esta aquisição introduziu um novo e até agradável grau de suspense na minha vida. Toda vez que eu voltava ao apartamento, corria para ver se a luzinha vermelha estava piscando. Mas a minha expectativa só foi recompensada uma vez naquele verão. E era apenas uma mensagem do meu senhorio, retornando uma ligação que eu tinha feito mais cedo para reclamar de um vazamento no andar de cima. Sheba não entrou em contato nem uma vez. Eu já havia aprendido a essa altura como essas coisas devem ser tratadas. Sabia que era importante não forçar nada, não parecer grudenta demais, então deixei mais algumas mensagens na casa dela antes de parar completamente de ligar. Depois fiquei esperando.

Eu sou boa em esperar. É um dos meus maiores talentos. Richard descreveu os Hart como sendo pessoas de gratificação imediata. Bem, eu venho de uma linhagem de gratificação tardia. Na minha família, fui criada com a noção de que conseguir o que se quer no momento em que se estava querendo era de muito mau gosto. Minha irmã e eu aprendemos a desprezar as crianças da escola que apareciam com roupas novas toda semana. Os pais delas não sabiam poupar, nossa mãe explicou. "Eles têm casacos novos agora", minha mãe gostava de dizer, "mas vão estar sem carvão no fim do mês." Poupar era a maior virtude de nossa família, pois era apenas poupando — adiando algo desejável pelo máximo de tempo humanamente possível — que se podia escapar ao terrível destino de ser "comum". Embora meu pai ganhasse a vida vendendo artigos de papelaria para lojas na sua pequena caminhonete, nós comíamos pão com toucinho no chá da tarde todos os dias da semana para que tivéssemos sempre geléia e bolos no domingo, quando nossos parentes vinham nos visitar.

Minha mãe tinha objetos "de uso diário" e um "melhor" de tudo que tínhamos. Ela considerava uma marca do seu bom senso inglês o fato de, ao me fazer usar uma touca puída de crochê todos os dias, durante cinco anos, até a coisa se desintegrar na minha cabeça, ser capaz, durante o mesmo período de tempo, de manter o meu "melhor chapéu" — um merengue de palha com três rosas de papel — novinho em folha. Nas ocasiões em que ela cedeu e me deixou usar o melhor chapéu, obrigou-me a usar um saco sobre ele até chegar sã e salva ao meu destino. O instinto de prazer adiado era tão forte em minha mãe que ela preferia ver-me caminhar pela rua com um saco de papel marrom na cabeça, como se fosse uma coroa papal, do que se arriscar a expor o sagrado merengue ao ar poluído.

Então, como você pode ver, eu sei tudo a respeito de aguardar o momento certo. Naqueles primeiros tempos, quando Sheba se mantinha irritantemente distante, eu nunca fiquei zangada nem agitada. Continuei simplesmente a tocar a vida — lendo meus livros, preparando minhas refeições, trocando os lençóis — sabendo que mais cedo ou mais tarde ela despertaria para o meu mérito em sua existência.

Embora Sheba não encontrasse tempo para *mim* naquele verão, eu sei agora que ela conseguiu fazer várias ligações para Connolly. Ela o fez uma vez, ofegante, de um telefone público em um supermercado de Avignon. (Ele estava sem o pager e quando ouviu o recado ela já tinha ido encontrar-se com Richard e as crianças.) E quando voltou para Londres em agosto, tornou a ligar para ele. Desta vez ele ligou de volta na mesma hora. Aparentemente, ficou muito excitado com a ligação. Ele tinha sentido saudades; pensava nela constantemente. Ambos concordaram que era impossível esperar até o início do semestre para se encontrarem.

Connolly propôs um plano. Ele ia passar a última semana de agosto em Maldon com a família. Quando chegasse lá, diria a eles que tinha surgido uma partida de futebol e que precisava voltar mais cedo para a cidade. Sua mãe provavelmente insistiria para que ele ficasse na casa de um amigo. Mas no sábado à tarde ele se encontraria com Sheba em algum lugar e, juntos, iriam para a casa vazia dos pais dele.

Quando o sábado chegou, Sheba colocou um vestido branco que exibia o seu bronzeado adquirido na França e tomou o metrô até Warren Street. Ben estava passando a tarde na casa de um amigo. Richard estava em casa, trabalhando em seu livro. Polly, que não tinha o hábito de revelar seus planos sociais, tinha simplesmente saído. Sheba tinha dito a todos, com o máximo de naturalidade possível, que ia fazer algumas compras no West End.

Ela tinha combinado de se encontrar com Connolly num ponto de ônibus perto do hospital de mulheres em Hampstead Road. Ele se atrasou. Quando finalmente o avistou, correndo na direção dela, vindo de Morning Crescent, começou a acenar loucamente. Ele ainda estava a uns duzentos metros de distância quando a viu. Enquanto caminhava para encontrá-la com seu andar desajeitado, pôs as mãos nos bolsos e evitou o olhar de Sheba, fingindo estar interessado nos carros que passavam.

Quando chegou perto dela, piscou o olho e baixou a cabeça, em cumprimento. Eles tinham concordado anteriormente que não fariam nenhuma demonstração pública de carinho, mas, incapaz de se conter, Sheba fingiu dar um soco na barriga dele. "Vamos dar a volta por trás, pelas garagens", ele disse a Sheba, que riu porque estava nervosa.

A pequena praça onde Connolly mora fica no centro de um conjunto habitacional que ocupa cerca de um quilômetro quadrado entre Hampstead Road e Albany Way. Connolly tinha escolhido entrar pelos fundos a fim de evitar encontros indesejados com vizinhos ou amigos. Mas ao caminhar pelo beco onde os moradores guardam seus carros, um rapaz saiu de uma das garagens e cumprimentou Connolly, que respondeu com um movimento quase imperceptível de sobrancelhas e continuou andando. Quando chegaram na porta da casa de Connolly, Sheba olhou para trás e viu que o homem estava olhando para eles.

— Quem era aquele? — ela perguntou a Connolly.

— É só o irmão de uma colega da minha irmã — ele respondeu.

— Mesmo assim — Sheba disse. — Acho que você deve ter alguma resposta preparada caso ele pergunte quem sou eu. Você não acha?

— Não se preocupe com isso — Connolly resmungou, um tanto irritado, ela achou. Ele já tinha aberto a porta. Levou-a através de uma pequena lavanderia até o hall da frente da casa e entrou na cozinha.

Sheba se lembra de ter ficado impressionada com a limpeza e a ordem de tudo. As bancadas de fórmica imitando madeira estavam completamente vazias. Os ladrilhos brancos brilhavam. Até o reboco entre eles estava limpo, sem uma só mancha ou sujeira. A única indicação de que a cozinha tinha sido usada recentemente, segundo ela, era um pano cor-de-rosa, bem dobradinho, pendurado na torneira de aço da pia.

Connolly ofereceu-lhe uma xícara de chá. Sheba disse que preferia um copo d'água. Ele tinha um ar distraído. Quando ela se inclinou para a frente para beijá-lo, ele pareceu não notar e se afastou. Ela fez um comentário sobre a arrumação da casa. Disse-lhe que a cozinha da mãe dele deixava-a envergonhada, comparando-a à sua. Connolly não disse nada mas Sheba teve a impressão de que ele ficou um tanto aborrecido com o comentário.

— Falando sério — Sheba insistiu. — A sua mãe deve passar a vida esfregando as coisas.

— Não é bem assim — Connolly disse, de cara fechada. — Ela gosta de tudo arrumado.

Depois Sheba pediu para ver o resto da casa. Connolly concordou. Eles subiram até o primeiro andar em silêncio.

— Esta é a sala da frente — Connolly disse, abrindo a porta. Lá dentro o ar estava impregnado de desodorizador de ambiente, Sheba recorda. Havia um carpete de náilon, uma estante com diversos porta-retratos de fotos escolares de Connolly e sua irmã, e um conjunto estofado de três peças, listrado em bege e creme. Sheba diz que nunca tinha visto um conjunto estofado de três peças antes. Não "na vida real". Ela achou aquilo engraçado. "Foi como ver um palhaço chorando, ou um marinheiro com uma âncora tatuada no antebraço", ela diz.

O outro cômodo do primeiro andar era o quarto dos pais de Connolly. Ele hesitou antes de abrir a porta e Sheba, percebendo que seus comentários estavam apenas aumentando o desconforto dele, ficou em silêncio enquanto contemplavam rapidamente a cama de casal bem-arrumada dos pais dele. Enquanto subiam o último lance de escadas, Sheba indagou sobre a viagem de trailer para Maldon. Estava bom lá? "É um lugar legal", Connolly disse. Em seguida ele acrescentou, num tom mal-humorado: "*Você* provavelmente não iria gostar."

Eles tinham chegado ao último andar da casa, onde Connolly e a irmã dormiam. Sempre que Sheba tentava imaginar o quarto de Connolly, pensava em algo parecido com o quarto do seu irmão Eddie quando ele era garoto. Uma caverna abafada, com uma caveira na porta; uma confusão e bastões de críquete e tabuleiros de xadrez pelo chão. Mas o quarto de Connolly não tinha nada a ver com o de Eddie. Era todo branco e mostrava os mesmos sinais de limpeza que o resto da casa. As cortinas e o edredom eram de náilon, estampados com figuras de carros de corrida. Na parede em frente à cama, havia um cartaz enorme, quase em tamanho real, de uma atriz americana que Sheba reconheceu mas não conseguiu identificar. A atriz estava em pé, com os quadris projetados para a frente e os lábios úmidos entreabertos. Sheba diz que se sentiu subitamente envelhecida e desajeitada. Não querendo que Connolly a pegasse olhando, desviou os olhos do cartaz, mas, ao fazê-lo, notou a legenda impressa embaixo dos pés da atriz, em letra cursiva azul: *Dama Sensual*. Ela tinha sempre imaginado onde Connolly tinha visto aquela expressão estranha e antiquada. Ficou momentaneamente triste, imaginando-o no seu quartinho, copiando cuidadosamente as letras. Depois disse a si mesma que estava sendo arrogante e resolveu achar graça.

— Posso? — ela perguntou, apontando para a cama. Foi até ela e sentou-se com um gesto alegre e exagerado. — Muito bem! — ela disse. — Está confortável aqui.

Connolly sorriu sem graça e continuou em pé. Sheba pediu para usar o banheiro. Embora este ficasse bem em frente ao quarto, Connolly insistiu em levá-la até lá. No caminho, ela avistou de relance o quarto da irmã dele: uma profusão de babados, enfeites e bichinhos de pelúcia cor-de-rosa. Ela teria gostado de ver mais, mas sentiu que isto deixaria Connolly incomodado. Na porta do banheiro, ele se afastou para um lado ao mesmo tempo que ela tentava passar pelo garoto. Ambos riram meio sem graça.

Isto é loucura, ela se lembra de ter pensado quando se viu lá dentro, sozinha. *Uma loucura completa*. Mas já tinha dito isso para si mesma várias vezes nos últimos meses, de modo que faltava convicção a este sentimento. Ela se sentou no vaso, tentando entender por que Connolly estava tão sem jeito. Mas decidiu que era bobagem. Ele não precisava ter um motivo. Era um adolescente. De repente ela ficou com medo — sem saber ao certo de quê. A casa de Connolly era assustadora para ela da mesma forma que um país estrangeiro é assustador ao chegar nele. A porta do banheiro era muito mais leve do que ela tinha esperado e quando a fechou, a porta bateu, fazendo as paredes tremerem. *Este lugar é feito de papelão*, disse para si mesma. Ela pensou, com uma mistura de satisfação e culpa, nas suas paredes sólidas, vitorianas, em Highgate.

Quando voltou para o quarto de Connolly, ele estava sentado na cama, esperando por ela. Ele se levantou assim que a viu e começou a tirar a roupa. Ela soltou uma exclamação jocosa de surpresa — um 'ó' de espanto, mas Connolly não sorriu nem parou. Então ela também começou a se despir.

Eles fizeram amor rapidamente e — a pedido de Connolly — no chão. Sheba ficou com medo de se esfolar no tapete, mas não quis estragar a fantasia juvenil de impetuosidade sexual de Connolly e concordou. Quando ele se levantou de repente para buscar uma toalha para pôr debaixo deles, ela sugeriu que fossem para a cama caso ele estivesse achando desconfortável. Mas Connolly sacudiu negativamente a cabeça. Disse que não estava achando desconfortável, apenas não queria manchar o tapete.

Depois eles foram para a cama, que estava forrada com lençóis de poliéster, do tipo que secam rápido, que Sheba detestava. Connolly se recostou nos travesseiros. Depois tornou a se levantar e começou a revirar o armário que ficava ao lado da cama. Finalmente, apareceu com um cigarro um tanto achatado e uma caixa de fósforos. "Nada como fumar depois, não acha?", ele disse. Sheba se lembra de ter reprimido um sorriso diante daquela indiferença estudada, pós-cópula.

Eles ficaram ali deitados em silêncio por alguns momentos, ouvindo os barulhinhos que Connolly fazia ao soprar anéis de fumaça. Sheba observou que sua filha gostava de fazer a mesma coisa quando estava fumando e Connolly pareceu interessado nisso. Ele começou a fazer perguntas a respeito de Polly. Sheba a deixava fumar dentro de casa? Elas brigavam muito? Por que ela estava num colégio interno? A uma certa altura, Sheba interrompeu o interrogatório para beijá-lo e dizer o quanto ele era bonito. Connolly fez uma careta. "Está bem, está bem. Sossega", ele resmungou. Ele nunca reagia bem a elogios, segundo Sheba. Eles traziam à tona algo de mau nele. Seu rosto mostrava um ar de satisfação desdenhosa, como se ele a tivesse levado a revelar algo que não pretendia.

Connolly quis fazer mais perguntas a respeito de Polly, mas Sheba ficou impaciente e sugeriu que ele contasse sobre a sua família. Ele achava que a mãe e o pai eram felizes juntos?

— Eles estão bem — Connolly disse. A forma tensa e defensiva com que havia falado quando eles entraram na casa tinha voltado.

— Bem? — Sheba disse, provocando-o. — O que *isso* quer dizer?

Ele engasgou com o cigarro e em seguida, ainda tossindo, repetiu teimosamente:

— Quer dizer bem. Eles se dão bem.

— Você acha que ainda fazem sexo?

Ele ficou mudo. Sua boca endureceu, Sheba relembra.

— Não me peça para falar coisas ruins dos meus pais — ele disse.

Sheba começou a protestar, mas parou. "Coisas ruins" eram precisamente o que ela estava tentando obter, conforme percebeu. Não adiantava tentar atraí-lo para aquele tipo de conversa. Ele não tinha o vocabulário necessário. E ela ofendia algum código atávico, próprio das classes trabalhadoras, de lealdade familiar.

Ambos ficaram em silêncio por algum tempo e então Sheba começou a perguntar a Connolly sobre sua experiência sexual. Ela achou que este tópico lascivo iria melhorar o seu humor.

Connolly desconversou a princípio, dizendo coisas do tipo "Isso quem sabe sou eu, e cabe a você descobrir".

Mas ela insistiu.

— Não, diz a verdade — ela disse. — Você já dormiu com muitas garotas? Mulheres?

Ele fez uma pausa e em seguida ergueu a mão.

— Cinco? — ela perguntou.

— É. Sem contar com você. Mas nenhuma delas era tão sensual quanto você.

Sheba perguntou quantos anos as cinco amantes tinham. Mais uma vez, Connolly resistiu em responder. Mais uma vez, ela insistiu. Finalmente, ele disse:

— Você é a minha primeira idosa, se é isso que quer saber.

Ela deu um cutucão nele, em protesto.

— Deixa disso.

— E eu sou o seu primeiro garotinho, não sou? — ele continuou.

Sheba ficou incomodada com a voz de bebê que ele fez.

— É, sim — ela murmurou.

Ele riu e lambeu o braço dela.

— Você não gosta disso, gosta?

— De quê? — Ela disse que estava tentando não demonstrar o quanto ele a estava irritando.

— De falar sobre a sua idade e que... — ele disse. Parou, aparentemente avaliando se teria coragem de dizer o que estava pensando. Ele tornou a rir. — Você está preocupada que a sua xoxota esteja ficando frouxa.

Ela conta que já o tinha ouvido dizer coisas feias antes — coisas sobre pessoas da escola que a haviam deixado chocada por vulgaridade e agressividade. Mas ela sempre havia ignorado esses comentários por achar que ele só estava querendo bancar o valentão. Nunca antes ele tinha dirigido sua hostilidade a ela.

— Que observação repugnante — ela disse. Deu um chute nele com tanta força que ele quase caiu da cama. Pela expressão do rosto dele quando se endireitou, ela achou que ele ia bater nela. Mas não. Ele ficou ali deitado e soltou um estranho suspiro. Ela quis dizer alguma coisa. Ainda estava furiosa. Mas não conseguiu pensar em nada que fosse suficientemente forte, então virou de lado, de costas para ele. A cama era realmente pequena demais para este tipo de gesto, e para que nenhuma parte do seu corpo tocasse o dele, ela teve que se espremer contra a parede fria.

Acho que é um sinal do quanto Sheba tinha ficado escravizada ao rapaz ou, pelo menos, à sua idéia dele, o fato de que este incidente desagradável não tenha levado ao término do relacionamento. Ela não saiu da casa dele. Ela não disse que não podia continuar a se relacionar com um garoto de boca e cabeça sujas. Ela ficou, se zangou e ameaçou ir embora. E logo em seguida, quando ele se desculpou por seu comportamento, ela o perdoou. Ela relembra que ele pediu para não "ficar de mau humor". Disse que ela era linda, que era a melhor "namorada" que já tivera. E, aparentemente, isto foi o suficiente.

— Foi como ele aprendeu a falar — ela diz agora. — Ele não quis me ofender. Estava tentando ser engraçado. Sei que foi horrível. Não estou querendo defendê-lo. Eu sei que há muitas desvantagens em ter um relacionamento com um garoto como Steven. Mas ele ficou tão arrependido. E, e... eu teria me sentido tão *tola*, se terminasse tudo por causa de algo tão pequeno.

Onze

Eu soube do romance de Sheba em novembro. Ele já durava havia mais de oito meses e, embora ela não se desse conta, já estava declinando. O momento da revelação — que eu marquei com duas estrelinhas douradas na linha do tempo — foi a comemoração da noite de Guy Fawkes. Sheba tinha me convidado para jantar com sua família. Depois, iríamos a Primrose Hill para ver os fogos de artifício. Como nunca gostei muito de fogos, expressei algumas reservas em participar da segunda parte da noite, mas Sheba insistiu. "Ah, por favor, Barbara", ela implorou. "Eu preciso de apoio moral."

A família Hart estava um pouco estressada. Os esforços de Richard e Sheba em colocar Polly em outra escola tinham sido malsucedidos. As escolas que Polly considerava aceitáveis não a queriam e vice-versa. Como solução temporária, um professor particular tinha sido contratado. A mãe de Sheba o estava pagando. Richard fazia piadas a respeito de Polly estar estudando em casa. Mas não era uma situação muito satisfatória.

O professor dava três horas de aula por dia, e no resto do tempo Polly vagava pela casa, infernizando a vida dos pais. Sheba já tinha perdido quase quatro quilos.

O Guy Fawkes caiu numa quarta-feira. A pedido de Sheba, eu cheguei cedo na casa dela. Polly abriu a porta para mim.

— Oi — disse languidamente antes de sair andando. Eu entrei na sala onde ela e Ben estavam deitados no chão vendo televisão.

— O que é isso? — eu perguntei, indicando o desenho animado que estava passando. Ben resmungou uma resposta que eu não consegui ouvir. — O quê? — eu perguntei.

Polly olhou para mim.

— Mamãe está na cozinha — ela disse.

Eu encontrei Sheba apoiada na bancada da cozinha, olhando desanimada para os bifes que tinha comprado.

— Eles estão horríveis, não estão? Eu só os comprei ontem. Você acha que estão estragados?

A carne estendida sobre a tábua tinha uma aparência horrível. Estava gosmenta e tinha um tom arroxeado — do tipo que você consegue quando mistura massinhas de todas as cores. Eu dei uma cheirada nela.

— Não sei dizer.

Sheba gemeu.

— Ótimo. A ex está vindo e eu vou servir bife podre... — Ela foi até a porta da cozinha. — Polly! Querida, você pode pôr a mesa? Marcia e as meninas vão chegar daqui a pouco.

Ela se virou para mim.

— Richard convidou-as sem me consultar. E agora, é claro, o carro de Marcia está enguiçado e ela pediu a Richard para ir buscá-las. Por que não tomou um táxi... — Ela parou quando Polly entrou na cozinha.

— Você está falando mal da Marcia outra vez? — Polly perguntou retoricamente.

Sheba, de costas para a filha, rangeu os dentes mas não disse nada.

— O que você estava gritando para mim? — Polly perguntou.

— Eu não estava gritando, meu bem — Sheba disse. — Só estava pedindo para você pôr a mesa. Papai vai voltar logo.

— Argh! — Polly disse, apontando para os bifes. — É isso que nós vamos comer hoje?

— Eu ainda não resolvi — Sheba disse. — Vamos, Polly. Seja boazinha e ponha a mesa.

— Agora não. Quando os desenhos terminarem — Polly disse.

— Não, agora, por favor, Polly.

Polly revirou os olhos dramaticamente e se retirou da cozinha. — Eu não sou sua empregada, fique sabendo.

Sheba olhou para mim e fez uma careta.

— Barbara, você não pode *imaginar* como ela anda — cochichou.

Na verdade, eu achei que podia imaginar, sim.

— Ela é malcriada com todo mundo — Sheba continuou. — Até com Richard. Quando não está pedindo dinheiro a ele. Comigo, ela é incrivelmente mal-educada, me trata como se eu fosse uma tia solteirona chata. Suas duas novas expressões são "que meigo", pronunciada com grande sarcasmo quando algum de nós ousa ficar zangado com ela, e "foda-se". Sheba parou, procurando mais provas de atrocidades da filha.

— Ah — ela disse — e está fumando maconha no quarto à noite.

Eu sacudi a cabeça, em solidariedade.

— Nós a proibimos, mas não adianta. Não temos mais autoridade sobre ela. Richard tentou um acordo, determinou que ela só poderia fumar no jardim. Mas ela ignora isto também. O quarto fede a maconha, Barbara. Eu fico doidona só de entrar lá. Ela deixa um cachimbo bem no meio do tapete, pelo amor de Deus! Estou convencida de que a casa vai pegar fogo uma noite dessas...

Ela parou e tornou a olhar para os bifes.

— Que droga, eu não posso usar isto. Vamos acabar todos com botulismo. — Ela jogou a carne no lixo. — Tudo bem — disse com um suspiro, abrindo a porta da despensa. — Acho que vamos ter que fazer macarrão para o jantar.

Richard voltou meia hora depois com a ex-mulher, Marcia, e sua filha mais velha, Saskia. A mais moça, Claire, tinha resolvido na última hora ficar em casa.

— Olá, Barbara! Olá, Bash! — Marcia gritou ao entrar na cozinha. Ela estava usando um vestido estampado, cuja bainha arrastou-se pelo chão da cozinha, cheio de migalhas de comida. — Que maravilha! Macarrão! — ela disse, espiando dentro das panelas no fogão. — Era exatamente o que eu queria, algo simples e caseiro.

— Bem, eu tinha planejado fazer uns bifes... — Sheba disse.

— Ah, não! — Marcia disse. — Macarrão é o máximo! Carboidratos. Eu os adoro!

Sheba esboçou um sorriso.

A versão oficial de Sheba a respeito de Marcia é que ela a adora, que são grandes amigas. Diz que tem muita sorte por ter arranjado um marido com uma ex-mulher tão simpática. Mas existe um certo exagero nestas afirmações. Por trás das demonstrações de afinidade, eu detecto uma inimizade inconsciente. Para falar a verdade, Marcia sofre um bocado — com aquelas filhas esquisitas, seus vestidos de bruxa e sua "artrite reumatóide precoce". Quando Sheba e Richard eram recém-casados, Marcia levou Sheba para tomar um café e jurou a ela que não guardava nenhum ressentimento. "Não se trata mais de família e sim de tribos", ela disse. "Quer dizer, se estivéssemos na África, Richard estaria provavelmente na sua *quinta* esposa a essa altura." Sheba parece ter engolido esta besteira de tribo, junto com a idéia de que Marcia é uma espécie de matriarca do clã. Mas convenhamos! A mulher está divorciada de Richard há mais de vinte anos. Por que continua grudada nele? Se Sheba pudesse livrar-se desta obrigação de *gostar* de todo mundo, eu acredito que ela iria descobrir que na realidade detesta a Marcia.

Richard entrou na cozinha trazendo vinho para todo mundo. — Querido — Sheba disse animadamente — por que você não leva a Marcia e a Saskia para a sala para elas se sentarem? E pode pedir a Polly para pôr a mesa?

Richard saiu, levando a ex-mulher e a filha.

Alguns instantes depois, nós o ouvimos dizer a Polly, com uma voz zangada, para desligar a televisão.

— Sacode essa preguiça, Polly!

Em seguida veio a resposta malcriada de Polly: — Por que eu tenho que ser sempre a porra do Kunta Kinte por aqui?

O jantar foi carregado. Saskia anunciou, quando o macarrão chegou no seu prato, que ele não combinava com a sua dieta. Marcia elogiou Sheba por sua atitude despretensiosa de usar cheddar de supermercado em vez de parmesão. Sheba brigou com Ben por limpar o rosto na camisa. A única bênção foi o fato de Polly ter ficado calada. Depois, o grupo se dividiu em dois — metade no meu carro, metade no carro de Richard — e fomos para Primrose Hill.

Como disse, eu nunca fui muito fã de fogos de artifício. Todo aquele brilho caindo, o cheiro triste de fumaça, o *grand finale* que nunca é tão apoteótico quanto deveria. E há ainda a tendência figurativa, deprimente, dos fogos modernos. Ficar em pé no frio, vendo centelhas coloridas assumindo momentaneamente a forma de um rosto sorridente ou de uma caligrafia de bêbado desejando um "Bom Feriado" parece ser, objetivamente falando, uma forma muito simplória de diversão. Entretanto, apreciar fogos de artifício é uma dessas coisas pelas quais se é julgado no quesito prazeres infantis da vida. É perfeitamente aceitável odiar o circo. Mas admitir achar cansativo um espetáculo de fogos de artifício é se tornar um pária. Eu desconfio que apenas uma pequena parte da multidão reunida no alto de Primrose Hill estava genuinamente interessada no espetáculo, mas nós todos ficamos lá durante uma hora, num frio de rachar, fabricando obedientemente sinais de encantamento. Isto é, todos exceto Polly, que aproveitou a oportunidade para demonstrar a sua alienação fumando um cigarro atrás do outro e chutando o chão enlameado com suas botas.

No final da exibição, a multidão se precipitou para as saídas do parque. Richard ficou nervoso e tentou fazer-nos ficar no alto da colina até a multidão se dispersar. Mas estava extremamente frio e todo mundo estava louco para ir para casa, então ele foi voto vencido. Nós descemos pelo lado norte da colina sem muito problema, mas quando chegamos na parte plana, onde as pessoas tentavam mover-se em duas direções, o congestionamento ficou bem pior. Sheba tinha desaparecido. "Merda!", Richard disse. "Todo mundo tem que dar as mãos, formar uma corrente, para não perdermos mais ninguém." Havia um certo pânico na voz dele e, por pena, eu pensei em obedecê-lo. Mas estava andando entre Polly e Marcia e ambas pareceram tão pouco inclinadas a segurar minha mão quanto eu as delas, então, felizmente, permanecemos soltas.

A longa fila sinuosa se movia lentamente. Estávamos a cerca de duzentos metros da saída de Regent Park Road quando, à minha esquerda, no meio das árvores, eu avistei Sheba. Ela estava parada com um rapaz. Não pude ver o rosto dele — ele estava de costas para mim — mas pude ver o dela; estava falando com muita energia. Passaram algumas pessoas na frente e eu perdi o contato visual com ela por alguns instantes. Quando tornei a vê-la, estava sozinha, andando na minha direção. Eu acenei para chamar sua atenção: "Sheba!" Ao me ver, sorriu, e naquele momento o rapaz se virou e olhou para ela. Ele tinha cabelo louro e desleixado, e olhos tristes e caídos. Connolly.

Sheba deve ter notado a minha expressão de espanto porque virou-se instintivamente para ver o que a havia provocado. Por um segundo nós duas olhamos para o rapaz. Depois ela olhou de volta para mim. Havia medo no rosto dela mas também uma outra coisa — uma espécie de satisfação ou divertimento. "Mamãe!", Ben chamou mais adiante. "Onde você estava, mamãe?" Sheba correu para ele. Eu não ouvi o que ela respondeu. Só a vi rindo e sacudindo a cabeça ao abraçar Ben.

Sheba estava no meu carro na volta para casa, mas Ben e Polly também. Ela passou a viagem inteira conversando com Ben. Polly e eu não dissemos nada. Quando chegamos em Highgate, eu disse que ia direto para casa, mas Sheba segurou minha mão e insistiu para que entrasse. Richard tinha ido deixar Marcia e Saskia em Muswell Hill e ainda não tinha voltado. Polly foi direto para a sala e ligou a televisão. Sheba mandou Ben para a cama e disse a ele que subiria logo para vê-lo. Então sugeriu que descêssemos para o seu ateliê.

Nenhuma de nós disse nada até estarmos no porão, sentadas nas cadeiras dobráveis. Eu havia esperado que Sheba me poupasse da indignidade de ter que fazer perguntas, mas após alguns instantes de silêncio, durante os quais ela ficou olhando para o chão, eu não consegui mais me conter.

— Aquele garoto que eu vi no parque com você era o Connolly, não era?

— Era, sim. — Ela olhou timidamente para mim por baixo dos cílios.

— O que está havendo, exatamente?

— Com Steven?

— Sim.

Ela ficou olhando para as mãos.

— É difícil dizer...

— Diga simplesmente. Ele ainda está incomodando você?

— Não, não está me incomodando. Ele... Eu...

— Por favor, Sheba. Diga logo. Qual é o seu relacionamento com ele?

Ela tornou a olhar para as mãos.

— Existe um envolvimento entre nós. Quer dizer... nós estamos tendo um caso.

Como uma idiota, eu engasguei.

— Você está falando a verdade?

Ela balançou afirmativamente a cabeça.

— Há quanto tempo isso vem acontecendo?

— Ah, não sei. Há muito tempo.

— Aproximadamente.

— Mais ou menos desde aquela época que eu contei a você sobre o beijo em Grafton Lane...

— Mas... você disse...

— Não, nós não nos beijamos naquele dia. Eu não estava sendo totalmente sincera quando disse que ele apenas tentou.

— Sheba, isto é muito, muito sério. Você entende o quanto é sério?

— Sim. Entendo, sim.

— Não, Sheba, eu estou dizendo que esta é uma coisa que pode mandar você para a prisão.

— Eu sei. — Ela pareceu assustada por um momento e depois riu. Foi muito diferente da sua risada habitual: foi um ronco estranho, ligeiramente histérico.

— Pelo amor de Deus, Sheba — eu disse. — Ele é... eu não preciso dizer isso. Ele é um *garoto*.

— Bem, não inteiramente — Sheba disse. — Quer dizer, obviamente ele ainda não é um homem. Mas está numa fase de transição, acho que é o correto a dizer.

Eu fiquei olhando para ela.

— Não importa como você queira chamar, Sheba, ele é muito, muito jovem. E você nem *gosta* de homens mais moços. Você mesma me disse isso, que prefere os mais velhos.

— Eu *sei*. É estranho, não é? — Ela falou com um ar de distanciamento, como se estivéssemos discutindo um conceito filosófico totalmente separado da sua vida. — Mas esses rótulos que damos aos nossos sentimentos sexuais são tão bobos, não são? Como se nossos gostos fossem tão facilmente categorizados ou tão imutáveis. É como um homem dizendo que prefere peito ou perna. Quer dizer... — Ela não completou a frase.

— Você tem razão, é claro — ela continuou após alguns instantes. — Ele *é* mesmo muito jovem. Mas eu percebo agora que a juventude tem um charme especial. Sabe quando as feministas se revoltam com os homens mais velhos que correm atrás de mulheres mais novas? Eu nunca concordei com isso. Sempre simpatizei com os velhos sátiros. E agora fico contente por isso, porque vejo por mim mesma o quanto um belo corpo jovem pode levar alguém à loucura. Eu posso acariciar

Steven durante horas e nunca fico satisfeita. É como se eu quisesse... penetrá-lo.

— Não. — Eu ergui a mão. — Por favor.

Ela riu, e de novo daquele jeito estranho.

— Eu não estou querendo dizer, sabe, *literalmente*, com um daqueles ridículos pênis de borracha. A fantasia é mais do tipo entrar nele. Ou ser engolida por ele. É como a sensação que se tem quando seguramos um bebê ou um gatinho, quando temos vontade de apertá-lo com força até quase sufocá-lo... — Ela cruzou os braços. — Ah — ela disse com um sorriso — você me acha muito depravada.

Sacudi a cabeça. Ela estava falando comigo como se eu fosse uma velha que tivesse esquecido o que é o desejo. Não *queria* que eu entendesse, posso ver isso agora. Ela estava apreciando a idéia de ser incompreensível.

— Mas não se trata só de você — eu disse. — Você tem filhos. Já pensou neles?

O rosto dela mudou.

— Ah, eu sei, Barbara. Eu sei que estou sendo horrível. Eu estou sempre pensando em acabar com isso.

— Pare de pensar e aja, pelo amor de Deus.

Sheba fez um gesto impaciente com a mão.

— Por favor, não me faça sermões, Barbara. Estar apaixonada é uma circunstância, não é? É como estar deprimida. Ou como pertencer a um culto. Você fica basicamente debaixo d'água, as pessoas podem falar com você sobre a vida em terra seca, mas isto não significa nada realmente...

— Que conversa é essa de amor? — eu disse. — Não seja idiota, porra.

— Por que você está falando assim?

— Eu estou tentando ajudá-la.

— Não, me refiro ao palavreado. Você nunca xinga ninguém.

— Sheba, por favor. Não comece a dizer que o ama. Isso não é amor.

— Eu não sei se poderia dizer a que categoria isto pertence. As pessoas sempre tentam simplificar estas coisas. Eu quero recuperar a juventude perdida. Ele quer experiência. Eu o estou forçando a isto. Ele está me forçando a isto. Ele sente pena de mim. Eu sinto pena dele... Mas nunca é assim tão simples, é?

Eu sacudi a cabeça.

— Isso é loucura. Você está transformando isso em algo que não existe. Está tudo na sua cabeça.

Sheba ia protestar, então ela riu.

— Mas esse não é o pior lugar onde isto poderia estar?

Eu tive ímpetos de bater nela, de segurá-la pelo pescoço e sacudi-la como se fosse uma boneca.

— Pára com isso! Isso é tão... quer dizer, vocês têm algum interesse em comum? Isto é, além do sexo?

— Ah, eu não concordo com essas coisas — Sheba disse. — Eu também leio revistas femininas, sabe? "A confusão entre sexo e amor", "Você está confundindo o seu orgasmo com o sentimento verdadeiro?" Sei tudo sobre isso e posso dizer que é *besteira*. Não sei nem o que significa. Quer dizer, quem inventou a diferença? Ela não é arbitrária? Não podemos dizer simplesmente que eu sinto algo muito *forte* pelo Steven?

— Mais forte do que o que você sente por Richard? Pela sua família? — Eu estava gritando.

— Sim! — Sheba respondeu também aos gritos. — Não! Quer dizer... sim, na verdade, sim.

Nós ficamos sentadas em silêncio, absorvendo aquela confissão.

— Pelo menos, *igualmente* forte — ela acrescentou, baixinho, após alguns instantes. — Neste momento. Quer dizer, *é claro* que é uma coisa física. E não, nós não temos "interesses em comum". O que você acha? Ele tem 16 anos. Nosso interesse em comum somos nós. Por que isso não pode ser o bastante? Eu não estou planejando me casar com ele.

— Bem, fico feliz por este pequeno resíduo de bom senso... Você já considerou o fato de que ele provavelmente está se gabando disto para os amigos?

— Sim, já considerei. Mas ele não está.

— Como pode ter certeza?

Sheba sacudiu os ombros.

— Eu não tenho certeza absoluta. Mas tenho quase. É complicado. Sob certo aspecto, eu confio nele mais do que em qualquer outra pessoa. Ele tem uma certa dureza, mas também uma enorme vulnerabilidade... Eu não suporto, literalmente, imaginá-lo sofrendo. Eu chego a chorar de raiva quando penso nisso. Acho que tenho mais instinto maternal por ele do que por Polly.

— Mas, Sheba...

— Eu sei que este é um comportamento indefensável, Barbara. Mas tenho que fazer isso. Eu *quero* fazer isso.

— Você quer ser apanhada? É isso? É o perigo da coisa?

— Não! — ela exclamou, torcendo as mãos, exasperada. — Não. Eu não posso dizer por que estou fazendo isso. É o que estou tentando dizer para você. Eu não sei. Não é esse, de certa forma, o sentido deste tipo de experiência? O fato de não poder ser simplificada? Devem existir alguns mistérios — não me refiro a essas coisas carolas, mas aos mistérios do comportamento humano — que sejam insondáveis.

Quando saí, mais ou menos uma hora depois, Sheba me abraçou carinhosamente na porta e concordamos em conversar mais a respeito no dia seguinte. Eu fui bastante simpática com ela. Mas assim que entrei no carro, a raiva começou a purgar como ácido de uma pilha. Não era apenas a terrível loucura das ações de Sheba — o horror em que ela estava envolvida — que me aborrecia; era a imensa duplicidade que ela tinha demonstrado tão naturalmente. Nós tínhamos falado do seu fingimento para com Richard, as crianças e até a escola. Mas nada tinha sido dito sobre o seu fingimento para *comigo*. Ela não tinha tido a idéia de se desculpar por *isso*. Será que a nossa amizade não significava nada para ela? Ou tinha sido apenas uma estratégia para desviar a atenção dos professores do escândalo verdadeiro? Todos aqueles meses, quando eu imaginei que estávamos tão próximas, ela estava zombando de mim.

Quando parei em um sinal em Highgate Hill, percebi que a garotinha sentada no banco de trás do carro à frente de mim tinha os olhos arregalados. Foi então que reparei que estava dando socos no volante. Quando olhei para baixo, vi que as palmas das minhas mãos tinham um vergão vermelho.

Ao chegar em casa, sentei-me na sala, comendo um bolinho suíço e fumando um cigarro atrás do outro enquanto pensava nas revelações daquela noite. Primeiro eu decidi que chegaria na escola no dia seguinte e contaria tudo a Pabblem. Eu não estava muito preocupada com o bem-estar moral de Connolly. O que eu achava então — e acho agora — era que o garoto era perfeitamente capaz de se virar. Meu desejo de contar a Pabblem era inteiramente motivado pela fúria.

Aos poucos, entretanto, à medida que os cigarros e o bolinho foram chegando ao fim, minha raiva começou a evaporar-se. É claro que eu não ia contar a Pabblem. Sheba tinha agido muito mal comigo, isso era certo. Mas não teve a intenção de me ofender. Era evidente que queria me contar tudo desde o início. Ela não estava pensando com clareza. Afinal de contas, tinha um relacionamento sexual com um aluno. Obviamente, ela estava passando por algum tipo de colapso nervoso.

Eram duas da manhã quando eu me levantei e fui preparar-me para dormir. Meu rosto estava cansado e verde no espelho do banheiro. *Sheba é minha amiga*, eu disse ao meu reflexo no espelho. *Ela está precisando de mim*. Portia estava sentada na banheira, vendo-me escovar os dentes com aquele seu ar superior. Eu cuspi e bochechei, e passei creme no rosto. *Se eu não a ajudar, quem o fará?* No quarto, vesti a camisola e tirei as almofadas de cima da cama. O cachorro do senhorio estava ganindo no quintal. Numa das ruas vizinhas eu podia ouvir os gritos embriagados de gente jovem. Portia tinha vindo atrás de mim e estava se enroscando nas minhas pernas. Eu tirei a colcha e subi na cama. *Anda. Força. Uma amizade ver-*

dadeira pode superar este tipo de crise. Portia subiu na cama e se agitou um pouco, testando espaços potenciais de sono com as patas. Finalmente, ela se decidiu e se instalou sobre minhas canelas. Eu acertei o despertador e apaguei a luz. Por uma abertura nas cortinas, o luar batia glamourosamente em Portia, como um refletor. *Sheba contra mundum*, eu anunciei para o quarto escuro e silencioso.

Doze

Estamos na Páscoa, e Sheba e eu viemos passar alguns dias com a família da minha irmã à beira-mar. Os Hart normalmente recebem um bando de gente em casa nesta época do ano; Sheba prepara um enorme presunto assado e promove uma caça aos ovos no jardim. Este ano, por razões óbvias, isto estava fora de questão, então Richard levou Polly e Ben para ficar com amigos em Shropshire. Sheba ficou infelicíssima quando soube que não ia passar a Páscoa com o filho e eu tentei intervir com Richard em seu favor, mas ele estava num daqueles seus dias vingativos e não quis saber de alterar os planos. Sheba ficou muito deprimida com isso e passava horas trancada no quarto, trabalhando na sua escultura. Num esforço um tanto desesperado de alegrá-la e distrair sua cabeça, eu decidi trazê-la para Eastbourne.

Tive que convencer a Marjorie. Ela e Dave não estão acostumados a receber celebridades de comportamento duvidoso em casa. Quando liguei para propor a visita, ela disse que teria que "orar primeiro" antes de me dar uma resposta e eu não alimentei muita esperança. Mas ela terminou consultando o seu pastor, Des, e ele achou que Deus gostaria que Marjorie estendesse a mão para uma pecadora. Na noite em que nós chegamos, Marjorie me pegou no corredor e cochichou nervosamente: "Jesus está muito contente por Sheba estar aqui".

Marjorie e eu fomos criadas na Igreja Anglicana, mas nossos pais não eram nada piedosos, de modo que é um mistério determinar de onde veio o gene religioso de Marjorie. Ela foi apresentada à Igreja do Sétimo Dia no final da sua adolescência por Ray, um cara com quem estava saindo na época. Ray terminou indo embora para a Arábia Saudita para trabalhar numa companhia de petróleo, mas Marjorie continuou na igreja e tempos depois começou a sair com Dave, outro membro da congregação. Eles estão casados há quase trinta anos e a vida deles gira em torno da igreja. Cada aposento da casa está abarrotado de bugigangas religiosas. Devem ter pelo menos vinte imagens de gesso de Jesus Cristo (o menino Jesus usando fraldas de porcelana; o homem Jesus musculoso expulsando os vendilhões do Templo; Jesus aos trinta e poucos anos sentado melancolicamente em Getsêmane e assim por diante). Sobre a cômoda do quarto deles, há uma gravura horrorosamente cômica da Última Ceia com todos os discípulos usando penteados estilo Pompadour e levitando ligeiramente. E no quarto da frente, onde Sheba e eu estamos dormindo, tem um cartaz enorme de um cais ao pôr-do-sol, com uma citação de Mateus: "Sigam-me, disse Jesus, e eu farei de vocês pescadores." Em homenagem à Páscoa, minha irmã tinha improvisado uma cena da Paixão em cima da televisão: um crucifixo dourado, cercado por dez coelhinhos de Páscoa de porcelana usando boinas escocesas.

Este é o verdadeiro apego da minha irmã a Deus, eu penso: os acessórios. Anos atrás, antes de ela se casar com Dave, nós viajamos juntas à Europa um verão e fizemos uma visita a Lourdes. Acho que nunca a vi tão feliz como quando ela estava passeando pelas lojas de presentes de Lourdes. Gostou dos amputados e espásticos que aguardavam a vez de serem mergulhados em piscinas de água benta. Ela adorou as cantorias e as procissões iluminadas por tochas. Mas foram os enfeites, as camisetas, as bugigangas que realmente a cativaram. É uma pena, eu estou sempre pensando, que Marjorie não tenha se tornado católica. Ela teria adorado os terços.

Eu estava um pouco preocupada com a reação de Sheba ao ambiente. Não posso imaginar que ela tenha interagido muito com crentes até hoje. Mas, até agora, tudo parece estar indo bem. Ela diz estar encantada com minha irmã e meu cunhado. "Como vocês são felizes", ela fica dizendo a eles, enquanto passeia pela casa de camisola. E embora *eu* consiga detectar uma ponta de *de haut en bas* neste pronunciamento, Marjorie e Dave estão terrivelmente envaidecidos. "Ela não é bonita?", Marjorie sussurra sempre que Sheba vira as costas. "Ela não é simpática?" Até Dave, um homem de poucas palavras, admitiu que os retratos de Sheba nos jornais "não fazem justiça a ela".

Ontem de manhã, Sheba agradou ainda mais ao pedir para ir junto com a família ao culto matinal da sexta-feira santa. Marjorie quase fez xixi nas calças de satisfação. Eu não fui, é claro. Tive o cuidado de permanecer "dormindo" até todos terem saído. Então, quando tive certeza de que ninguém iria voltar para pegar um par de luvas esquecido, me levantei e dei uma arrumada na sala da frente. Foi enquanto ajeitava as coisas que me deparei com a bolsa de Sheba.

Eu não tinha intenção de remexer nas coisas dela, mas quando vi o caos que havia dentro da bolsa, não consegui resistir à tentação de fazer uma faxina nela. O lixo que Sheba guarda! Montes de moedas soltas. Um corretor de olheiras sem tampa cheio de pelinhos grudados na ponta. Diversas pastilhas de hortelã meladas. Dois absorventes internos saindo dos invólucros de plástico. Bem no fundo, por baixo do forro rasgado da bolsa, eu encontrei um envelope cheio de retratos.

Naturalmente, hesitei em examiná-los. Eu não sentia o menor prazer em violar a privacidade de Sheba. Mas como sua guardiã não-oficial, tenho certas obrigações às quais não posso fugir. Os retratos eram de Sheba e Connolly — todos tirados numa mesma noite em Hampstead Heath. Havia algumas fotos não muito abonadoras de Sheba sentada na grama. Havia várias fotos de Connolly fazendo macaquices: flexionando os músculos no estilo de Atlas, dando a língua, virando as pálpebras superiores pelo avesso. A visão daquela cara banal me deixou nauseada. Mas o pior ainda estava por vir. No fundo da pilha, quatro ou cinco retratos um tanto fora de foco mostravam os amantes juntos. (Aparentemente, Connolly tinha segurado a máquina com o braço esticado.) Essas fotos eram notadamente lúbricas. Em duas delas, Sheba estava com os seios nus. Em outra imagem particularmente revoltante — cuja lembrança eu tentei, mas não consegui, apagar da mente — Sheba estava ajoelhada diante de Connolly, totalmente exposto.

Minhas mãos tremiam quando eu recoloquei as fotos dentro do envelope. Sheba tinha jurado, em diversas ocasiões, que havia destruído todas as recordações do seu relacionamento com Connolly. No entanto, ali estava ela com fotos pornográficas do garoto na bolsa. Meu instinto foi de destruí-las, mas eu não poderia fazer isso sem que Sheba soubesse que eu havia remexido nas coisas dela. Relutantemente, guardei o envelope de volta na bolsa.

Sheba voltou da igreja animadíssima. Que experiência maravilhosa! Ah, ela mal podia esperar a hora de repeti-la! Eu fiquei esperando por uma piscadela ou algo parecido — algum indício de que ela percebia o absurdo da situação — mas não veio nada. Seria menos doloroso se ela fosse sincera a respeito da igreja de Marjorie. Mas não há o menor perigo de que se volte para a religião. Esta história de Deus é apenas uma diversão para ela — um modo à Maria Antonieta de se meter nos rituais sedutores de outra pessoa. Ouso dizer que se minha irmã e sua família fossem devotos da macumba, ela teria se juntado a eles do mesmo jeito para cultuar imagens e sacrificar cabritos.

Hoje, em parte para agradá-la e em parte porque as fotos me haviam convencido de que ela precisava que eu a vigiasse mais de perto, eu acompanhei Sheba na sua segunda visita à igreja. Um aviso pregado no quadro do vestíbulo da igreja referia-se ao culto da manhã como "o Bom Deus A.M." Quando eu apontei este egrégio americanismo para Sheba, ela nem esboçou um sorriso. Durante todo o sermão e os hinos, ela permaneceu com um sorrisinho arrepiante no rosto. Mais tarde, quando o pastor Des convocou todos os fiéis à frente para "a Ceia do Senhor", eu fiquei estarrecida ao vê-la ficar de pé. Achei a princípio que ela estava confusa e não sabia para que as pessoas estavam fazendo fila. Mas ela sabia muito bem. Aparentemente, tinha tomado a comunhão na véspera, com minha irmã.

Depois do culto, Dave e as crianças ficaram na igreja para ajudar na cozinha. Marjorie, Sheba e eu voltamos para casa para adiantar o almoço. Sheba falava sem parar sobre a beleza dos hinos e como o pastor Des era um cara superlegal. E então, a uma certa altura, ela começou a falar sobre o amor. "Às vezes, eu acho que estive em transe durante este último ano", ela disse. "Quer dizer, o que é o amor a não ser um pacto mútuo de ilusão? Quando o pacto termina, não resta nada. Esta é a diferença com as pessoas que acreditam em Deus, não é? O amor que sentem por Ele nunca termina. Ele nunca as decepciona. Eu li uma frase de um escritor que disse que o amor — ele se referia ao amor romântico — é um mistério e quando a solução é encontrada, ele se evapora. Na época isso não fez nenhum sentido para mim. Mas agora eu vejo que é verdade. Ele acertou na mosca, não é?" Ela olhou para Marjorie, que sorriu e permaneceu calada. Enquanto ela fazia este discurso insano, eu fiquei aflita, com medo de que dissesse algo que pudesse chocar a minha irmã. Mas eu não precisava ter-me preocupado. A pobre Marje não fazia idéia do que Sheba estava querendo dizer.

Chego agora, com muita relutância, aos acontecimentos de dezembro de 1997. Para mim, este período constitui a parte mais dolorosa da minha narrativa — até porque, para ser inteiramente honesta, tenho que confessar um comportamento muito repreeensível da minha parte. Ao ler este relato, algumas pessoas irão julgar-me com muita severidade. A essas, eu digo: nenhuma sentença que vocês possam dar será mais severa do que a minha própria. O remorso pelos meus erros é infinito. Se pareço ter um cuidado especial em descrever o que me levou a agir deste jeito, não é porque pretendo justificar os meus atos, mas porque quero ser o mais rigorosamente verdadeira possível.

Dezembro começou como um mês difícil — tanto para Sheba quanto para mim. Ela estava tendo problemas com Connolly. Sentia que o entusiasmo dele estava diminuindo. Ele a estava tratando de um jeito cada vez mais sem-cerimônia e, até mesmo, entediado, e em algumas ocasiões ela tinha voltado de um encontro com ele com a impressão distinta de que estava sendo "manipulada". A princípio, ela ficou relutante em confessar estas suspeitas. Ela imaginava, na minha opinião, que se as dissesse em voz alta, elas se tornariam oficiais. Mas sua angústia era tão intensa que não conseguiu escondê-las por muito tempo.

— Ele está se cansando de mim! — ela lamentou-se uma tarde, quando estávamos saindo da escola. — Ele está se afastando, eu posso sentir. E quanto mais se afasta, mais lastimosa eu fico. — O romance tinha começado a provocar nela um estado de introspecção meio divagante, ela me disse. Estava tomada por um sentimento de gravidade — de sintonia com as grandes e melancólicas verdades da vida. Estar apaixonada nunca havia provocado estas sensações solenes nela antes. Seu namoro com Richard tinha sido uma coisa alegre e descontraída. O mais perto que ela já havia estado do seu presente estado de espírito havia sido durante o terceiro trimestre da gravidez dos filhos, quando, da mesma forma que agora, chorava por qualquer besteira.

Ela começara a escrever cartas longas e líricas para Connolly, disse — cheias de análises melancólicas dos seus sentimentos e de afirmações apaixonadas do seu amor por ele. Era muito arriscado enviá-las, então as entregava no final dos seus encontros. (Às vezes, quando tornavam a se encontrar, ela tinha que explicar-lhe o significado de algumas palavras.) Pela primeira vez em sua vida, ela estava sentindo ciúme sexual. No último encontro, Connolly tinha mencionado que iria a uma festa no fim de semana e ela ficara agoniada. Connolly raramente falava de suas atividades sociais; tinha sempre relutado muito em responder às perguntas de Sheba sobre o assunto. Será que ele agora estava querendo atormentá-la? Sheba tentou permanecer calma, mas não conseguia parar de imaginá-lo na festa, tomando o seu rum com Coca-Cola num copo de plástico, dançando com garotas de pele de pêssego e vestidos provocantes.

— Você vai ficar com alguém? — ela perguntara. Era uma pergunta estúpida, mas ela não conseguiu se controlar.

Connolly tinha sorrido.

— Não sei — ele disse. — Pode ser.

Sabia que estava sendo ridícula. Não podia esperar que ele lhe fosse fiel. E no entanto, a idéia que ele pudesse tocar outra pessoa — ou de que alguém pudesse tocá-lo — a enchia de desespero.

As coisas também estavam indo mal entre ela e Richard. Eles tinham começado a discutir por bobagens, disse. Isso era irritante porque ela e Richard sempre tinham se orgulhado da tranqüilidade das suas relações domésticas. Os pais de Sheba costumavam brigar horrivelmente. Ela e Eddie tinham passado grande parte da sua infância, disse, banidos no jardim, para que seus pais pudessem gritar um com o outro com toda a liberdade: "Às vezes eles se esqueciam de nós e ficávamos presos lá fora durante horas. Quando éramos finalmente chamados de volta, meu pai não estava em casa e minha mãe estava na cozinha batendo coisas, fazendo alusões nada veladas à infelicidade da sua vida de casada. Terrível. Eu jurei que nunca teria esse tipo de casamento. Richard e eu sempre resolvemos os problemas conversando."

Instintivamente, Sheba atribuiu suas dificuldades matrimoniais à presença de Polly na casa. "Ela é intolerável, intolerável!", dizia, zangada. "Ela está deixando a família maluca!" Mas à medida que as semanas foram passando, ela começou a admitir que o seu caso com Connolly era a verdadeira causa do problema. "O fato é que", ela me disse uma noite, "eu sinto desprezo por Richard. Por ele não saber. Não posso acreditar que ele seja tão cego! Como pode me amar e não enxergar?

Quando eu volto para casa depois de ter estado com Steven, encontro ele roncando e tenho vontade de jogar uma panela em sua cabeça, de gritar 'Sabe de uma coisa, seu cretino? Eu estava no parque, trepando com um garoto de dezesseis anos! O que você acha disso?'"

Eu também estava infeliz em dezembro. Estava nervosa com a situação de Sheba, é claro. Mas minha maior preocupação era com a saúde de Portia. Numa quinta-feira à noite, em meados de novembro, eu tinha chegado da escola e encontrado uma poça de vômito cor-de-rosa na minha cama. Após uma série de testes, o veterinário tinha diagnosticado câncer de cólon e ela agora estava sendo submetida a sessões de radioterapia. O veterinário estava confiante na possibilidade de uma completa recuperação e eu queria muito acreditar no otimismo dele, mas a doença, ou o tratamento, ou ambas as coisas, estavam sugando a vida de Portia com uma rapidez alarmante. A criatura irônica e orgulhosa com quem eu vinha dividindo a vida por doze anos estava se transformando diante dos meus olhos numa gata carente e triste. Ela estava secando dia a dia.

Sei que algumas pessoas vão achar despropositado eu estar comparando os meus problemas aos de Sheba. Não vão querer acreditar que um bicho doente possa causar tanto sofrimento a uma pessoa quanto um amante inconstante. Sheba foi incapaz de compreender isto. Na verdade, foi o fato de ela não respeitar a minha dor — de não reagir com a solidariedade esperada — que causou o nosso breve, mas catastrófico, rompimento.

No primeiro sábado de dezembro, eu apanhei Portia no veterinário depois de uma sessão de radioterapia. Ela ficava sempre um tanto debilitada depois desses tratamentos, mas nesse dia pareceu-me particularmente fraca. Fiquei tão desesperada com o estado dela que fui direto para a casa dos Hart. Eu nunca tinha ido à casa de Sheba sem avisar, mas julguei que as circunstâncias eram suficientemente excepcionais para justificar uma quebra de etiqueta. A casa estava escura quando cheguei. Eu tirei a gaiola de viagem da gata de dentro do carro, fui até a porta e toquei a campainha. Portia estava dormindo. Fiquei parada na porta, na esperança de que Sheba estivesse em casa. Após alguns instantes, já estava me virando para ir embora quando ouvi passos rápidos e Sheba abriu a porta. Explicou que estava trabalhando no ateliê. Richard e as crianças tinham saído. Ela não tomou conhecimento da presença de Portia.

— Na verdade — ela disse, enquanto nos dirigíamos para o porão — eu não estou trabalhando exatamente. Estou esperando uma ligação de Steven. Nós combinamos de nos encontrar esta tarde.

Eu coloquei a gaiola cuidadosamente no chão e me sentei numa das cadeiras de armar de Sheba.

Sheba deu uma risada nervosa.

— Ele devia ter telefonado há uma hora, mas ainda não deu sinal de vida. Garoto desgraçado.

Eu balancei a cabeça.

— Imagino que ele esteja tendo dificuldade para se livrar da família — prosseguiu. — Normalmente ele é muito pontual.

Às vezes a mãe o obriga a ir ao supermercado com ela. Para carregar as sacolas...

— Portia está muito mal — eu disse, apontando para a cesta.

Sheba olhou para ela.

— Puxa vida, pobre Portia. Você está vindo do veterinário?

— Estou. Ela está sofrendo tanto. Eu não agüento isso. — Comecei a chorar.

— Pobre Barbara — Sheba disse. — Que horror. — Ela se agachou diante de mim. — Vai ficar tudo bem — disse, dando um tapinha no meu joelho.

Após alguns instantes, ela se levantou, puxou uma cadeira e se sentou ao meu lado. — Não chore. O veterinário vai fazer ela melhorar. — O esforço em consolar-me foi tão superficial — tão tolo — que me irritou. Eu tirei um lenço da manga e enxuguei os olhos.

Os braços longos de Sheba estavam pousados sobre seu colo. Sua pele era tão clara que dava para ver todas as veias sob a superfície: longos cordões esverdeados, como algas avistadas através da água.

— Você e suas amigas costumavam alisar os braços umas das outras quando estavam no colégio? — eu perguntei de repente.

Ela riu.

— O quê? Não.

— Ah, nós sim — eu disse. — Nós costumávamos alisar a parte de dentro dos braços umas das outras na sala de estudos. Uma menina alisava o braço de outra enquanto uma terceira alisava o dela. Nós formávamos longas fileiras assim. É uma das sensações mais agradáveis que existem.

Sheba riu, incrédula.

— Para garotas de treze anos famintas de sexo, talvez — ela disse.

— Não, não, não há nada de sexual nisso — eu disse. — Deixa eu mostrar para você.

Eu segurei o braço direito dela e passei as pontas dos dedos para cima e para baixo, do cotovelo até o pulso. Foi uma ousadia. Eu nunca tinha tocado tão intimamente em Sheba.

Ela primeiro riu.

— Só está fazendo cócegas — ela disse.

— Não, não — eu disse. — Fecha os olhos. Sente só.

Ela fechou os olhos e eu continuei a passar os dedos de leve pelo seu braço. Após um ou dois segundos, ela abriu a boca. Então puxou o braço.

— Relaxe — eu disse a ela, puxando o seu braço de volta.

— Não — ela disse bruscamente. — Isso me dá arrepios. — Ela desenrolou a manga.

O telefone tocou e Sheba correu para atender. Percebi que era Connolly do outro lado da linha porque ela começou a cochichar e rir. Ela levou o telefone para dentro do banheiro e fechou a porta.

Eu fiquei sentada, balançando impacientemente as pernas, esperando ela voltar.

Quando voltou, estava sorrindo.

— Puxa, eu odeio fazer isso, Barbara — ela disse. — Mas vou ter que sair. Era ele.

Eu fiquei olhando enquanto ela juntava apressadamente suas coisas.

— Não — eu disse.

Sheba olhou para mim, com as sobrancelhas levantadas como dois chapéus chineses.

— Quer dizer, por favor — eu disse, um tanto sem jeito. — Não vá ainda. Fique comigo um pouco mais.

Ela veio me abraçar.

— Vai ficar tudo bem — ela disse. — Você vai ver. — Então endireitou o corpo e vestiu o casaco.

— Não vá, Sheba — eu tornei a dizer.

Ela me olhou curiosamente.

— Barbara, o que é isso? Eu *tenho* que ir.

Eu tive vontade de gritar. Maldito Connolly. Maldito garoto.

— Sheba... — eu murmurei, agarrando a manga do seu casaco.

— Por favor! — ela gritou e se afastou tão abruptamente que eu perdi o equilíbrio e caí da cadeira, batendo com o quadril na beirada do torno.

Veio um barulho estranho da gaiola, como um polegar sendo arrastado por uma vidraça. Portia tinha acordado.

— Meu Deus, Barbara, você está bem? — Sheba estava olhando para mim com uma mistura de impaciência e susto.

Eu me sentei por um instante, segurando o quadril.

— Acho que sim.

— Tem certeza?

— Sim, sim. É só o meu quadril. — Estava doendo horrivelmente, mas eu não quis fazer escândalo. Olhei para dentro da gaiola de viagem. Portia estava enroscada no fundo, com o pêlo eriçado e as unhas de fora. — Calma. Está tudo bem — eu murmurei através das barras.

— Sinto por isso — Sheba disse. Então ela pendurou a bolsa no ombro e pôs o chapéu. Ela ia sair assim mesmo? Depois de ter me derrubado no chão? Eu me levantei e cambaleei um pouco.

— Você acha que pode ir dirigindo para casa? — ela perguntou.

— Ah, sim, eu estou bem — eu disse. Sheba estava preocupada demais para notar o gelo em minha voz.

— Que bom — ela disse, dirigindo-se para a porta. Eu ergui a gaiola e fui mancando atrás dela.

Na rua, nós nos beijamos friamente.

— Bem, vejo você na segunda, então — Sheba disse. Ela estava balançando o peso do corpo de um pé para o outro, ansiosamente, como quem está apertada para ir ao banheiro. Eu concordei com a cabeça e tirei a chave do carro da bolsa. — Então... — disse — se cuida. — Ela me deu um tapinha nas costas enquanto eu me inclinava para abrir o carro.

— Ai — eu disse, esfregando o quadril. — Amanhã vou estar com uma mancha roxa daquelas... — Mas quando me virei, ela já tinha ido — quase correndo pela rua, para pegar o amante antes que ele mudasse de idéia.

Treze

Nas duas semanas seguintes, fiquei longe de Sheba. Na escola, não saía de minha sala de aula durante o intervalo e, quando ela se aproximava de mim nos corredores, eu era educada mas distante. Uma vez telefonou, convidando-me para ir a sua casa, mas dei uma desculpa deliberadamente esfarrapada a respeito do motivo pelo qual não poderia ir. Minha disposição de espírito era desafiadora. *Chega dela*, pensei. *Vamos ver como ela se sai sem mim*. E então, depois de algum tempo, fiquei bem deprimida. Talvez mais confusa do que deprimida. Minha vida se tornara incoerente para mim mesma. Por que meus amigos sempre pisam na bola comigo? Por que sempre sou deixada de lado? Será que nunca vou ser recompensada por minha constância?

O tempo estava louco naquela quinzena. Primeiro foram chuvas de granizo, seguidas por alguns dias de céu nublado, sombrios. Depois vieram ventos tempestuosos, quase um furacão. Quatrocentas árvores londrinas foram derrubadas numa única noite. Fiquei pensando onde, e se, Sheba e Connolly estavam conseguindo se encontrar. Eu estava dormindo muito mal naqueles dias. Mesmo quando estou com boa disposição de espírito, não tenho facilidade para dormir. Costumo ficar andando de um lado para o outro por séculos antes de me deitar, tentando evitar o momento em que puxo o lençol frio até o ombro e me dou conta do fim de outro dia. Durante aquele período, eu com freqüência perambulava pelo meu apartamento até as três ou mesmo quatro da manhã. Às vezes adormecia na poltrona com Portia no colo, apenas para ser despertada, alguns minutos depois, pelo barulho do vento lá fora na rua.

A saúde de Portia parecia pior do que nunca. Agora ela passava a maior parte do tempo no sofá, e sua expressão era uma máscara *kabuki* de desespero. Cheguei a ficar tão deprimida, que considerei até mesmo a possibilidade de pedir uma dispensa da escola por doença e ir para a casa da minha irmã com Portia. Pelo menos, raciocinei, teria as minhas refeições preparadas por alguém.

E então, logo antes do feriado de Natal, Bangs, o professor de matemática, me chamou para sair. Um dia ele se aproximou de mim furtivamente no corredor e sugeriu que eu o acompanhasse num almoço no sábado seguinte. Num restaurante. Era algo intrigante. Eu não era boba de pensar que Bangs tivesse intenções românticas em relação a mim. Mas mesmo um interesse platônico por parte dele era uma surpresa. Já fazia quatro anos que Bangs estava na St. George, e até então não demonstrara o menor entusiasmo para me conhecer melhor fora da escola. Agora sei que eu deveria ter recusado o convite. Mas, estando com o moral tão baixo, minha tendência era ver essa aproximação como um sinal: uma mensagem de esperança.

Bangs era pelo menos quinze anos mais jovem do que eu e era um bobalhão. (Mesmo nas minhas especulações mais otimistas não perdi de vista esses fatos.) Mas ele tinha me notado. Tinha me escolhido para compartilhar com ele a hora do almoço de sábado. E quem era eu para ficar escolhendo? Por alguns dias, acho que deixei minha imaginação correr solta. Imaginei como seria largar minha velha existência desafortunada e entrar na luz e no frescor do mundo normal. Eu deixaria de ser a solteirona trancada em casa, esperando por um convite de minha única amiga, por sinal casada. Eu me tornaria, pelo menos, uma pessoa que passa os finais de semana tendo encontros, que carrega fotografias em sua carteira, retratando cenas das festas alegres, dos churrascos animados e dos batizados felizes freqüentados nos últimos tempos. Lembro de ter sentido uma satisfação particularmente saborosa pelo fato de ter então um plano social — um *encontro pessoal* — de que Sheba nada sabia.

Quando chegou o sábado do meu encontro marcado para o almoço, fiquei muito nervosa e provavelmente teria passado a manhã numa das minhas crises de preocupação, se não tivesse sido salva dessa idiotice pelo fato de ter que correr com Portia para o veterinário. A pobre criatura tinha passado a noite anterior quase toda vomitando no chão da sala de estar. Ao amanhecer, ela se refugiara no sofá, onde permaneceu soltando miados lamentosos. Telefonei para a clínica veterinária às sete da manhã e consegui marcar uma consulta de emergência para as nove. Quando a levei, o veterinário fez um exame breve. Em seguida disse que queria fazer mais exames. Olhei meu relógio. Para conseguir chegar em Archway a tempo da minha hora no cabeleireiro, eu teria que deixar Portia sozinha na clínica. Lutei com minha consciência por alguns instantes. Em seguida dei-lhe um beijo envergonhado e saí apressada.

Detesto ir ao cabeleireiro e faço isso com a menor freqüência possível, mas a minha infelicidade na quinzena anterior me fizera negligenciar a aparência. Por um período breve, cheguei a deixar totalmente de pentear o cabelo, por isso estava precisando muito dar um jeito nele. As pessoas no salão estavam exibindo o bom humor meio desesperado que é característica dos locais de trabalho britânicos no Natal. Todas as garotas estavam ostentando raminhos de papel-alumínio nos cabelos e comendo, de um modo não muito higiênico, pedacinhos de um bolo de Natal meio acinzentado que um dos clientes trouxera. Elas me trataram com o desdém habitual. Como um castigo por chegar menos de cinco minutos atrasada, fui obrigada a esperar trinta minutos angustiantes antes de ser atendida. E então, enquanto meu cabelo estava sendo lavado, por acaso abri os olhos e peguei a idiota da garota rindo de mim e fazendo caretas para uma das outras por cima da minha cabeça. Por sorte dela, eu não estava com disposição para brigar, senão, pode ter certeza, eu teria dito poucas e boas para ela.

Quando meu cabelo estava pronto, tive apenas o tempo suficiente para voltar correndo até o apartamento e trocar de roupa. Usei minha saia preta e sapatos baixos (nada de saltos idiotas desta vez). Em seguida fui de carro para Camden Town. O restaurante que Bangs escolhera era um lugar novo — bem, pelo menos novo para mim — chamado Vingt-et-trois, logo depois da rua Camden High. Estava chovendo bastante quando estacionei o carro, mas peguei o guarda-chuva e me obriguei a dar duas voltas no quarteirão andando lentamente para ter certeza de não chegar cedo demais.

Mesmo assim fui a primeira a chegar. Estava escuro no interior do restaurante, e uma música pop alta estava tocando num som estéreo. Na mesa da recepção, uma moça cantarolava a letra da música. Ela usava uma camiseta que terminava vários centímetros acima de seu umbigo e calças que começavam vários centímetros abaixo dele. Dei o nome de Bangs, mas não conseguiu achá-lo em seu grande livro (ele tinha esquecido de fazer uma reserva) e, embora houvesse pelo menos seis mesas vagas, a garota disse que não podia me acomodar até que todos tivessem chegado. Entrei em pânico estupidamente nesse ponto. Ela deve ter notado e ficado com pena, porque me deu um menu e disse, num tom bem agradável, que eu podia esperar no bar se quisesse. O bar era em outro cômodo, que se alcançava por um pequeno arco. Enquanto ela me conduzia até lá, curvou o braço em torno da cintura e coçou preguiçosamente a faixa de suas costas cor de mel entre a camiseta e as calças.

O sujeito atrás do bar era uma pessoa muito grosseira, usava um gorro vermelho de Papai Noel e um ramo de visco atrás da orelha. Ele ficava gritando saudações ininteligíveis para seus colegas e para os três fregueses que estavam empoleirados nas banquetas do bar.

— Qual é, Barry? — ele estava urrando para um garçom que passava quando entrei.

Ele tinha um sotaque londrino muito pronunciado e consciente — de alguém que tem prazer com as distorções do dialeto. Quando ele me perguntou o que eu queria beber, foi de um modo tão agressivo que, apesar de estar com bastante sede, sacudi a cabeça e disse que não queria nada.

— *Nada?* — ele gritou fingindo estar ofendido. — *Nada?* Tem certeza disso?

Ele estava sorrindo quando pronunciou essas palavras, e as outras pessoas no bar olharam para mim e sorriram também. Entendo agora que era apenas uma brincadeira — bem, não exatamente uma brincadeira, mais um tipo de bom humor despropositado. Ele era uma "figura". Mas, no momento, eu fiquei achando que se tratava de uma discussão séria. Que eu estava sendo ridicularizada.

— Estou esperando um amigo — disse, com a intenção de me explicar. Tive que falar bem alto para ser ouvida com a música pop tocando.

— Um amigo? — o *barman* disse, mantendo seu tom teatral de descrença. — Um amigo, hein? É isso? Esperando um amigo? Você tem que ter amigos, né não? Ih, a amizade é tudo, né não?

Fiz que sim, sentindo-me confusa e boba.

— Vai — disse o *barman*. — Toma um drinque. Toma um driii-nnqque. Uma boa taça de vinho, vai servir...

Ele se inclinou sobre o bar e me deu um sorriso irônico com os olhos arregalados.

— *Por favor, pare com isso* — eu disse de repente.

Houve um breve momento de silêncio durante o qual as pessoas no bar se viraram para me olhar. O *barman* fez uma pausa momentânea, depois riu e foi fazer outra coisa. Nesse momento, Bangs apareceu, inclinando-se levemente para passar por baixo do arco.

Experimentar as coisas na sua cabeça nunca prepara você para a realidade. Minha preparação mental para esse almoço — o filme em preto-e-branco que eu viera passando em minha cabeça durante a semana toda — tinha servido apenas para tornar a versão real, em cores, mais opressiva. Fiquei atordoada e levemente intimidada pela presença física de Bangs. Ele estava usando seu suéter vermelho com gola em V e uma jaqueta do tipo das que os jogadores americanos de beisebol usam. A parte da frente e a de trás eram feitas de um material grosso, parecido com feltro, mas as mangas eram de couro branco. Era um artigo de vestuário especial para os finais de semana, suponho, já que nunca o tinha visto usar essa jaqueta na escola. Ele estava apertando ansiosamente a orelha esquerda e pude notar, mesmo à distância de alguns metros, que seu problema de pele empolada ao fazer a barba estava bem evidente. Por um instante, tive a impressão de que eu podia perder os sentidos em virtude da sobrecarga sensorial do momento, o mero bangue de Bangs.

— Olá — ele chegou dizendo. — Desculpe pelo atraso. Espero que você não tenha esperado muito.

Ele se aproximou muito rápido e então, sem aviso, fez um avanço na minha direção como um pássaro mergulhando para pegar comida. Recuando, senti um vestígio de lábio úmido em meu queixo e percebi, tarde demais, que ele tinha a intenção de me dar um beijo no rosto. Seguiu-se uma batida seca, sua cabeça batendo na minha, e ficou claro — mais uma vez tarde demais — que ele pretendia beijar as duas bochechas. Ele deu um passo para trás e eu me levantei da banqueta do bar. A introdução imediata de intimidade física foi um terrível erro de julgamento por parte dele, senti. Antes ele nunca fizera mais do que apertar minha mão.

— Não, não, você não está atrasado — eu disse. (Ele estava, claro, mas só sete minutos, se tanto.)

Quando me levantei, minha bolsa caiu do meu colo no chão. Ao me abaixar para pegá-la, pude ouvir o rugido oceânico de meu próprio sangue correndo.

— Você já pediu uma bebida? — Bangs perguntou. — Ou a gente senta primeiro?

— Não pedi, vamos sentar.

Voltamos até a moça do umbigo, que queria saber se éramos fumantes ou não-fumantes.

Bangs olhou para mim.

— Você quer fumar, não é?

— É, mas... não me importo em não fumar.

— Ah, certo. Não-fumantes então.

Sentamos e, primeiro eu, depois ele, fizemos aquele barulhinho de expiração — o tipo que pretende indicar a restauração da calma e a satisfação depois de um grande tumulto: aaah. Recebemos menus e Bangs disse que devíamos escolher logo porque ele estava faminto. Por alguns momentos, examinamos em silêncio os nossos cardápios em papel encerado. Em seguida, temendo deixar que a pausa se tornasse um intervalo incontornável, eu disse:

— Bela jaqueta, Bangs.

Bangs pareceu satisfeito com meu comentário e, nos minutos seguintes, conversou de modo bastante animado sobre seu vestuário. A jaqueta, fiquei sabendo, era uma de dez semelhantes que ele tinha. Ele as colecionava.

— Não por ser um fã de beisebol — disse ele. — É só porque elas são muito legais, não são?

Fiz que sim e disse:

— São, muito.

Relembrando meu encontro com Bangs, sempre fico particularmente atormentada pela lembrança da sua conversa sobre a jaqueta. Havia outras humilhações, muito mais fortes, para acontecer. Mas, por alguma razão, esse é o momento ao qual fico voltando, o momento que me faz apertar os dedos e soltar um suspiro. Será a minha aprovação fingida da jaqueta horrorosa que me incomoda? Ou o fato de eu ter reparado que Bangs usa o vocabulário dos adolescentes? Ambas as coisas, suponho. E, mais do que elas, a motivação por trás disso — meu desejo de fazer Bangs gostar de mim.

Seguimos adiante arduamente. Bangs me contou sobre alguns dos lugares em que ele comprara suas jaquetas e, depois disso, trocamos francamente nossas opiniões a respeito do mural intitulado "Luta pela liberdade" que Pabblem propusera recentemente para o pátio principal da escola. (Bangs achava que era algo bastante controverso, mas podia ser divertido.) Então a garçonete chegou e nós pedimos nossos pratos. Houve um momento ansioso de calmaria entre pedir e receber a comida, mas, felizmente, lembrei de perguntar a Bangs sobre os novos livros de matemática que tinham chegado há pouco. Este se mostrou um assunto fértil para a discussão, e sua opinião acerca dos novos livros nos fez passar pela entrada e pelo prato principal. As coisas foram tão bem, na verdade, que quando a garçonete veio nos perguntar se queríamos mais alguma coisa, Bangs sorriu calorosamente e sugeriu que pulássemos a sobremesa e fôssemos ao seu apartamento para um café. Hesitei só por um instante.

— Claro — eu disse. — Por que não?

Dividimos a conta. Bangs calculou de cabeça que a minha parte era de 23,45 libras mais 1,64 de gorjeta (ou 2,34, se eu quisesse "ser generosa"). Em seguida ele piscou o olho para mim e disse:

— OK, vamos lá?

Talvez o vinho tenha me deixado zonza. Talvez eu estivesse me aferrando à idéia de que as coisas iriam melhorar. Talvez eu simplesmente não suportasse a idéia de voltar para casa, com meu cabelo ainda penteado pela cabeleireira, para deitar na cama e assistir a corridas de cavalos pelo resto da tarde.

— Tudo bem — eu disse, levantando-me. — Vamos.

Sheba e eu tivemos certa vez uma discussão sobre filhos. Estávamos falando sobre a minha aposentadoria e fiz um comentário de brincadeira sobre como ela seria desoladora.

— Ah, não diga isso — disse Sheba.

Ela pareceu autenticamente aflita. Mas por algum motivo sua observação me irritou. Senti que estava sendo obrigada a me calar.

— Por que não? — perguntei. — É a verdade. Sou uma velha sem marido, poucos amigos, sem filhos. Se tivesse pelo menos uma criança...

— Ah, bobagem. — O tom de Sheba tinha uma veemência surpreendente.

— Como assim, bobagem? Você nem sabe o que eu ia dizer.

— Sei, sim. Você ia dizer que um filho teria dado significado à sua vida ou a teria feito valer a pena ou algo assim, e isso não é verdade. É um mito. Os filhos dão para você uma porção de coisas, mas não dão um significado à sua vida.

— Como não dão? Olha, quando você morrer, Ben e Polly estarão vivos. Quando eu morrer, acabou tudo, não vai restar nada.

Sheba riu.

— Você acha que os meus filhos são a minha imortalidade? Eles não são *eu*. E se a vida é sem sentido, ter filhos é só dar à luz mais falta de sentido...

— Mas eu estou *sozinha*, Sheba, você não percebe?

Ela encolheu os ombros. Confrontar uma pessoa casada com o fato irredutível de ser solteira costuma ser o trunfo para acabar com a discussão. Fiquei surpresa ao descobrir que Sheba não concordava.

— Estar sozinha não é a pior coisa do mundo — ela disse.

— Mas é engraçado, não é? — eu disse. — São sempre as pessoas que não estão sozinhas que dizem isso...

Eu estava bastante irritada a essa altura.

— Não é tão engraçado — Sheba respondeu. — Talvez elas estejam em melhor posição para julgar.

— Olha, Sheba, o único propósito indiscutível que os seres humanos têm na face da Terra é a reprodução. E eu não fiz isso. Não há como contornar esse fato.

— Propósito... É quase isso — disse Sheba. — Os filhos dão mesmo um propósito. No sentido de manter você ocupada, no sentido de alguma coisa para tirar você da cama toda manhã. Mas não é a mesma coisa que um significado.

Ri de modo bem amargo, acho. O que pensei foi: *é o tipo de distinção refinada que uma mulher casada com filhos pode se dar ao luxo de fazer.*

Mas ela estava certa. Estar sozinha não é a coisa mais terrível do mundo. Você vai a museus, cultiva seus interesses e se lembra da sorte que tem por não ser uma daquelas crianças sudanesas esquálidas com moscas voando perto da boca. Você faz listas de afazeres — arrumar armários, aprender dois sonetos. Você distribui pequenas recompensas para si mesma — fatias de bolo de sorvete, concertos em Wigmore Hall. E então, de vez em quando, você acorda, contempla da janela um outro maldito dia que começa e daí pensa: *Não posso mais continuar assim. Não consigo mais me recompor e passar as próximas quinze horas acordada escondendo o fato da minha própria condição miserável.*

Pessoas como Sheba pensam que sabem como é estar sozinha. Elas se remetem em pensamento ao momento em que terminaram um namoro, em 1975, e agüentaram um mês inteiro antes de encontrar uma pessoa nova. Ou a semana que passaram numa cidade da Baviera, quando tinham quinze anos de idade, visitando uma amiga por correspondência alemã e descobrindo que sua letra era a melhor coisa que ela tinha. Mas sobre o gotejar da solidão a longo prazo, sem fim à vista, elas não têm idéia. Não sabem o que é construir um fim de semana inteiro em torno de uma visita à lavanderia automática. Ou sentar num apartamento escuro na noite de Halloween, porque você não suporta expor sua intimidade a uma turma de crianças pedindo doces. Ou ouvir o bibliotecário sorrir com pena e dizer "Meu Deus, você é uma leitora rápida!" quando você leva de volta sete livros, todos lidos, uma semana depois de pegá-los. Elas não sabem o que é ser tão cronicamente intocada que o roçar acidental da mão de um motorista de ônibus em seu ombro manda um solavanco de desejo diretamente para a sua virilha. Eu me sentava em bancos de parque, no metrô e em carteiras escolares, sentindo o grande estoque de amor despropositado e sem uso guardado em minha barriga como uma pedra, até ter certeza de que iria começar a gritar e me atirar em desespero no chão. Sobre tudo isso Sheba e seus pares não tinham a menor idéia.

— Então é isso — disse Bangs, com um pequeno floreio, enquanto abria a porta da frente de seu apartamento. — A casa do solteirão!

A sala de estar em que nos encontrávamos naquele momento tinha um cheiro forte de fritura velha. Havia uma consistência de gaze no ar. Um velho pufe amarelo e uma cadeira de metal barata ficavam no centro da sala, de frente para a televisão e uma prateleira cheia de fitas de vídeo. Esses quatro itens — pufe, cadeira, tevê e prateleira — constituíam a soma total dos móveis da sala.

— Não é grande coisa, mas é o lar — Bangs disse num tom brincalhão, tirando sua jaqueta e a pendurando com cuidado na cadeira.

— Eu posso usar o banheiro? — perguntei.

Para chegar ao banheiro de Bangs, tive que passar pelo seu quarto. Ali, o cheiro de gordura dava lugar a outro, igualmente forte, de gente — um tipo de ar parado de umidade hormonal. Quando eu costumava visitar meu pai, depois da morte de minha mãe, seu pijama sem lavar tinha um odor similar. Bangs não possuía propriamente uma cama, apenas um colchão sobre o piso e um edredom de aparência bem gasta, coberto por uma colcha de uma feiúra quase sinistra: octógonos azuis, rabiscos de cor mostarda. Tive uma breve visão de Bangs comprando essa colcha — parado, sem a menor idéia do que fazer, no setor de cama e mesa da John Lewis, enquanto uma vendedora mal-humorada com um coque de esponja de aço e um enorme sutiã de armação lhe assegurava que se tratava de uma escolha muito "masculina".

No banheiro de Bangs, ele ou talvez algum antigo morador do apartamento, tinha coberto a tampa do vaso com uma capa peluda, cor de laranja e suja, horrivelmente úmida ao toque. A pia tinha manchas verdes de água embaixo das torneiras, e, enfiado na banheira, havia um cabideiro cheio de meias e cuecas penduradas para secar. Ao lado desta, havia uma pequena bancada de plástico. Ali, arrumados com uma simetria comovente, estavam os artigos de toalete de Bangs. Uma barra de sabonete Imperial Leather. Uma garrafinha de spray para cabelo Silvikrin. Um tubo de uma coisa chamada Krazy Hair. E um conjunto de toalete bem antigo, de plástico vermelho desbotado, em que cada item trazia gravadas as palavras *The Burgundy Collection*. É realmente bizarro que o fato de uma mulher ficar solteira seja considerado o mais patético dos destinos, quando os homens solteiros é que estão completamente despreparados para uma vida sem esposa.

Ao voltar para a sala, fiz o possível para não parecer chocada, mas talvez o meu rosto revelasse alguma coisa porque Bangs, que estava fazendo café na sua cozinha, riu nervosamente e disse:

— Encontrou tudo o que precisava?

Eu balancei afirmativamente a cabeça e me sentei na cadeira.

— Posso fumar aqui?

Para meu espanto, Bangs, que vinha trazendo as xícaras de café, fez uma careta.

— Ah — ele disse num tom de quem está fazendo uma grande concessão. — Tudo bem. — Como se a fumaça do cigarro pudesse fazer outra coisa que não melhorar a sua casa fedorenta. Ele voltou para a cozinha para pegar um pires para servir de cinzeiro.

Eu notei quando abri o maço que estava ficando sem cigarros. Prometi a mim mesma racionar os restantes cuidadosamente.

— Então — Bangs disse, entragando-me o café e sentando-se em frente a mim — diga-me, o que você gosta de fazer com o seu tempo livre?

Eu ofereci a ele uma lista de atividades em que tinha me engajado nos últimos cinco anos. Ler, caminhar, ouvir música. E então, como ele parecia estar esperando mais, acrescentei nadar.

Assim que eu disse isso, ele se animou.

— É mesmo? Isso é ótimo. Onde você nada? Aqui por perto? Fabuloso.

A última vez que nadei era adolescente. Para falar a verdade eu nem tenho maiô. Mas não contava que Bangs fosse prestar atenção na minha resposta. Eu achei que só tinha feito a pergunta como uma desculpa polida para poder falar sobre o tempo livre *dele*.

— Bem, para dizer a verdade, não nado com muita freqüência...

— Você costuma ir junto com Sheba? — Bangs perguntou.

— Não...

— Ela vai de biquíni? Porque vou dizer uma coisa, ela deve chamar muita atenção de biquíni...

Ele começou a rir como se tivesse dito algo muito espirituoso.

— Eu vou nadar sozinha — eu disse asperamente, insistindo estranhamente na minha mentira.

Houve um silêncio um tanto longo, e então eu disse:

— E quanto a você, Brian? Você tem algum hobby?

O sorriso que tinha ficado estampado em seu rosto desapareceu.

— Ah, sim, diferentes coisas. Sou louco por futebol, é claro. Nunca perco uma partida do Arsenal. E gosto de comédias.

Eu balancei a cabeça. Era inútil. Totalmente inútil.

— Ah, e sou completamente louco por *Seinfeld* — ele disse.

Eu tornei a balançar a cabeça.

— *Seinfeld*? Você conhece? O seriado cômico americano? — Ele fez um gesto na direção da estante. — Está vendo todas aquelas fitas? A maioria é de *Seinfeld*. Eu sou um grande fã. É fantástico, não é um daqueles seriados americanos chatos e piegas. Todos os episódios giram em torno das coisas bobas do dia-a-dia que deixam a gente maluco... — Sua voz alta e esganiçada falhou.

Eu olhei para o relógio.

— Nossa... — eu disse, apagando o cigarro.

Bangs inclinou-se para a frente com uma urgência súbita.

— Posso contar-lhe uma coisa, Barbara? Você promete guardar segredo?

— Bem, acho que sim — eu disse.

— Não, você tem que prometer mesmo.

Eu tirei outro cigarro.

— Está bem, prometo.

A vida inteira eu fui o tipo de pessoa em quem as pessoas confiam. E a vida inteira senti-me envaidecida por isso — grata pela sensação de importância que se sente quando recebemos uma informação privilegiada. Nos últimos anos, entretanto, eu percebi que a minha gratificação está dando lugar a uma certa indignação. Por que, eu me vejo perguntando mentalmente aos meus confidentes, você está contando isso para *mim*? É óbvio que eu sei por quê. Eles me contam porque me consideram inofensiva. Sheba, Bangs, todos eles, me fazem suas confidências com o mesmo espírito que fariam a um castrado ou a um padre — com a idéia de que eu estou tão fora do jogo, tão afastada das coisas do mundo, que não represento nenhuma ameaça. O número de segredos que ouço está na proporção inversa do número de segredos que as pessoas esperam que eu possua. E esta é a verdadeira causa do meu aborrecimento. O fato de me contarem segredos não é — nem nunca foi — um sinal de que eu me encaixo ou importo. É justamente o contrário: a confirmação da minha irrelevância.

— A questão — Bangs disse — é que eu estou apaixonado por alguém. Alguém da escola. — Ele se levantou e começou a andar pela sala.

Eu compreendi imediatamente. Como eu não percebera antes? Mas não tentei interrompê-lo. Havia uma raiva dentro de mim que me fazia querer que ele fosse até o fim.

— Ah — eu disse.

— Pode adivinhar quem é? — perguntou. Ele deu um sorriso coquete. Se ele tivesse um leque, o teria aberto.

— Ummmm... — Eu olhei para o teto, piscando os olhos. Fingindo pensar. — Por mim?

Ele ficou perplexo.

— Tente não mostrar tanta repulsa, Brian — eu disse.

Ele riu.

— Ah, você é terrível. Não foi essa a minha intenção. Aliás, eu acho você uma senhora muito atraente. Deve ter sido muito bonita quando jovem.

Eu olhei pela janela, para as árvores enfileiradas na calçada. Elas estavam curvadas ao vento. Enquanto contemplava as árvores, eu estava pensando que dentro de poucos segundos Bangs iria entender o quanto havia sido grosseiro e aí eu teria que observar a vergonha estampada em seu rosto. Mas o momento passou. As árvores do lado de fora continuaram a se exercitar.

— E aí? — Bangs disse. — Quer que eu conte?

— Vá em frente.

— Não ria, está bem?, mas a pessoa por quem estou apaixonado é Sheba. — Ele parou, esperando uma reação. Eu não ofereci nenhuma. — Honestamente, Barbara, eu estou louco por ela — ele continuou após alguns segundos. — Eu sei que ela é casada e tudo, mas não consigo tirá-la da...

— Brian — eu o interrompi. — Você me diz isto como se fosse uma novidade e não algo que, há meses, é óbvio para toda a equipe. Não existe um só de seus colegas que não tenha percebido a sua "paixão", como você diz.

— O quê? — Bangs disse. Ele estava em pé bem na minha frente agora. Seu rosto ficando vermelho — o rubor manchando suas faces, avermelhando suas orelhas, deixando roxa a erupção provocada pela lâmina de barbear.

— Sim — eu disse. — O fato é, Brian, que você tem feito papel de bobo. Nós todos temos dado boas risadas com o seu comportamento. É incrível que não tenha notado...

— Está bem — Bangs disse com uma voz tensa. — Não continue.

— Não fique zangado — eu disse. — Eu sou apenas a mensageira...

— Está bem! Cale a boca! — ele gritou. — Você pode calar a boca? — Ele deu um passo na minha direção. Eu pude ver as gotas de suor em seu nariz. — Sheba gosta de mim — ele disse baixinho. — Eu sei que gosta.

Há certas pessoas nas quais podemos detectar as sementes da loucura — que só permaneceram adormecidas porque as pessoas em questão tiveram uma vida relativamente confortável, de classe média. Elas funcionam perfeitamente bem no mundo, mas dá para imaginar que se tivessem tido pais cruéis ou um período prolongado de desemprego, seu potencial para a loucura poderia ter-se realizado — suas sementes poderiam ter-se transformado em pequenos brotos verdes de esquisitice, ou mesmo, com o tipo adequado de antiadubo, florescido em completa loucura. Ocorreu-me agora, ao vê-lo desabar na cadeira, que Bangs era uma dessas pessoas.

Esta percepção, por si só, deveria ter me impedido de dizer o que disse em seguida. Mas não foi assim.

— Ah, Brian — eu disse docemente. — Não me diga que você teve esperança de ser correspondido? Isso é tão *meigo*, Brian...

Bangs tapou os ouvidos como se fosse um menino.

— Cale a boca! — ele exclamou. — Eu sei que ela é casada. Eu pensei...

— Bem... Mas não é *só* porque ela é casada. Quer dizer, a verdade, Brian, é que você não faz o tipo dela.

— Ah, nisso você está enganada — ele disse, sacudindo a cabeça confiantemente. —Sheba não é esnobe. Ela conversa com todo mundo.

— Eu não estava me referindo à classe social, Brian. Não é por você não ser suficientemente grã-fino...

— O que é, então? O que você quer dizer?

— É só... Ah, nada — Eu dei uma risadinha.

— *O que é?*

— Bem, é mais uma questão de idade. Sheba gosta de homens mais jovens, você sabe. De homens *bem* mais jovens. — Eu fiz uma pausa. — Quer dizer, você *sabe* do seu relacionamento um tanto *íntimo* com um dos meninos do segundo ano?

O rosto de Bangs pareceu inchar antes de murchar totalmente.

— *Não* — ele murmurou.

A oportunidade é tudo, não é mesmo? Eu quase não fui até o apartamento de Bangs e, quando fui, quase saí antes de dizer alguma coisa prejudicial. Tenho a impressão de que uma grande parte do vício — e da virtude, aliás — é uma questão de circunstância. É bem possível que se os meus cigarros tivessem acabado mais cedo, ou se Bangs não tivesse sido tão abjeto, Sheba jamais tivesse sido delatada. A maldade sempre aparece, minha mãe costumava dizer, mas acho que ela estava enganada. A maldade pode ficar oculta, cuidando da sua vida por toda a eternidade, se a situação certa não surgir.

Depois que saí do apartamento de Bangs, fiquei parada na rua, tentando controlar-me. Eu queria ir para casa — enfiar-me debaixo dos cobertores, esquecer do que tinha acabado de fazer. Mas então me lembrei de Portia. Pobre Portia! Fui buscar o carro e dirigi numa velocidade perigosa até o veterinário.

— Ela não está nada bem — o veterinário disse assim que entrei em seu consultório. — A radiação não parece ter sido tão eficaz quanto esperávamos. — Ele me olhou com a superioridade indiferente que as autoridades médicas costumam adotar para dar más notícias. — Ela está bem doente.

— Mas o senhor disse que ela ia viver mais do que eu... — murmurei. Eu tive uma esperança infantil de conseguir que ele retornasse ao seu prognóstico anterior, mais otimista.

— Bem, essas coisas não são fáceis de prever — ele disse defensivamente.

— O senhor pode operar? — perguntei. — Quanto tempo ela tem? — (Com que facilidade nós adotamos o jargão do melodrama hospitalar!)

O veterinário fez uma careta.

— Não, não adianta operar. As radiografias mostram que o tumor está muito grande. Num ser humano, você pode cortar um pedaço do intestino e fazer uma colostomia, mas isso obviamente não se aplicaria a ela.

— Gatos não podem usar bolsas de colostomia — eu disse tolamente.

— Isso mesmo — o veterinário disse. Ele estava parado de um jeito esquisito, pouco natural. Provavelmente achou que eu ia fazer uma cena. — Então... — ele continuou após uma pequena pausa. — A questão é, o que a senhora quer fazer?

— Eu não sei. Ela está sofrendo muito?

— Nesta altura, sim, eu diria que está sofrendo bastante.

Nós dois olhamos para Portia. O peito dela estava subindo e descendo como o da Bela Adormecida que havia no museu de Madame Tussaud. — O senhor acha... que podia dar alguma coisa para ela? — perguntei. — Para a dor?

— Sim, é possível. Eu...Olha, posso dar alguma coisa mas tenho que ser sincero com a senhora, não acho que uma medicação seja a solução a longo prazo aqui. Para acabar de vez com a dor, provavelmente vamos ter que drogá-la de tal maneira que ela ficaria em estado de quase coma.

— Entendo. — Eu percebi que ia mesmo chorar, afinal. Então o senhor... o senhor me aconselharia a colocá-la para dormir agora mesmo?

— Bem... — A porta abriu e a assistente do veterinário pôs a cabeça para dentro. Portia se mexeu um pouco ao ouvir o barulho. — Dê-nos um minuto — o veterinário disse, e a assistente, lançando-me um olhar respeitoso, tornou a sair. Ele deve ter contado a ela.

Houve uma pausa.

— Eu compreendo — eu disse. — Não seria justo mantê-la aqui. Eu sei disso. Só estou pensando... a questão é que não quero simplesmente, sabe... sacrificá-la agora. Será que eu poderia levá-la para passar a noite em casa? Para me despedir dela? O senhor poderia dar algo para acalmá-la e eu a traria de volta amanhã. Assim está bem?

Ele concordou, aliviado. A velha chata não ia fazer escândalo.

— Está bem assim — ele disse. — Enquanto isso, vou dar mais morfina para ela. Isso vai deixá-la mais confortável. — Ele apertou uma campainha e a assistente voltou.

Enquanto os dois preparavam a injeção, eu pensei em algo que Sheba tinha me dito uma vez sobre levar os filhos para tomar vacina. Eles ficavam distraídos até o último momento, ela disse, e então, quando a agulha espetava sua pele, uma expressão terrível de surpresa e acusação tomava conta de seus rostos. "Uma expressão muito adulta. Como se estivessem dizendo '*Até tu, mamãe?*'" Portia não foi capaz deste tipo de recriminação. Ela mal se mexeu quando a agulha entrou. E quando eu a ergui para colocá-la na gaiola, não esboçou qualquer resistência; apenas miou baixinho e se deixou colocar lá dentro.

No caminho de volta para casa, eu comprei algumas salsichas e meio litro de creme no supermercado, e quando cheguei em casa preparei uma cama com almofadas e cobertores na cozinha para Portia deitar confortavelmente enquanto eu cozinhava. Cortei as salsichas em pedacinhos e depois fritei-as na manteiga — uma velha iguaria. Mas tudo isso foi mais para meu próprio benefício do que de Portia. Era óbvio que ela não estava em condições de comer uma última refeição extravagante. Quando coloquei as salsichas diante dela, permaneceu imóvel, olhando inexpressivamente para elas. Fiquei observando um pouco, depois me inclinei e a peguei no colo. Ela emitiu um murmúrio de aborrecimento, mas não resistiu. Eu a levei para o quarto e tentei sentar-me de pernas cruzadas na cama com ela no colo. Não ficou satisfeita com isso, então deixei que se ajeitasse na colcha e depois deitei-me ao lado dela, acariciando-a de leve sob o queixo. Suas pálpebras baixaram, mas não se fecharam totalmente — sua expressão costumeira de prazer — e logo ela começou a ronronar.

Então, finalmente, eu chorei. Embora as minhas lágrimas não fossem apenas por Portia, porque o pranto — mesmo por simples animais — nunca é a coisa focada e pura que pretendemos que seja. Depois que as engrenagens da dor foram postas em ação, ela começou a percorrer, como costuma acontecer com a dor, o território populoso dos meus outros descontentamentos e arrependimentos. Eu chorei de culpa e remorso por não ter sido uma dona melhor e mais carinhosa. (Por todas as vezes que esfreguei o focinho de Portia no seu cocô quando ela não usou a caixa de areia.) Chorei porque tinha infligido um golpe certamente fatal na minha amizade com Sheba. Chorei porque tinha estado desesperada a ponto de pensar numa ligação com um homem ridículo que colecionava jaquetas de beisebol e até ele tinha me rejeitado. Chorei porque eu era o tipo de mulher de quem as garotas do salão de cabeleireiro riam. Chorei, finalmente, pela indignidade do meu choro; pela completa estupidez de ser uma solteirona choramingando no seu quarto num sábado à noite.

Isto não demorou muito. Após cinco minutos, a consciência de si mesmo que espreita o sofredor solitário me atingiu. Eu comecei a observar o ritmo dos meus soluços e os vestígios úmidos que as minhas lágrimas haviam deixado no pêlo de Portia. Logo em seguida, a dedicação à minha própria infelicidade começou a diminuir e eu não consegui mais manter o foco. Por fim, liguei a televisão e por meia hora, antes de adormecer, assisti ao noticiário noturno de olhos bem secos.

Catorze

Nos dias que se seguiram ao almoço, eu revi inúmeras vezes o que havia dito a Bangs, tentando calcular as chances de ele passar adiante a informação. Na tarde em que enterrei Portia, voltei ao meu apartamento e escrevi pelo menos três confissões para Sheba, sendo que todas elas terminaram queimadas na pia da cozinha. Minha depressão voltou, revigorada pela culpa. Eu fui tomada de pequenos achaques. À noite, quando me deitava, minha perna direita tremia incontrolavelmente durante horas, dificultando enormemente o meu sono. Passei a ter uma dor de cabeça fraca mas constante. Logo depois que cheguei a Eastbourne para os feriados de Natal, desenvolvi uma alergia que deixou o meu queixo cheio de placas vermelhas e minhas unhas dos pés foram infectadas por fungos. Obviamente, tudo isso foi uma reação psicossomática ao estresse. Mas, na época, eu fiquei convencida de que eram o preço do pecado; um castigo pela minha traição a Sheba. Esta interpretação supersticiosa foi reforçada pelo fato de que nenhum remédio recomendado pelo farmacêutico local produziu qualquer efeito nas minhas doenças. No dia de Natal, uma das minhas unhas escurecidas caiu e eu chorei histericamente no banheiro do andar de baixo da casa de Marje, convencida de que estava com lepra.

Polly fugiu de casa no dia seguinte ao Natal. Eu ainda estava na casa da minha irmã na época e só ouvi a mensagem de Sheba quando voltei a Londres no dia seguinte. Assim que ouvi sua voz dizendo "Estamos vivendo uma crise aqui", imaginei o pior. Foi um certo alívio, confesso, descobrir logo em seguida que Polly tinha sumido. Liguei de volta imediatamente.

— Ah, Barbara — Sheba disse quando atendeu o telefone. — Sinto muito ter assustado você. Está tudo bem. Polly foi encontrada. A boba fugiu para a casa da avó. Eu estou indo de avião para a Escócia amanhã, para buscá-la.

Ela disse que ia sozinha. Richard ficaria em Londres para cuidar de Ben. Eu perguntei se queria que eu a acompanhasse e a princípio ela recusou. Ela não costumava impor a companhia da mãe aos amigos, a menos que fosse absolutamente necessário, ela disse. Mas então nós conversamos mais um pouco e ela começou a mudar de idéia. Seria agradável ter companhia, refletiu. E, é claro, seria muito útil poder usar o meu carro. Eu não me importava mesmo? Não, não, é claro que eu não me importava.

Quando fui apanhá-la em casa de manhã, estava abatida e com os olhos inchados. Na rua, antes de entrarmos no carro, eu parei e segurei sua mão. — Sinto muito mesmo — eu disse.

Ela sacudiu a cabeça. — Ah, vai dar tudo certo. Ela só está confusa. Daqui a dez anos, vamos nos lembrar disto como uma fase.

— Não, não estou me referindo a Polly — eu disse. — Estou me referindo ao que aconteceu entre nós. No seu porão. Acho que eu estava nervosa por causa de Portia.

— Ah, isso — ela disse. — Esqueça. Como está o seu quadril?

— Ótimo. Mas... Eu apertei o nariz, tentando conter as lágrimas. — Bem, Portia morreu, sabe. Eu fui obrigada a mandar sacrificá-la pouco antes do Natal.

— Ah, Barbara! — Ela segurou minhas mãos, como se fosse me puxar e me abraçar.

— Sim, é muito triste — eu disse, mantendo-a a distância. — Mas é isso.

— Sinto muito, Barbara.

— Vamos. — Eu abri a porta do carro. — Vamos embora.

Eu tinha ido com a intenção de contar a ela sobre Bangs. Sabia que isto precisava ser feito. Mas, sentada no carro, senti a coragem me abandonar. A perspectiva de enfrentar a raiva dela me enfraqueceu. Como eu iria começar? *Tem uma coisa que preciso contar para você, Sheba...* Eu não podia.

— O que houve com o seu queixo? — Sheba perguntou, enquanto seguíamos pelo oeste de Londres. Ela se inclinou para examinar a minha erupção. — É uma reação alérgica a alguma coisa?

— Não, não — murmurei, afastando-a. — Eu estou enfraquecida, só isso.

— Meu Deus, sei como você se sente. Eu estou *exausta*.

Concordei com a cabeça.

— Você deve ter ficado morta de preocupação.

— Fiquei, sim — Sheba disse. Ela fez uma pausa. — Mas é verdade que fiquei acordada até muito tarde na noite passada com Steve. — Ela deu uma risada marota.

— Ah — eu disse.

— Acho que fiz uma coisa muito perigosa — continuou. — Eu o pus para dentro de casa depois que Richard e Ben estavam dormindo. Ficamos juntos no porão durante uma hora.

Eu olhei para ela, menos espantada pelo risco que ela havia corrido do que pela evidente satisfação com que reportou o fato.

— Steven estava usando um suéter horroroso que os pais deram a ele de Natal — continuou alegremente. — Azul-claro. Decote em V. *Horrível*...

— Por favor, Sheba — eu disse. — Será que podemos conversar sobre outra coisa?

Ela deu de ombros.

— Tudo bem.

— Eu não quero ser...

— Não, não. Eu compreendo. Não vou mais falar nele.

Ela olhou pela janela.

— Sabe — eu disse pouco depois —, outro dia eu almocei com Bangs.

— Foi? — Sheba olhou para mim. — Quando?

— Um sábado antes do final do semestre. Ele...

— No *fim de semana?* Barbara!

Eu fiquei vermelha.

— Não, bem, ele...

— Isso é *fantástico*, Barbara! Você se divertiu?

— Não foi desse jeito. Foi só uma coisa casual.

— Você é mesmo *sonsa*. Por isso é que não tenho tido notícias de você ultimamente!

Eu dei um tapa no volante, irritada. — Pelo amor de Deus, Sheba, nada de gracinhas. Eu não estou tão desesperada assim, a ponto de considerar Bangs um namorado em potencial.

— Ah, bom.

— Não, eu só estou falando nisso porque... — eu fiz uma pausa. Ela estava meio virada no banco, olhando-me atentamente. — A questão é que eu tive a impressão de que Bangs sabe sobre você e Connolly. — Eu não tinha planejado esta evasão de última hora. Eu mesma fiquei surpresa com ela. Mas enquanto eu dizia a mim mesma para voltar e corrigir a mentira, Sheba estava arregalando os olhos e abrindo a boca de espanto.

— O quê? Não! Como ele pode saber? — murmurou.

Conte a verdade a ela, eu disse a mim mesma. *Diga o que você fez.*

Mas ela já estava falando de novo, com uma voz angustiada e medrosa.

— O que você quer dizer com "tive a impressão"? Ele *disse* que sabia?

— Eu... Eu não sei se ele sabe nem exatamente o que ele sabe — eu disse — mas insinuou saber alguma coisa. —*Agora é tarde demais. Não posso voltar atrás.*

— Como assim, insinuou? O que foi que ele disse? Conte-me. — Sheba encostou a mão na testa e a manteve lá. Mesmo sem querer, eu estava um tanto satisfeita por ela estar tão apavorada.

— Bem, ele disse algo sobre "a nossa amiga em comum" estar tendo "um relacionamento estranho" com um dos alunos.

— Droga! Ele estava mesmo se referindo a mim?

— A quem mais poderia estar se referindo?

— Por que você não me contou isso antes? O que foi que você disse?

— Ah, eu banquei a boba, é claro. Disse que não sabia do que ele estava falando.

— Conte-me *exatamente* o que ele disse. Como foi que o assunto surgiu?

— Eu não sei reproduzir o diálogo palavra por palavra, Sheba. Nós estávamos almoçando e conversando sobre a escola de forma geral e então ele disse algo do tipo "Tenho notado que a nossa amiga em comum parece ser muito chegada a um dos alunos".

— Ele disse "chegada"? Ou "relacionamento estranho"? Qual deles? Não posso acreditar que você não tenha me contado isso antes, Barbara.

— Ahn, as duas coisas, eu acho. Ele disse "chegada" e então eu disse "Do que você está falando?" e daí ele disse "Bem, nossa amiga está tendo um relacionamento um tanto estranho com um dos alunos do segundo ano". Algo neste gênero.

— Como era o tom de voz dele? Ele pareceu estar desaprovando?

— Bem, ele não pareceu encantado com isso.

— Ó Deus. Ó *Cristo*. Você teve a impressão de que ele tinha provas? Ou era apenas um palpite?

— Não sei dizer, Sheba. Ele parecia ter muita certeza. Olha, não contei a você até agora porque não quis preocupá-la.

— Preocupar-me! O que deu em você?

— Eu queria que você tivesse um Natal feliz...

— Puxa, Barbara. Que *merda*. Isto é muito ruim.

— Eu sei.

— Como *foi* que ele descobriu? Você acha que vai contar?

— Não sei. Ele não disse que ia. Mas Sheba, acho que você deve pensar em pôr um ponto final nisso.

Sheba apertou os olhos. — Maldito Bangs — ela disse.

O vôo para a Escócia estava cheio de gente indo passar o ano-novo em casa e a atmosfera a bordo era festiva. Nós tivemos que esperar meia hora na pista, e durante este tempo diversos passageiros abriram garrafas de uísque e começaram a cantar. Atrás das cortinas da tripulação, até mesmo as comissárias de bordo bebericavam disfarçadamente em copos de papel. Sheba, visivelmente agitada pela notícia que acabara de receber, achou a alegria geral irritante. Quando o comandante apareceu para explicar a demora e agradecer à nossa paciência, ela se virou para mim e disse com uma veemência pouco característica: "Por que ele está me agradecendo? Eu *não* estou sendo paciente."

Logo depois que o avião decolou, uma comissária veio com o carrinho, oferecendo sanduíches e bebidas. "Carne ou queijo?", ela perguntou a Sheba. Sheba questionou a identidade da carne: "É carne de boi?", mas a comissária apenas suspirou. "Vai ser queijo, então", disse e atirou um pacote triangular, de plástico, na mesinha de Sheba. "Ela está bêbada", Sheba sussurrou indignada quando a mulher se afastou.

Nós tomamos um táxi de Edimburgo para Peebles. Isto foi uma extravagância, mas Sheba disse que o trem ia demorar muito. Ela estava com pressa de voltar a Londres e falar com Connolly. No táxi, eu tentei distraí-la fazendo perguntas sobre sua mãe. A princípio ela não estava muito disposta a falar sobre isso, mas depois de alguma insistência, se animou com o assunto.

O relacionamento dela com a mãe nunca tinha sido bom, disse. Eddie era o filho favorito. Ela sempre tivera a sensação de ser um fracasso.

— Eu não fui para Oxford e em seguida estraguei mesmo tudo *casando-me* com alguém que não estudou em Oxford. Mamãe sempre se referiu a Richard num tom de comiseração, como se fosse de conhecimento geral que na "grande corrida do ovo-na-colher atrás de um marido", ele não passasse de um terceiro prêmio. Mamãe é uma esnobe intelectual. Muitas mulheres de acadêmicos o são, mas no caso de mamãe, isto é particularmente patético. Ela não tem motivo algum para ser esnobe. Sua única realização como adulta foi ter organizado passeios para crianças no "Norte Histórico de Londres" no início dos anos 70. E mesmo assim, foi sua amiga Yolande quem fez quase toda a pesquisa. — Nós duas rimos disso.

— O problema é que mamãe tem pena de qualquer pessoa que não tenha se casado com Ronald Taylor — Sheba prosseguiu. — Quando papai era vivo, ela cismava que Richard era um grande admirador dele. Fazia questão de manter Richard à distância, como se, caso baixasse a guarda por um instante, ele iria correndo pedir um autógrafo a papai ou algo semelhante. Era uma loucura. Richard odeia economia e nunca deu a mínima para o papai. Mas você não podia dizer isso para mamãe. Sempre que papai contava uma anedota, ela pousava a mão com força no joelho de Richard, como que para consolá-lo pela tremenda infelicidade de não ser o Santo Ronald.

— Você acha — eu perguntei a Sheba — que sua mãe vai me aprovar?

— O quê? — Sheba me olhou espantada. — Ah, não se preocupe com isso. Ela mal vai notar você. Vai estar ocupada demais me criticando.

O "pequeno chalé" da Sra. Taylor nos arredores de Peebles era na verdade uma mansão georgiana com um hectare de quintal. Sheba e eu estávamos paradas na entrada, tirando as malas do carro, quando a Sra. Taylor apareceu na porta.

— Ah, achei que tinha ouvido você chegar — ela disse. — Entre! Acabei de fazer um chá. — Ela estava usando um suéter disforme e calças de esqui deformadas nos joelhos. Seu rosto pontudo era emoldurado por um penteado à Joana D'Arc.

— Esta é Barbara, minha colega de trabalho — Sheba disse.

A Sra. Taylor cumprimentou-me friamente. Seus olhos eram grandes e fixos.

— Olá — ela murmurou.

Nós carregamos as malas pela escada e entramos no hall.

— A viagem foi muito ruim? — a Sra. Taylor perguntou.

Sheba deu de ombros.

— Não, não foi tão má — respondeu, olhando para as botas de Polly, que estavam embaixo do cabideiro.

— Ela está lá em cima, no quarto dela — a Sra. Taylor disse, acompanhando o olhar de Sheba.

— E qual é o quarto dela? — Sheba pareceu um tanto surpresa ao saber que Polly tinha sido agraciada com um quarto.

— O sótão — sua mãe disse. — Eu forrei as paredes com um xadrez maravilhoso. Assim que Polly o viu, disse que era lá que queria ficar.

— O que ela está fazendo? — Sheba perguntou.

— Dormindo — a Sra. Taylor disse. — Meu Deus, como ela dorme! Eu já tinha esquecido o fenômeno impressionante que é o torpor adolescente.

Sheba fez uma careta.

— Ela nunca me deixou dormir às três da tarde — ela cochichou enquanto a mãe se afastava pelo corredor.

— Agora, querida — a Sra. Taylor estava dizendo — deixe-me dar-lhe uma xícara de chá e nós podemos ter uma boa conversa antes que Polly acorde. — Ela nos levou até a sala — um lugar frio e um tanto deprimente com tapeçarias nas paredes. Havia algumas boas peças antigas de mobília, inclusive um lindo armário, mas o resto parecia ter sido comprado em lojas de artigos para escritório. A Sra. Taylor avançou subitamente na direção da filha e deu um puxão, um tanto hostil, em sua cintura. — Este cinto é novo? — ela perguntou.

— É — Sheba disse. — Comprei numa loja perto de casa. É bonito, não?

— Hmmm — a Sra. Taylor disse. — Você está sem combinação outra vez. Vai ter que pegar emprestada uma das minhas se formos sair. Não quero você assustando o Clem no correio. Agora sente-se, querida, e deixe-me servir-lhe um chá.

— O cinto deixou-a de mau humor — Sheba cochichou quando a mãe saiu. — Mamãe nunca compra roupas novas. Ela acha vulgar a pessoa ligar para essas coisas. Quando eu era adolescente e comecei a me interessar por maquiagem e coisas assim, ela me torturava. Até se eu tomasse mais de um banho por dia, isso era um problema. Excesso de higiene, segundo ela, é coisa de classe média baixa...

— Foi uma pena você não ter podido vir passar o Natal aqui este ano — a Sra. Taylor falou da cozinha. — Nós nos divertimos *tanto*.

— Foi mesmo? — Sheba respondeu. Ela revirou os olhos para mim.

Eddie e a família dele sempre passam o Natal em Peebles, mas faz cinco anos que Sheba não vai. A desculpa dela é que Richard precisa passar o Natal com as filhas. (Marcia e as meninas fazem a ceia de Natal na casa de Richard e Sheba.) Mas isto é apenas uma desculpa. A verdade, segundo ela, é que o Natal é um feriado importante demais para ser estragado pela mãe.

Houve uma longa pausa durante a qual nós ficamos ouvindo a Sra. Taylor mexendo nas xícaras.

— Você não quer comer nada, quer? — ela perguntou após alguns instantes. O tom dela era desencorajador, um tanto enojado.

— Não, obrigada, mãe — Sheba respondeu. Ela se virou para mim. — Você quer alguma coisa, Barbara?

— Não, não. Estou bem...

— Não tenho muita coisa em casa — sua mãe continuou. — Mas se você quiser algo, ainda tenho um pouco de peru frio.

— Não, não — Sheba disse. — Não estamos com fome.

Houve outra longa pausa. Então Sheba gritou para a mãe.

— Mãe, eu só quero dizer que estou realmente agradecida por você estar sendo tão legal em relação a tudo isso.

— Que bobagem. — A Sra. Taylor apareceu, carregando uma bandeja. — Eu adoro ter Polly aqui. E sei muito bem como é difícil quando um filho decide que odeia a gente.

Sheba cruzou os braços. — Eu não sabia que Polly me odiava.

A Sra. Taylor pousou a bandeja na mesa.

— Ah, querida, não fique melindrada — ela disse. — Coma um biscoito. Você não é a pessoa *favorita* dela neste momento, isto está muito claro. Polly está passando por uma crise típica da adolescência. Você não deve encarar isto como uma ofensa pessoal. — Ela sorriu, revelando seus dentes um tanto assustadores, tumulares.

Sheba mordeu um biscoito furiosamente.

— Então, você já conhecia esta parte do mundo? — A Sra. Taylor perguntou, dirigindo-se a mim.

— Bem — eu disse —, passei algum tempo em Dumfries...

— Sei.

— Mas não... não conheço a Escócia muito bem.

Houve uma pausa desagradável. — E você tem filhos? — ela perguntou.

— Não. Não tenho.

— Ah.

— Tenho um sobrinho e uma sobrinha.

A Sra. Taylor estudou-me em silêncio por um momento e então virou-se abruptamente para a filha.

— Ouvi dizer que o tempo em Londres tem andado horrível — ela disse.

— É, sim — Sheba disse. — Chuva de granizo e tudo o mais. Na verdade, eu gosto bastante.

— Ah! — A Sra. Taylor apertou os lábios como que para indicar que achava que Sheba estava sendo perversa, mas que se recusava a aceitar qualquer provocação.

— Mas Richard deve achar muito opressivo — ela disse, ainda na esperança de achar alguém que estivesse infeliz com o tempo. — *Pobre* Richard, fechado naquele escritório. Como vai indo o livro?

— Ah, Richard vai bem — Sheba disse. — Está dando um tempo no livro neste momento, para escrever um ensaio para uma conferência. Ele comprou um aquecedor portátil para o escritório, de modo que está felicíssimo.

— Minha nossa. Que luxo! — (Segundo Sheba, um dos temas favoritos da Sra. Taylor sempre foi a extravagância inexplicável do estilo de vida da filha e do genro.) — E como vai o Ben?

— Está ótimo — Sheba disse. Eu pude ver que ela ficara furiosa com o comentário acerca do aquecedor. — Ele tem uma... — Ela evidentemente resolveu não contar à mãe sobre a namorada de Ben. — ... um monte de coisas para fazer no momento. Está em ótima forma. — Ela ergueu o corpo. — Olha, você não acha que está na hora de acordar a Polly? De dizer a ela que estou aqui?

— Não, meu bem, não faça isso — a Sra. Taylor disse. — Ela vai ficar horrivelmente mal-humorada se você a acordar.

Sheba tornou a relaxar na cadeira.

— Ela vai ficar de mau humor não importa o que eu fizer — resmungou.

A mãe dela inclinou a cabeça de lado e disse:

— Calma, calma.

Sheba comeu outro biscoito. E depois outro.

Em seguida, sua mãe disse — Você sabia que ela acha que você está tendo um caso?

Algumas pessoas vivem constantemente com medo de ter os seus segredos revelados; outras têm uma espécie de certeza arrogante de que tudo o que quiserem que permaneça secreto vai permanecer assim. Sheba pertence ao segundo grupo. Ela ficou perplexa — enraivecida até, eu acho — com o fato de a filha ter conseguido saber mais sobre ela do que estava disposta a contar.

— E por que cargas d'água ela acha isso? — perguntou, rindo.

Mais tarde, ela me contaria que tinha lido um artigo numa revista sobre como uma pessoa pode pegar um mentiroso observando certas expressões e gestos involuntários associados à duplicidade. Ao responder à mãe, tentou encará-la e manteve as mãos perfeitamente imóveis.

— Não sei, meu bem — sua mãe disse, olhando firme para ela. — Intuição feminina?

— Ah, pelo amor de Deus — Sheba disse. — Que ridículo. O fato é que Polly cresceu num lar muito feliz e estável. Ela obviamente acha que precisa justificar seu horrível comportamento de adolescente, então está recorrendo a uma invenção. — Parou de repente. Ao dizer a última frase, ela tinha olhado para o chão e começado a esmigalhar um biscoito sobre a toalha da mesa.

A Sra. Taylor observou o biscoito destruído em silêncio. — Ela acha que você diz a Richard que esteve trabalhando no ateliê quando não esteve — disse. Ela olhou para mim. — Desculpe, Barbara. Problemas de família. Você quer outra xícara de chá?

Sheba precipitou-se para a frente e sacudiu o dedo na cara espantada da Sra. Taylor.

— Não — ela gritou. — *Não*. Eu não vou tolerar isto, mamãe. Foi muito decente de sua parte ter acolhido Polly e estou contente por ter desenvolvido este novo interesse pelo bem-estar da sua neta, mas você não adquiriu o direito de me interrogar. Você não vai começar a bancar a conselheira familiar nesta altura do campeonato.

A Sra. Taylor fechou os olhos como se estivesse sentindo dor e sacudiu lentamente a cabeça. — Meu bem — disse quando Sheba terminou. — O que foi que deu em você? — Ela olhou para mim. — Eu lamento por isto.

— Ah, dá um tempo, mamãe — Sheba disse. — *Eu sei o que você pretende*, está bem? Eu sei que você acha que formou um elo especial com Polly. Mas posso garantir para você que Polly só veio para cá porque sabia que isso ia me deixar emputecida.

Sheba parou por um instante, como que espantada com a própria coragem.

— E eu sei que você gostaria de passar o dia inteiro aqui sentada, tentando descobrir com quem eu estou transando e servindo de pombo-correio entre mim e Polly. Mas isso não vai acontecer.

A Sra. Taylor olhava para o outro lado da sala agora. Seu rosto estava desfeito. Sheba interpretou mal a expressão dela a princípio. Disse-me mais tarde que, por um momento, acreditou que sua raiva tivesse causado um impacto — que sua mãe tivesse prestado atenção nela pela primeira vez e que alguma espécie de ruptura tivesse ocorrido. Num desses vôos malucos da imaginação, imaginou a mãe e ela finalmente pondo em pratos limpos todos os seus velhos ressentimentos: descobrindo, no outono do seu relacionamento, uma maneira nova e carinhosa de convivência. Sua mãe iria a Londres nos fins de semana. Elas visitariam galerias, almoçariam em restaurantes italianos, conversariam sobre os homens, trocariam receitas...

Então ela avistou Polly parada na porta.

— "Transando", mamãe? — Polly disse com aquele ar teatral dos adolescentes. — "Transando"? — Ela se virou e correu para cima, batendo a porta atrás de si.

— Polly, meu bem... — a Sra. Taylor chamou, levantando-se para ir atrás dela.

— Não, mamãe — Sheba disse com firmeza. — Eu vou.

Depois que ela deixou a sala, a Sra. Taylor e eu ficamos sentadas em volta da mesa, trocando sorrisos sem graça por alguns instantes. Então a Sra. Taylor se levantou.

— Acho melhor ir ver como elas estão — disse.

Eu me levantei também, mas ela me mandou sentar.

— Não, não. Você não é necessária — ela disse grosseiramente. Eu esperei por um bom tempo depois que ela saiu da sala, tamborilando na mesa. Não pude deixar de encarar os últimos acontecimentos com um certo alívio. Se a própria filha de Sheba suspeitava que ela estivesse cometendo adultério, o fato de eu ter contado a Bangs era sem dúvida uma traição menos grave do que eu havia imaginado. Quantas outras pessoas poderiam suspeitar que ela estava tendo um caso?

Após uns cinco minutos, eu ouvi uma gritaria vindo do alto da casa. Fiquei mais um tempo sentada, sem saber o que fazer, e então decidi desobedecer às ordens da Sra. Taylor e subir. À medida que avançava pelas escadas (cobertas por um carpete incrivelmente sujo), os gritos de Polly foram ficando mais compreensíveis.

— Você não liga para o papai, para mim ou para o Ben — eu ouvi. E depois: — Você tenta fingir que é boazinha e delicada. — E finalmente: — Você é uma puta!

No segundo andar da casa, eu encontrei a Sra. Taylor parada ao pé de uma escada que ia dar no sótão. Ela se virou quando me ouviu chegar e me lançou aquele seu formidável olhar arregalado.

— Francamente! — ela disse. — Você não é bem-vinda...

Não adiantava discutir com ela; eu simplesmente comecei a subir a escada. Esta era mais perigosa do que eu havia calculado. Era muito íngreme e eu estava de saia. Enquanto subia desajeitadamente, estava bem consciente da Sra. Taylor olhando zangada para a minha calcinha. Quando cheguei no alto, minha cabeça estava enfiada num quartinho de teto inclinado. Sheba estava num canto. Polly, deitada na cama no outro canto. O novo papel de parede xadrez da Sra. Taylor era de um tom lúgubre de vermelho e tudo no quarto — inclusive Sheba e Polly — estava banhado por esta luz.

— Sheba? — eu disse, espiando pelo alto da escada. — Posso fazer alguma coisa?

— Ah, a porra dessa mulher — Polly exclamou. O tom avermelhado de seu rosto dava-lhe um ar teatral. Ela parecia um demônio.

— Não ouse falar assim com uma amiga minha! — Sheba gritou. Eu fiquei envaidecida ao vê-la tão zangada por minha causa.

— Foda-se — Polly disse.

Sheba cruzou os braços. — Por favor, não fale comigo desse jeito, Polly — ela disse.

— Por que não? — Polly perguntou.

— Porque não é o que eu mereço.

— E o que você merece, então?

— Bem, para começar, um pouco de respeito.

— É?

Sheba se aproximou da cama e sentou-se. Polly afastou-se dela.

— Dá o fora! — ela gritou.

Sheba olhou para mim e sorriu.

— Sabe, Barbara — ela disse. — Acho que seria mais fácil se ficássemos a sós.

— É claro. Estarei lá embaixo se precisar de mim.

Quando cheguei no pé da escada, a Sra. Taylor me olhou triunfante.

— Eu avisei a você para não... — ela disse.

— Mamãe? — Sheba chamou do alto.

— Sim, meu bem? — a Sra. Taylor gritou.

— Você também, por favor, mamãe. Se não se importar.

— Mas, meu bem... — a Sra. Taylor respondeu.

— Por favor, mamãe. Nos dê só um minuto.

Relutantemente, a Sra. Taylor desceu atrás de mim. Ela tinha o passo de um ogro. A casa inteira vibrou enquanto descia.

No patamar do primeiro andar, parei.

— Venha, Barbara — a Sra. Taylor disse. — Vou mostrar onde vai dormir esta noite. Armei uma cama no escritório do Ronald para você.

— Acho melhor esperar aqui — eu disse.

— Não seja tola, meu bem, isto não será necessário. — Ela segurou o meu cotovelo. — Vamos.

Eu fiquei onde estava.

— Não, acho que devo ficar aqui. Por precaução.

A Sra. Taylor olhou-me com uma expressão de surpresa irritada. Ela não estava acostumada a ser desobedecida.

— Precaução de quê? — perguntou friamente.

— Ela pode precisar de mim.

— Ah — deu uma risada irônica. — Bem, Barbara, eu não acho que...

O final da frase foi interrompido pelos gritos agudos que vinham lá de cima. Era Polly. Nós duas nos precipitamos escada acima — eu na frente e a Sra. Taylor logo atrás. Quando chegamos na escada que ia dar no sótão, houve uma pequena luta para ver quem subiria primeiro. Eu venci.

No alto da escada, encontrei Sheba e Polly na mesma posição que estavam antes, só que Polly agora estava sentada na cama, com a mão no rosto. Quando me viu, ela parou um instante de gritar.

— Ela me bateu! — disse.

— Pelo amor de Deus, cala a boca, Polly! — Sheba disse.

Polly inclinou-se para a frente e tentou arranhar o rosto da mãe. Mas Sheba foi mais rápida do que ela. Agarrou os pulsos finos da filha e a manteve à distância. Por alguns momentos, as duas ficaram balançando para frente e para trás na cama, como numa brincadeira de criança.

— Parem com isso imediatamente. Todas as duas! — eu gritei, mas nenhuma me deu atenção.

Sheba, obtendo uma vantagem momentânea, empurrou Polly de costas na cama.

— Sua vaca — Polly disse, ofegante. — Eu odeio...

Antes que pudesse terminar, Sheba tornou a bater nela. Eu achei que tinha batido com uma certa força. Quando a mão dela tocou no rosto de Polly, ouviu-se um estalo alto e os gritos de Polly subiram pelo menos uma oitava.

A Sra. Taylor estava pulando para dentro do quarto.

— Sheba! — ela gritou. — Sheba! O que você fez?

Sheba olhou para a mãe sem expressão no rosto e então começou a chorar.

— Ah, que se danem! — gritou. E começou a descer a escada. Eu fui atrás dela, é claro, mas quando cheguei no patamar do segundo andar, gritou para que eu a deixasse sozinha. Então ela desceu o resto da escada e logo depois ouvi a porta da frente bater.

Fiquei parada na escada por um tempo, sem saber o que fazer. Finalmente, resolvi voltar para a sala, onde passei mais ou menos uma hora sentada no sofá, folheando exemplares antigos do *New York Review of Books*. (A Sra. Taylor nunca os lê, segundo Sheba; apenas é vaidosa demais para cancelar a assinatura do falecido marido.) Polly e a Sra. Taylor permaneceram lá em cima. Logo depois, a chuva começou a bater na janela da sala. Eu estava morta de fome a essa altura e tinha começado a desejar as sobras de peru da Sra. Taylor. Mas não quis me arriscar a ser apanhada me servindo, então fiquei onde estava e li um longo artigo sobre os Bálcãs.

Quando Sheba voltou, eu estava faminta. Corri para o hall assim que ouvi a porta da frente abrir.

— Onde elas estão? — murmurou assim que me viu. O rosto dela estava afogueado e o cabelo grudado na cabeça como se fosse uma touca. Eu apontei para cima. — Ó Deus — ela disse. — Eu sinto muito mesmo, Barbara. Não imaginei que fosse envolver você numa situação destas.

Eu sacudi a cabeça.

— Não precisa se desculpar. Vem, deixa eu te ajudar a tirar essa roupa molhada.

Ela sentou na escada e comecei a tirar seus sapatos.

— Você pode ligar para a companhia aérea para mim, Barbara? Descubra se podemos voltar num vôo mais cedo amanhã.

Eu estava começando a discar para o serviço de informações para saber o número quando alguém tossiu alto no patamar do andar de cima. Erguendo os olhos, vimos Polly olhando para nós.

— Eu não vou voltar com você amanhã, fique sabendo — ela disse.

— Ah, vai sim — Sheba respondeu.

A Sra. Taylor apareceu ao lado da neta.

— Talvez, Sheba, fosse melhor que Polly ficasse mais um tempo aqui.

— *Não* — Sheba disse.

As duas se retiraram, cochichando. Eu liguei para a companhia aérea e fiz as reservas para um vôo logo cedo. Quando terminei, ficamos ouvindo os miados de Polly no quarto da avó e os roncos do meu estômago. Depois de algum tempo, Sheba disse com um ar melancólico:

— Acho que eu não teria tido filhos se soubesse que ia ser assim.

Mais tarde, depois que todo mundo já tinha se deitado, eu me levantei para ir ao banheiro e encontrei Sheba no corredor. Ela estava sentada no escuro, discando um número. Desligou rapidamente quando me viu.

— Está tudo bem? — perguntei.

— Não — Sheba disse. — É claro que não. Você sabe disto.

— Não, eu quis dizer... você estava no telefone. Já é tão tarde. Achei que talvez estivesse com algum problema em casa.

Sheba sacudiu a cabeça.

— Não. — Ela fez uma pausa. Depois segurou a cabeça com as mãos. — Eu estava tentando ligar para o Steve — ela disse.

O táxi que nos levou para o aeroporto chegou às seis da manhã. A Sra. Taylor ainda estava de camisola quando foi até a porta para se despedir de nós. Quando o carro começou a se afastar, Polly, que estava com uma marca vermelha do lado esquerdo do rosto, ajoelhou-se no banco traseiro e acenou melancolicamente através do vidro do carro para a Sra. Taylor. Sheba, sentada no carona, ficou olhando fixamente para a frente.

Quando chegamos de volta em Highgate, eu insisti em levá-las até em casa. Quando entramos no hall, Richard desceu correndo do escritório, de três em três degraus.

— Polly! — ele exclamou, abraçando a filha. — Meu bem, por favor, nunca mais faça isso. Nós ficamos tão assustados... — Olhou para ela. — O que houve com o seu rosto?

— Eu bati nela — Sheba disse depressa. — Nós estávamos tendo uma briga.

Ao ser lembrada do seu sofrimento, Polly encostou o rosto no peito de Richard e começou a soluçar. Richard olhou para Sheba com uma expressão de espanto.

— O que foi? — Sheba disse, irritada. — Pelo amor de Deus!

Ela se virou para mim.

— Barbara, muito obrigada por tudo. Você precisa ir para casa agora.

Eu me ofereci para ficar e ajudar a preparar o jantar, mas ela foi inflexível.

— Você já fez demais — disse, levando-me até a porta.

Nós nos despedimos e eu saí. Quando estava quase no portão, ela tornou a sair.

— Barbara! — ela chamou. — Se você tiver alguma notícia de Bangs, não deixe de me avisar.

— É claro — eu disse.

Depois que saí, Sheba foi para o quarto e ligou para o pager de Connolly. Ela esperou cinco minutos, mas ele não ligou, e ao descer para a sala, Polly estava enroscada em Richard, relatando em voz baixa e trêmula o terrível comportamento de Sheba na noite anterior. Silenciosamente, Sheba pegou a bolsa e o casaco e saiu de casa.

Ela passou três horas percorrendo Londres de bicicleta. No início, parou a cada quinze minutos para ligar para o pager de Connolly, mas acabou desistindo. Achou que ele devia ter desligado o pager ou então o deixado em casa. Faltavam dois dias para o ano-novo e Londres ainda estava em ritmo pós-Natal. As ruas, quase vazias. O ar estava cortante e metálico, e quando Sheba respirava fundo, tinha a impressão de inalar estilhaços. Vagarosamente, à medida que a tarde foi caindo, desceu uma neblina gelada. O farol da bicicleta de Sheba não estava funcionando e ela procurou ater-se, quando possível, às calçadas. Ocasionalmente, encontrava alguns pedestres — figuras encasacadas que surgiam repentinamente no meio do *fog* cinzento. Uma mulher desejou "Feliz ano-novo" ao passar. Logo depois, um homem parou e xingou Sheba, com uma veemência espantosa, por ela não ter um farol na bicicleta.

Às cinco horas, estava congelada. Rodou pela City deserta, procurando um café que estivesse aberto. Em Clerkenwell, encontrou um lugar apertado e superaquecido, com bafo de cozinha e barulho de talheres. Ela pediu ovos com torradas e uma xícara de chá e então, enquanto contemplava a rua escura lá fora, pela janela embaçada do café, pensou no que faria em seguida. Ela devia ir para casa — disse a si mesma — aplacar a filha teimosa, explicar-se para o marido ofendido. Sabia que deviam estar preocupados com ela. Mas não podia. Ir para casa sem ter ao menos falado com Connolly ia ser intolerável, sabia disso. Bem no fundo da sua mente havia uma convicção de que se ela não conseguisse falar com Connolly naquela noite, nunca mais falaria com ele. Então teve uma idéia. Ela iria à casa de Connolly! Não se apresentaria na porta da frente, é claro. Mas o chamaria da janela; atiraria pedras se fosse necessário. Quando o seu plano tomou forma, a depressão que pesara sobre ela a tarde inteira desapareceu. Ficou animada com a perspectiva de ver Connolly. Pagou a conta e saiu do café.

Foi uma longa corrida até o conjunto habitacional de Connolly e, quando chegou lá, passou uma meia hora frustrante perdida no labirinto de casas. Quando achou o bloco dele, estava exausta. Entrou pelos fundos, como havia feito com Connolly, antes de se lembrar que o quarto dele ficava do outro lado da casa. Virou a bicicleta e rodeou a casa. Quando viu luz na janela dele, deu um grito de felicidade. Finalmente, um pouco de sorte.

Ela ficou alguns minutos olhando para cima, desejando que Connolly sentisse a sua presença. Após algum tempo, chamou o nome dele em voz baixa. Ela teve dificuldade em encontrar o tom e a altura de voz certos. *Steee-ven. Steee-ven*. Não havia sinal de Connolly, mas na janela da casa ao lado uma cortina agitou-se e apareceu brevemente um rosto de mulher. Ao ver isto, Sheba parou. Ela não queria ter que dar explicações para uma vizinha. Olhou em volta, em busca de alguma coisa para atirar na janela. Mas não havia nada. Nem mesmo uma tampinha de garrafa.

Então teve outra idéia. Ela ia procurar um telefone público e ligar para a casa de Connolly. Não sabia o número — ela e Connolly tinham sempre preferido usar apenas o pager dele como medida de precaução — mas com certeza estava no catálogo. Se o Sr. ou a Sra. Connolly atendessem, ela fingiria ser uma colega de escola de Connolly. Não podia imaginar por que não havia pensado nisso antes.

A primeira cabine telefônica que encontrou estava quebrada. Ela teve mais sorte com a segunda, que encontrou perto de uma tabacaria em Albany Way. Cheirava a cigarro e urina, mas estava funcionando. Depois que localizou o número dos Connolly no catálogo, levou alguns segundos ensaiando sua voz de adolescente. Depois ergueu o fone e discou.

O fone estava pegajoso contra sua orelha. Quando a mãe de Connolly atendeu, ela ficou tão atônita com a sua própria temeridade que, por um momento, foi incapaz de dizer qualquer coisa.

— Alô? — a Sra. Connolly repetiu. Sheba podia ouvir o barulho da televisão ao fundo.

— Ah, alô — Sheba disse.

— O Steve está? — (Uma vez eu convenci Sheba a imitar uma adolescente londrina para mim; foi incrivelmente convincente.)

A Sra. Connolly não respondeu. Sheba achou por um segundo que ela havia desligado. Mas então ouviu-a gritar:

— Steven! Telefone!

Após alguns instantes, um outro fone foi erguido e Connolly atendeu.

— Alô?

— Steven? Sou eu, Sheba. Tentei falar com você o dia inteiro, mas seu pager estava desligado.

— Ah. — Pelo rangido de náilon ao fundo, soube que ele estava deitado na sua colcha Grand Prix.

— Você está bem?

— Sim. Tudo bem. — A voz dele era inexpressiva.

— Não se preocupe — ela disse. — Eu fingi ser uma colega sua. Ouça, eu estou perto daí. Na Albany Way. Você pode se encontrar comigo?

Houve um longo silêncio. — Steven? — disse.

— Não, não dá — ele respondeu. — Está meio difícil.

— Por favor. Eu estou louca para ver você. Preciso de um abraço.

— Não, não vai dar.

— Polly fugiu — ela disse. — Eu tive que ir buscá-la na Escócia.

— Sei.

— Steven?

— Tudo bem, então.

— Steven. — Sheba estava tentando, ela se recorda, manter a voz calma. — Eu tenho coisas importantes para conversar com você, Steve — ela disse.

— Beleza, então. A gente se vê — disse.

Ele desligou.

Sheba ficou olhando para a parede da cabine por vários segundos. Depois colocou o fone no gancho e saiu para a calçada. Pedalou de volta para o conjunto habitacional.

Ela já tinha quase atravessado a praça e ia entrar num dos becos que dava na Hampstead Road quando ouviu vozes. Ela virou a cabeça e viu dois jovens — um rapaz e uma moça — saindo da casa de Connolly. Atrás deles, parado na porta, estava Connolly. "Se cuida", ela o ouviu dizer. Não conseguiu ouvir mais nada. E então Connolly desceu os degraus da frente e beijou a garota. Sheba se agarrou com força na bicicleta. Ela ficou tonta. Não tinha podido ver se o beijo foi no rosto ou na boca da garota. O outro rapaz disse alguma coisa que ela não conseguiu entender e os três riram. "Vá se foder, você está é com ciúmes", Connolly disse num tom jovial.

O rapaz e a moça se viraram e começaram a andar na direção de onde ela estava. Sheba partiu rapidamente. "Jesus, Jesus", ela se lembra de ter gemido para si mesma. "Por favor, meu Deus, não permita que ele esteja apaixonado por outra."

Quando Sheba chegou em casa aquela noite, Richard a estava esperando. Ela o encontrou na sala, sentado na poltrona de couro.

— Pelo amor de Deus, Sheba — disse quando ela entrou. — Isto é o cúmulo. Foi uma irresponsabilidade inominável de sua parte não ter telefonado. Eu já tenho que lidar com uma adolescente. Não preciso de duas.

— Por favor... — Sheba disse. Ela ainda estava vestindo o casaco. Suas mãos formigavam no calor repentino.

— Por favor o quê? — Richard perguntou.

— Só... por favor. — Ela se apoiou na porta, exausta.

— Sinto *tanto* incomodá-la — Richard disse. — É *claro* que você está ocupada demais para importar-se com problemi-nhas familiares sem importância. Vamos simplesmente abolir a conversa e tratar nossa filha com tapas...

— Ah! — Sheba disse. Ela atravessou a sala e se sentou no sofá. — Eu sabia que você ia me punir por isso.

Richard cruzou os braços.

— Na verdade, eu tive o cuidado de não expressar qualquer opinião a respeito antes de ouvir o que você tinha a dizer.

Sheba recostou a cabeça no sofá e olhou para o teto.

— Sábio juiz! — ela disse.

Richard e Sheba não foram a nenhuma festa no ano-novo. Eles tinham falado em convidar algumas pessoas para uma pequena ceia. Mas ambos concordaram que não estavam com disposição para receber ninguém. Polly foi a um show em Brixton e o resto da família jantou em casa.

Eu não tinha nenhuma festa para ir, mas isso já era de esperar. Ao longo dos anos, criei minhas próprias tradições para grandes feriados e dias santos. Na véspera do ano-novo, como vinha fazendo há dez anos, comprei uma garrafa de *sherry* e passei a noite me embebedando enquanto relia *Persuasão*, de Jane Austen.

Sheba e eu nos falamos poucas vezes pelo telefone na primeira semana daquele ano. Todas as vezes, ela me pareceu à beira da histeria. Connolly continuava sem retornar suas ligações e ela estava finalmente encarando a possibilidade de ter sido largada. Especulava obsessivamente acerca das possíveis razões da perda de interesse por parte de Connolly. Teria se tornado repulsiva para ele? Ou ele tinha arranjado outra namorada? Será que aquela vagabundinha que ela vira saindo da casa dele tinha algo a ver com isso? Já que não tinha nenhuma contribuição a dar a essas divagações, mantive-me calada.

O único outro assunto que despertou o interesse de Sheba neste período foi Bangs — se tinha ou não provas do caso amoroso dela, se ia ou não denunciá-la. A essa altura, eu estava me sentindo mais otimista em relação a Bangs. A cada dia que passava, a ameaça que ele representava me parecia menos grave. Comecei a suspeitar que havia exagerado na importância da minha indiscrição. Eu não tinha falado *tanto* assim. E talvez ele não tenha acreditado no que eu disse. "Bangs não é um delator", eu disse várias vezes a Sheba. "Bangs não faria mal a uma mosca." Ao que Sheba sempre respondia com uma ansiedade patética, "Você acha mesmo, Barbara? De verdade?"

Quinze

No domingo anterior ao início das aulas, voltei da lavanderia e encontrei a luz piscando na minha secretária eletrônica. Tinha havido três ligações enquanto estava fora, o que era muito incomum. Nas duas primeiras, Sheba repetia o meu nome umas duas vezes com um sussurro sepulcral e depois desligava. Na terceira tentativa, deixou uma mensagem mais longa: "Barbara? Onde você está? Barbara? Pabblem ligou para mim esta tarde. Ele sabe. Eu acho que sabe. Ele quer que eu esteja lá às oito horas amanhã de manhã. Disse que tinham feito uma acusação séria contra mim a respeito de conduta imprópria com um aluno. Por favor, por favor, Barbara, ligue-me assim que chegar."

Ela atendeu imediatamente quando liguei de volta. Estava com o telefone sem-fio ao seu lado.

— Estou desarvorada — ela disse. Sheba preparava o jantar e as crianças estavam perto, por isso falou baixinho. — Bangs deve ter dito alguma coisa, o filho-da-mãe. O que eu vou fazer? Diga-me o que fazer.

— Você não sabe se foi Bangs — eu disse. — Pode ter sido qualquer pessoa. Pode ter sido Polly...

— Ah, que diferença faz? A questão é, o que eu vou fazer?

— Escuta — eu disse, tentando não parecer muito ansiosa. — Você tem que ter uma história pronta. Você contou alguma coisa ao Richard?

— Não, ele ainda não voltou. E o que eu poderia dizer a ele?

— Bem, então não diga nada. Isso tudo vai estourar. Quando estiver com Pabblem amanhã, diga a ele que fez amizade com Connolly, que o ajudou com seus desenhos algumas vezes, que *nunca teve nenhum contato físico com ele*. Você tem que ser firme nisso. Tem que se mostrar ofendida.

— Mas e se Bangs tiver nos visto juntos? — Sheba argumentou. — E se ele tiver alguma prova?

— Eu não acho que tenha — disse com cautela. — Acho que ele teria me contado. E mesmo que tenha visto vocês juntos em algum lugar, ainda é a palavra dele contra a sua. Diga a Pabblem que Bangs tem uma queda por você, que está se vingando por você tê-lo rejeitado.

Apesar de tudo, Sheba riu.

— Não posso acreditar que isto esteja acontecendo, Barbara — falou quando parou de rir.

— Nem eu — eu disse. — Mas está tudo bem. Vai dar tudo certo.

Eu não acreditava nisso. Sabia muito bem que os problemas estavam apenas começando. Mas nunca imaginei que fossem evoluir tão depressa. Uma hora depois do nosso telefonema, tocaram a campainha da casa de Sheba. Ela estava no andar de cima na hora, dando banho em Ben. Richard gritou do escritório para Polly atender a porta e então, como ela não respondeu, Sheba ouviu-o descer a escada. Não ouviu mais nada por um tempo e achou que devia ser algum escoteiro ou então uma testemunha de Jeová. Então ouviu vozes exaltadas no andar de baixo. Ela deixou Ben no banho e foi até o alto da escada. Ouviu uma voz de mulher e a voz grossa de Richard.

Ela desceu um lance de escadas e se inclinou sobre a balaustrada para ver o que estava acontecendo. A porta da frente ainda estava aberta e no hall havia uma mulher baixa e loura, usando um casaco grosso e chapéu de lã, sacudindo o dedo na cara de Richard.

— Não fale comigo desse jeito — Sheba a ouviu dizer. — Eu tenho provas. Sua mulher é a mentirosa.

Pronto, Sheba pensou. *A calamidade chegou*. O impulso dela foi fugir — correr até o quarto e se trancar no banheiro. Já estava se virando para ir embora quando a mulher a viu.

— Você! — gritou. — Você é ela? Venha até aqui.

Polly apareceu no hall.

— Que diabo está acontecendo? — perguntou ao pai, indignada.

— Saia! — Richard urrou. — Volte para dentro! — Pela primeira vez na vida, Polly não respondeu. Lançou um breve olhar à mãe e voltou para a sala.

Sheba ficou parada, olhando para o rosto vermelho e feroz da mulher.

Mais tarde, ela viria a perceber o quanto da mãe havia no filho: a pele morena, o físico atarracado, os olhos de máscara teatral. Naquele momento, entretanto, as feições da mulher pareceram tão estranhas e hostis que Sheba ficou momentaneamente convencida de que não se tratava da mãe de Connolly.

— Agora você está assustada, não está? — A mulher debochou. — Venha até aqui. Quero falar com você.

Foi eletrizante, Sheba diz, ter uma estranha gritando ordens para ela em sua própria casa. Richard também estava olhando para ela, com o rosto muito pálido. Sheba viu, pela expressão de espanto em seu rosto, que ele ainda não tinha entendido. Ainda se considerava um aliado da esposa contra aquela intrusa. *Só me restam poucos minutos da minha antiga vida*, ela se lembra de ter pensado ao descer a escada.

— O diretor telefonou para nós hoje — a Sra. Connolly disse. — Ele quer conversar conosco amanhã a respeito de Steven. Não quis dizer o motivo pelo telefone. Perguntei para Steven "Por que será que ele quer conversar conosco?", e ele começou a chorar. Chorou de soluçar! Eu arranquei tudo dele. Ele me contou tudo. Vi até as cartas sujas que você andou mandando para ele...

— Espere um pouco... — Richard disse.

— Não, Richard — Sheba interrompeu-o.

— É isso mesmo — a Sra. Connolly disse. — Você não pode negar, pode? Por que não diz a ele o que andou fazendo com o meu filho?

— A senhora precisa se controlar — Richard disse. — Temos uma criança em casa.

Sheba se lembrou de repente do Ben, ainda dentro do banho.

— Polly! — ela gritou. — Vá lá em cima cuidar do seu irmão.

A boca da Sra. Connolly abriu e fechou silenciosamente, como uma boca de peixe.

— Não me diga para me controlar! Eu também tenho filhos.

Polly veio da sala.

— Alguém pode me dizer o que está acontecendo?

— Cale a boca, Polly, e vá para cima — Richard disse.

Polly obedeceu, de mau humor.

Sheba estava parada no último degrau da escada. Lágrimas escorriam pelo seu rosto.

— Está certo, chore — a Sra. Connolly disse. — Sua vagabunda pervertida...

— Desculpe — Richard disse. — Vou ter que... — Ele segurou o braço da Sra. Connolly e tentou levá-la até a porta. Mas ela se livrou de sua mão.

— Sua vaca! — ela gritou para Sheba.

Houve uma breve luta, durante a qual os óculos de Richard caíram no chão e o chapéu da Sra. Connolly ficou torto.

— Não... me... toque! — ela berrou. Por um momento, os três — Sheba, Richard e a Sra. Connolly com seu chapéu torto — ficaram imóveis.

Então Richard se inclinou para apanhar os óculos. Ele os estava pondo de volta e tinha começado a dizer alguma coisa para a Sra. Connolly com o tom apaziguador de voz que Sheba chamava de voz do "deixa disso" quando a Sra. Connolly avançou para Sheba.

O contato durou poucos segundos, mas quando Richard afastou a Sra. Connolly, ela estava segurando uma quantidade surpreendente de fios de cabelo de Sheba.

— Chega! — Richard urrou. Agarrou a Sra. Connolly pelos ombros. Esta se debateu e gritou. Sheba ficou agarrada na mesa do hall, soluçando. Ela se lembra, com um certo espanto, de ver Richard agarrar a Sra. Connolly por trás e tentar carregá-la para a porta. As botas de inverno de sola de borracha da Sra. Connolly foram se arrastando pelo chão como se ela fosse um cadáver.

Depois que a porta bateu, houve um breve intervalo de silêncio e então a campainha começou a tocar. Richard ficou encostado na porta, ofegante. Sheba sentou-se no chão. Eles olharam um para o outro, ouvindo a campainha tocar ininterruptamente e os gritos abafados da Sra. Connolly na escada da frente.

Sheba não me ligou naquela noite, depois que a Sra. Connolly foi embora. Acho que estava ocupada com o Richard. No dia seguinte, preferiu — muito sabiamente — ficar em casa e faltar ao seu encontro com Pabblem. Tentei ligar para ela da escola diversas vezes naquela manhã, mas ela não atendeu. Assim, fiquei o dia inteiro sem saber o que tinha acontecido, e fui obrigada a juntar informações aqui e ali a partir dos comentários excitados dos meus colegas. As pessoas estavam dizendo que Sheba tinha sido apanhada tendo um caso com Steven Connolly. Que ela e a mãe do garoto tinham tido uma briga feia. Era possível — e até provável — que tivesse seduzido outros garotos. A polícia tinha sido chamada.

No intervalo, eu encontrei Elaine Clifford na sala dos professores, cercada por uma multidão de professores curiosos, relatando as últimas notícias enviadas por Deirdre Rickman, diretamente do gabinete do diretor. Naquele exato momento, ela disse, Pabblem estava "em conferência" com a polícia e a família de Connolly. Sheba tinha sido chamada para enfrentar a situação, mas recusara-se a vir e a polícia estava agora a caminho da casa dela para prendê-la. Pabblem estava nervosíssimo. Uma hora antes ele tinha tido um ataque com um estagiário por ter posto leite demais no seu café. Deirdre Rickman atribuiu o comportamento dele a sentimentos de culpa e raiva. Pabblem não conseguia perdoar a si mesmo, ela disse, pelo fato de os atos lascivos de Sheba terem ocorrido na sua gestão.

Pessoalmente, eu duvidei desta tese. Se Pabblem estava de mau humor, devia ser porque perdera a oportunidade de agredir e humilhar Sheba. Se não fosse pela ação precipitada da Sra. Connolly — sua insistência em invadir a casa de Sheba na noite anterior — Sheba teria vindo à escola naquela manhã e Pabblem a teria tido em suas garras por pelo menos duas horas. Agora ela escapara dele, e não havia nada que pudesse fazer, exceto passar o controle da investigação para a polícia. O pobre Pabblem tinha sido privado do seu momento sádico.

No meio da performance de Elaine, Mawson entrou para entregar cópias do já muito atrasado relatório de Pabblem "Onde Foi Que Erramos". Pabblem ia fazer uma palestra introdutória na hora do almoço acerca das novas e desafiadoras idéias contidas no relatório, mas agora, devido ao que Mawson chamou, com excessiva discrição, de "assunto imprevisto", ele foi obrigado a cancelar. Os professores comemoraram ao saber disto — mas os aplausos foram substituídos por gemidos quando Mawson anunciou que uma nova reunião havia sido agendada para a semana seguinte. Pabblem, ele nos garantiu, ainda estava muito ansioso para ouvir a opinião da equipe sobre as iniciativas propostas.

Ao voltar para a minha sala, avistei Bangs se esgueirando pelo térreo do Old Hall. O nome dele ainda não tinha surgido em nenhuma das conversas dos professores que eu tinha ouvido. Todo mundo parecia achar que a Sra. Connolly era a responsável pela divulgação do caso de Sheba. Mas eu sabia a verdade. Os olhos dele encontraram os meus quando estava entrando no banheiro dos professores. Ele ficou imóvel, como uma barata assustada. Abriu a boca para dizer alguma coisa, mas se arrependeu.

— Seu merda! — exclamei quando ele estava fechando a porta do banheiro.

Por volta das quatro horas, consegui falar com Sheba pelo telefone.

— Sheba! — disse quando ela atendeu. — Graças a Deus. Estou tentando falar com você o dia inteiro. Você está bem?

— Não... bem, isto aqui está um caos. Como você pode imaginar.

— Você esteve com a polícia?

— Sim. Sim. Vieram hoje de manhã. Richard foi comigo até a delegacia. Eles tinham que fazer um monte de coisas.

Tirar impressões digitais e coisas assim. Só voltamos há uma hora. — Eu tinha esperado lágrimas e gritos, mas ela parecia estranhamente calma. Acho que foi o choque.

— Como ele está reagindo? — perguntei.

— Não sei. Estou terrivelmente preocupada. Ele não está respondendo...

— O quê?

— Ah, desculpe, você está se referindo a Richard? Ele... eu não sei.

— Quer que eu vá até aí?

— Não, é melhor não. Acho que Richard não quer visitas. E ainda não falamos com as crianças.

No dia seguinte, saiu uma pequena notícia sobre Sheba no *Evening Standard*. Não era grande — apenas um parágrafo no final da página quatro sobre uma professora do norte de Londres que fora acusada de molestar um aluno. Mas eu sabia que as comportas estavam para ser abertas. Falei com Sheba brevemente na hora do almoço. Ela estava ainda mais calma — quase catatônica. Ainda não queria que eu fosse na sua casa, então, depois da escola, só me restou ir para casa e me atormentar.

Na quarta-feira de manhã, fui chamada à sala de Pabblem. Não me ocorreu que ele fosse falar comigo a respeito de Sheba. Presumi que quisesse discutir o projeto especial de história da Irlanda para a nona série. Segundo os boatos que estavam circulando na época, ele queria homenagear o sofrimento dos camponeses daquele país durante a crise da batata, fazendo as crianças observarem um dia de jejum.

Não houve nenhum preâmbulo ao assunto nesta ocasião. Pabblem me fez um cumprimento de cabeça quando entrei na sala e começou a falar antes mesmo que eu me sentasse.

— Como você sabe, Barbara, Sheba Hart está muito encrencada.

Eu assenti. — Sim, estou sabendo.

— Muito mesmo.

— Sim.

— Creio que você é muito chegada a ela.

— Sim, é minha amiga.

Ele me lançou um olhar significativo.

— Você está querendo..? — comecei a dizer.

— Não, não vou usar de rodeios, Barbara — ele disse. — Eu fui informado de que você estaria sabendo do relacionamento de Sheba com Connolly há algum tempo.

— O quê?

— Você ouviu.

Fez-se um silêncio pesado.

— Brian Bangs disse que você falou com ele a respeito deste relacionamento antes do Natal. É ou não verdade?

— Comentei as minhas suspeitas com Brian, é verdade.

— Ah? Brian parece achar que você não tinha apenas suspeitas. Que tinha certeza do fato.

— Bem, ele está enganado.

— Muito bem. Mas não lhe ocorreu compartilhar suas suspeitas com um dos seus superiores aqui do colégio? Comigo?

— Não. Como disse, eram apenas suspeitas. Eu não sou fofoqueira.

— Você está ciente, é claro, de que a conduta de Sheba com este garoto é um crime? E muito sério?

— Sim, estou.

— Você também está ciente de que o fato de ocultar informações sobre um crime pode ser considerado um ato criminoso?

— Eu sei o que você está insinuando, mas está enganado. Eu não tinha nenhuma informação a dar. Como já expliquei, não tenho o hábito de espalhar boatos sem fundamento.

— E no entanto não se importou de transmitir a Brian um "boato sem fundamento"?

— Olha... — eu comecei.

Pabblem levantou-se.

— Você e eu não nos entendemos, não é, Barbara? — ele disse. — Acho que não é por falta de tentativas da minha parte. Eu certamente tentei. Sei que você não está contente com o modo como dirijo a St. George. Sei que você acha o meu jeito de fazer as coisas um tanto — formou aspas com os dedos — "moderninho". Mas acho que vai admitir que me esforcei bastante para enxergar o seu ponto de vista. Não é verdade? Você não admite isto?

Eu olhei pela janela para o jardim do diretor. Uma andorinha solitária estava bicando a camada de gelo que cobria a banheira de pássaros.

— Acho que nós dois tentamos ser educados um com o outro — eu disse.

— E mesmo assim as coisas não estão funcionando entre nós, estão?

— Não somos obrigados a ser amigos.

Pabblem se aproximou e abaixou-se perto da minha cadeira.

— Vou falar a verdade, Barbara. Estou numa situação delicada aqui. Tenho muita relutância em acreditar que você agiu como cúmplice de Sheba...

— Como é?

— No entanto... — ele disse, erguendo a voz. — Tenho a obrigação de passar qualquer informação relevante a respeito da minha equipe para a polícia. É uma situação difícil, como você vê.

— Não fui cúmplice. Não fiz nada errado — eu disse.

Ele riu e se levantou.

— Preste atenção, Barbara! Se você me diz que não sabia nada sobre o caso de Sheba, então eu acredito. Mas tem que entender que se ficar conosco, terei que pôr a polícia em contato com você. Enquanto for um membro da minha equipe, preciso ter certeza de que não há nem mesmo uma *sombra* de delito.

— Isso é bobagem...

— Não deve ser um grande problema falar com a polícia sobre o assunto. Caso você realmente não soubesse. Só achei que talvez você quisesse evitar isto. Então andei pensando...

— Mas veja...

— Por favor! — Pabblem ergueu a mão. — Deixe-me terminar, Barbara! — Fez uma pausa antes de continuar. — Como estava dizendo, andei pensando em como poderia ajudá-la a sair disto. Ocorreu-me que esta seria uma boa oportunidade para avaliarmos... para, digamos, *reconsiderar* o seu papel aqui na St. George. Já que você está numa idade, com perdão da palavra, em que a aposentadoria é uma opção plausível, eu estou pensando, bem... talvez esta fosse a melhor escolha para você agora.

Arregalei os olhos para ele.

— O que está dizendo?

— Estou dizendo que você tem duas escolhas...

— Uma escolha, duas alternativas, acho que é isso que você quer dizer.

— Que seja. — Pabblem deu de ombros. — Estou lhe oferecendo uma saída honrosa.

Sem confiar na minha própria compostura, não respondi.

— Olha — continuou — não precisa responder agora. É uma decisão importante. Por que não sai e pensa sobre isto? Ele ficou encostado na porta enquanto eu me levantava para sair. — Estou contente por termos tido esta conversa, Barbara. Você me comunicará a sua decisão, não é?

Não respondi e ele permaneceu parado na frente da porta.

— Podemos combinar... vamos ver, amanhã à tarde como prazo final? — Finalmente assenti e ele saiu da frente da porta. — Assim é que se fala — ele disse.

Eu já estava no meio do corredor quando tornou a me chamar.

— Por falar nisso, Barbara, você já teve a chance de ver isto? — Eu me virei e vi que estava segurando uma cópia do "Onde Foi Que Erramos". Sacudi a cabeça. — Barbara! — ele disse alegremente. — Ora, ora! Não deixe de dar uma olhada. Tem coisas muito excitantes aqui, se é que posso falar assim.

Dezesseis

Eddie telefonou ontem para avisar a Sheba que ele e a família voltarão da Índia em uma semana. Sheba me deu a notícia com tanta indiferença que achei que não tinha entendido direito.

— Uma semana? — repeti. Nós sempre soubemos que Eddie estaria de volta em junho, mas acho que contava com algum adiamento de última hora.

— Sim — Sheba disse calmamente. — Ele queria saber como vai indo o jardim. Você o tem regado, Barbara?

— Não se preocupe com o maldito jardim — eu disse. — E quanto a nós? — Sheba me olhou espantada. Em seguida, deu de ombros. — Você acha que existe alguma chance de ele nos deixar ficar mais um pouco? — perguntei.

— Ah, não — Sheba disse. — Acho que não. Ele me disse para deixar as chaves na mesa da cozinha quando sair.

— E você pode me dizer para onde vai? O que vamos fazer? Sheba não disse nada.

— Você está ouvindo, Sheba? — eu disse. — Nós não podemos acampar nas ruas...

— Ó Deus, ó Deus — ela exclamou de repente. — Não grite comigo. Não suporto.

Fez-se silêncio na sala.

— Não ligue para mim — eu disse após alguns instantes. — Eu me preocupo demais com tudo, você sabe disso. Nós vamos pensar em alguma coisa.

— Não, não — ela disse, de repente arrependida. — Eu não devia ter gritado com você.

— Não foi nada — eu respondi.

Ela sacudiu a cabeça.

— Pobre Barbara. Deve ser um pesadelo conviver comigo atualmente.

— Nããoo — eu disse, me levantando para pôr a chaleira no fogo. — De jeito nenhum.

Depois de tomarmos uma xícara de chá e de eu ter concluído que ela havia se recuperado da sua pequena explosão, fui comprar alguma coisa para o nosso jantar. Eu a deixei estirada numa poltrona da sala, vendo televisão. Mas quando voltei uma hora depois, ela estava deitada no chão da sala e seus olhos estavam vermelhos de tanto chorar. Pensei a princípio que estivesse preocupada com o fato de não termos para onde ir. Mas então eu vi que estava lendo alguma coisa. Aberto diante diante dela, no tapete, estava o meu manuscrito.

Normalmente, sou muito escrupulosa com os meus escritos. Mas Sheba tinha estado tão alheia a tudo ultimamente que acho que relaxei um pouco nas minhas precauções. Na noite anterior, em vez de levá-lo comigo para a cama e guardá-lo debaixo do colchão como sempre, eu o havia deixado na estante, dentro de um dos álbuns de fotografia de Eddie.

— Você contou a Bangs — Sheba disse quando entrei. A voz dela estava ligeiramente trêmula.

Eu larguei as sacolas de compras.

— O quê?

— Você contou a Bangs sobre mim e Connolly.

— Do que você está falando?

— Pare com isso! — Sheba berrou. — Não minta para mim. Eu li tudo no...no...seu *diário*. — Ela se levantou do chão e sacudiu o manuscrito na minha cara. — O que é isto? O que é que você está fazendo com isto?

— Sheba...não fique nervosa. É uma coisa que eu estou escrevendo... — disse.

— Estou vendo. Como você teve coragem? *Como você teve coragem?* O que está planejando fazer com isto? Vender e ganhar um milhão?

— Eu... eu achei que poderia ser útil registrar tudo. Achei que poderia ajudar no tribunal. — Dei um passo para a frente e tentei tirar o manuscrito de sua mão, mas ela não deixou.

— Ajudar? Ouvir que eu comprei calcinhas e... bati na minha filha? Que pessoa má você é! Você me traiu! Contou a Bangs.

— Pelo amor de Deus, Sheba — eu disse. — Você seria descoberta de qualquer maneira. A sua própria filha sabia que estava tendo um caso. E as cartas! Como pôde achar que não seria apanhada?

Sheba ficou olhando para mim.

— Como fui idiota em confiar em você. Toda esta sujeira e estas mentiras que está escrevendo...

— Não tem mentira nenhuma aí, Sheba. Não tem nada aí que você mesma não tenha me contado.

Ela fez um som estranho, gutural, de exasperação.

— Você é louca! Como foi que não vi isso antes? Você é louca! Você realmente acredita que isto aqui é a verdade. Você escreve sobre coisas que nunca viu, pessoas que não conhece.

— Bem, é isso o que um escritor faz, Sheba.

— Aaah! Agora você é uma escritora? — Começou a rir. Dei um salto para a frente, para pegar o manuscrito, mas ela se esquivou, segurando-o acima da cabeça.

— Olha, Sheba, você não leu direito. Não pode ter uma idéia do que eu escrevi apenas folheando as páginas. Estou escrevendo em sua defesa.

— Deixa de merda! — explodiu. — Você não está me defendendo. Está me explorando, é isso que está acontecendo aqui. O tempo todo fingiu ser minha amiga e o que queria realmente era, era *material*...

— E como você acha que eu me senti? — disse, subitamente zangada comigo mesma. — Fazendo o papel de sua dama de companhia...

Mas ela não estava escutando.

— Essas coisas horríveis que escreve sobre a minha família — ela continuou. — Sobre Richard. Como deve nos odiar! Acho que esse é o consolo da solteirona, não é? Examinar os mecanismos do casamento dos outros e apontar os defeitos.

— Sheba, como pode dizer isso? Eu só...

— Não me diga o que eu posso dizer! — berrou. — Eu sou a Mulher Mais Odiada da Inglaterra! É bem provável que eu vá terminar na prisão! Posso dizer o que quiser! — Ela estava andando pela sala como uma louca.

— Sheba! — gritei. — Perdi o meu emprego por sua causa! Pense nisso! Também sofri. Estamos juntas nisto, você e eu. Se quisermos superar isto, teremos que encontrar uma maneira de...

— *O quê?* — ela disse, com ódio. — Que história é essa de "você e eu", de "juntas nisso"? Você é doida! Richard tinha razão. Ele sempre disse que você era um pesadelo.

— Tenho certeza que sim. Richard sempre teve ciúmes de mim... — Eu parei ao ver Sheba arregalar os olhos de raiva.

Quando tornou a falar, sua voz era baixa e ameaçadora.

— Você tem delírios de grandeza, não tem? É fascinante. Acha mesmo que é alguém. Ouça. Deixe-me dizer-lhe uma coisa. Você não é *nada.* Não passa de uma virgem amarga e velha de Eastbourne. *Você não merece sequer limpar os sapatos de Richard.*

Dezessete

~~Desgraçada. Desgraçada. Mulher da Lama. Vaca sem-vergonha. Ela sempre fez questão de depreciar suas vantagens, comportando-se como se fôssemos apenas duas mulheres de meia-idade enfrentando a vida em posições semelhantes. Barbara, não se subestime desse jeito! E assim que eu acredito nela, que nos considero como iguais sem esperar que ela magnanimamente me assegure disto, fica furiosa. Ofendida. Ah! Ela, que não é capaz de cozinhar um ovo sem mim. Vagabunda ingrata.~~

Quarenta e oito horas se passaram desde que Sheba pronunciou suas últimas palavras ofensivas contra mim. Saí de casa logo em seguida e quando voltei algumas horas depois, ela tinha subido e levado o manuscrito. Está enfiada no quarto desde então, recusando-se a sair, recusando-se a falar comigo ou a comer o que preparo para ela. Só sai para ir ao banheiro e preparar alguma coisa para comer depois que sabe que eu fui me deitar. Eu encontro a bagunça que ela deixa na cozinha de manhã. Bem tarde na noite passada, acordei com o ruído dela chorando — urrando, na verdade. Isto durou horas. Fiquei tão alarmada que pensei em chamar Richard. Mas ela acabou parando, quando já estava quase amanhecendo, só que os meus nervos esta manhã estão em frangalhos.

Felizmente, tenho tarefas domésticas com que me ocupar. Eddie estará de volta dentro de alguns dias e tenho limpado e esfregado a casa para deixá-la brilhando. Eu me afeiçoei a esta casa, percebo agora. O tempo que passamos aqui foi muito triste, é claro. Mas também muito intenso e de certa forma maravilhoso. Eu fico olhando para as coisas, para não esquecê-las: o quimono azul desbotado que Sheba está sempre esquecendo no sofá ou deixa caído no hall; os ladrilhos marroquinos da cozinha; os cabides forrados de veludo dos armários. É claro que a memória não é obediente. Você não pode decidir conscientemente o que ela irá conservar. Certas coisas podem parecer inesquecíveis na hora, mas a memória apenas ri da sua presunção. *Ah, eu nunca vou me esquecer disto*, você diz para si mesma quando visita o Sacré Coeur no pôr-do-sol. E anos mais tarde, quando tenta recordar uma imagem do Sacré Coeur, ela é fria e abstrata como se você só o tivesse visto num cartão-postal. Se algo provocar a lembrança desta casa para mim, daqui a muitos anos, será algo — um pequeno fragmento qualquer — de que nem me dou conta no momento. Eu sei disto e no entanto persisto no meu pequeno inventário, tentando gravar minhas recordações: o gosto esquisito da pasta de dentes que a mulher de Eddie usa; as sombras alongadas que as árvores da rua lançam à tarde no chão da sala; a doçura do vapor no banheiro depois de Sheba tê-lo usado.

A Sra. Taylor ligou às 10h30 para comunicar que vai viajar dentro de quinze dias com uns amigos para a França. Ela ficará seis semanas fora, talvez mais. A infâmia de Sheba a está deixando arrasada, disse. Ela "não agüenta ficar nem mais um minuto na Inglaterra". Percebendo a oportunidade, a aproveitei. Seria possível, perguntei, que eu e Sheba ficássemos na casa dela enquanto estivesse fora? Deu para ver que odiou a idéia. Mas já tinha admitido que a casa ia ficar vazia, então era difícil dizer não. Ela levantou todo tipo de objeções, naturalmente. Certamente haveria lugares mais convenientes para ficarmos. Certamente Sheba iria querer ficar perto de Ben. Certamente nós não saberíamos lidar com o seu temperamental *boiler*. Mas, no fim, ela teve que aceitar. Desde que não houvesse *absolutamente nenhuma outra alternativa*, nós poderíamos ficar na casa no máximo por um mês. Eu saí do telefone bem satisfeita comigo mesma.

Desde então, percebi que o meu brilhante plano tinha várias falhas. Em primeiro lugar, não sei ao certo se os termos da fiança de Sheba permitem que ela viaje para tão longe. E mesmo que permitam, Sheba pode se recusar a me deixar ir com ela. Venho tentando me preparar para esta eventualidade, mas a idéia é intolerável. Como Sheba vai se arranjar sozinha? Quem vai fazer as compras e preparar sua comida? Quem vai cuidar para que tome banho todos os dias? Não sei se vou agüentar voltar a viver sozinha.

Dezoito

A crise passou. Sheba e eu nos reconciliamos. Que dia exaustivo! Por volta das nove horas da manhã, ela saiu do quarto e foi para o sótão. Aproveitei a oportunidade, enquanto ela andava lá por cima, para entrar em seu quarto e recuperar o meu manuscrito.

Como eu temia, o quarto dela estava um horror. Todas as superfícies existentes estavam cobertas de papel amassado, pedaços de argila e roupas sujas. No meio do chão tinha uma lata de feijão cozido pela metade. Sheba tinha deixado a janela aberta durante a chuva da noite passada e o carpete perto da janela estava encharcado. Encontrei logo o manuscrito. Ela o havia deixado em cima da escrivaninha. Ia pegá-lo quando vi uma escultura de argila no chão, ao lado da cama. Esta era a escultura secreta que Sheba vinha fazendo: mãe e filho. Era muito maior do que eu havia pensado — tinha quase sessenta centímetros de altura. Era uma peça marcante. Quando dei a volta para olhá-la de frente, meu estômago deu um salto.

A figura da "mãe" sentada de pernas cruzadas tinha sido feita à imagem de Sheba. Tinha os membros longos e finos, cílios fartos e românticos, o nariz ligeiramente curvado. Até o cabelo imitava o coque descabelado de Sheba. Quanto ao horrendo menino-homem cor-de-rosa deitado em seu colo — tinha uma semelhança crua mas inconfundível com Connolly. Ouso dizer que até mesmo uma pessoa que não estivesse familiarizada com as circunstâncias a que a peça aludia teria percebido algo de doentio emanando da escultura. Para mim, tratava-se de um objeto totalmente obsceno.

Não ouvi Sheba voltando do sótão até ela estar bem atrás de mim.

— O que está fazendo aqui? — uma voz exclamou. Eu me virei e vi Sheba de camisola. Seu cabelo estava solto. Ela exalava um cheiro azedo, desagradável.

— Eu... eu estava olhando a sua escultura — disse estupidamente. Eu estava com medo.

— Saia! Saia! — berrou. Nós ficamos olhando uma para a outra e, por um momento, achei que ela fosse me agredir. Então, de repente, ela se sentou — ou se deixou cair — no chão. — O que vai ser de mim, Barbara? — soluçou. — O que vai ser de mim?

— Pobre Sheba — falei. Eu me ajoelhei e a abracei. O cabelo dela estava grudado no rosto molhado.

— Saia — murmurou sem muita convicção.

— Sheba, por favor — eu disse. — Vamos. Levante-se. — Continuou sentada por alguns minutos e depois deixou que a ajudasse a se levantar.

Nós ficamos apoiadas uma na outra. Quando achei que ela era capaz de ficar em pé sem minha ajuda, soltei-a. Nós contemplamos juntas a escultura.

— Você sabe que isto não pode ficar aqui — eu disse.

— Ah? — indagou. O tom dela era sonhadoramente neutro.

Peguei o manuscrito na escrivaninha. Depois me curvei e ergui a escultura.

— Vou cuidar disto — disse e a carreguei para fora do quarto.

Lá embaixo, na cozinha, eu coloquei a escultura sobre a mesa e escondi o manuscrito num dos armários. Em seguida, tirei a caixa de ferramentas de Eddie de baixo da pia. As ferramentas de Eddie são terrivelmente caras e luxuosas. Quase me deixei seduzir por um malho esculpido à mão com cabo de marfim. Mas acabei optando por uma machadinha de aço. (Menos beleza, mais poder.) Abri as portas francesas e carreguei a escultura para o jardim. Era uma dessas manhãs nubladas, com um céu trovejante. O jardim estava exuberante. Voltei para pegar a machadinha e jornais velhos.

A escultura não era tão resistente ou densa quanto eu havia esperado. Eu errei o primeiro golpe, mas assim que a atingi, esmigalhei o torso do menino. Fragmentos de argila voaram pelo ar. Um pedaço maior caiu em cima de um monte de adubo. Olhei para cima e vi Sheba me observando da janela, como um solene espectro vitoriano. Acenei alegremente e continuei. Com meu segundo golpe, arranquei a cabeça do menino como se fosse um ovo. Em cinco minutos, não restava mais nada, exceto as pernas cruzadas de Sheba e um restinho da sua barriga.

Em algum lugar, do outro lado de Londres, roncou um trovão. Juntei a maior parte possível de peças quebradas, enrolei-as em jornal e levei-as para dentro na hora em que a chuva estava começando. Sheba tinha descido. Ela estava parada na cozinha.

— Tem mais alguma coisa que eu deva saber? — perguntei a ela.

Ela sacudiu negativamente a cabeça.

— Tem certeza?

Ela ficou calada.

Eu enfiei o embrulho de jornal na lixeira e depois subi até o quarto dela. Ela devia saber o que eu estava pretendendo porque não demonstrou surpresa quando eu voltei trazendo sua bolsa. Ficou me olhando enquanto eu pescava as fotografias no fundo da bolsa. Quando peguei a tesoura de cozinha, começou a chorar um pouco, mais por resignação do que em protesto.

Depois que as fotografias foram cortadas, fui até ela e a abracei carinhosamente. Sheba anda tão magra ultimamente que dá a impressão de que vai quebrar.

— Vamos — eu disse. — Está tudo bem.

Ela começou a chorar mais forte. Com soluços altos e sentidos. Mas continuei a segurá-la e a falar baixinho e logo depois se acalmou.

— O que vai ser de mim? — tornou a perguntar. — O que vai ser de mim?

— Você vai ficar bem, minha querida — eu disse, acariciando o seu cabelo. — Barbara está aqui.

Ela soltou o corpo, como se estivesse se rendendo.

Nós ficamos ali na cozinha, balançando para frente e para trás por alguns momentos. Depois eu a fiz sentar e preparei um almoço para nós. Ovos fritos com bacon. Canecas de chá bem forte. Uma comida aconchegante para um dia cinzento. Ela devia estar faminta, porque engoliu tudo e pediu mais. Menina querida. Querida, querida, Sheba. Eu a fiz tirar uma soneca depois do almoço e quando acordou, há meia hora, estava bem melhor. A chuva tinha passado e ela quis sair para dar uma volta. Eu a deixei ir sozinha. Creio que vai ficar bem sozinha. Parece bastante calma e firme depois do seu descanso. E agora já sabe que não deve ir muito longe sem mim.

Agradecimentos

Gostaria de agradecer a Juliet Annan, Jennifer Barth, Jonathan Burnham, Gill Coleridge, Lucy Heller, Clare Parkinson, Mary Parvin, Margaret Ratner, Colin Robinson, Mark Rosenthal, Claudia Shear, Roger Thornham e Amanda Urban. Agradeço também a Larry Konner, pois se não fosse por seus conselhos, apoio moral e completo *menschlichkeit* este livro jamais teria sido escrito.

Este livro foi composto na tipologia
Filosofia Regular, em corpo 12/16,5 e impresso
em papel off-white 80g/m², no Sistema Cameron
da Divisão Gráfica da Distribuidora Record.